当代中国生态文学读本

10

等绿荫覆盖

Wait for The green shade to Cover

远人　主编

南方出版传媒

花城出版社

中国·广州

图书在版编目（ＣＩＰ）数据

等绿荫覆盖 / 远人主编. -- 广州 ：花城出版社，
2018.6

（当代中国生态文学读本）

ISBN 978-7-5360-8674-6

Ⅰ．①等… Ⅱ．①远… Ⅲ．①中国文学－当代文学－
作品综合集 Ⅳ．①I217.1

中国版本图书馆CIP数据核字(2018)第135260号

出 版 人：詹秀敏
责任编辑：王 凯
技术编辑：薛伟民 凌春梅
封面设计：远人工作室＋小虫

书	名	等绿荫覆盖
		DENG LÜ YIN FU GAI
出版发行		花城出版社
		（广州市环市东路水荫路11号）
经 销		全国新华书店
印 刷		佛山市浩文彩色印刷有限公司
		（广东省佛山市南海区狮山科技工业园A区）
开 本		787毫米×1092毫米 16开
印 张		15.75 2插页
字 数		200,000字
版 次		2018年6月第1版 2018年6月第1次印刷
定 价		42.00元

如发现印装质量问题，请直接与印刷厂联系调换。
购书热线：020－37604658 37602954
花城出版社网站：http://www.fcph.com.cn

人文　自然　品质

主办　深圳市光明新区文化艺术发展中心

顾问　王晓华

主编　远　人

编委　陈　瑛　陈昌云　余巍巍

等绿荫覆盖

远　人

今年春天将要结束的3月14日，英国物理学家和宇宙学家霍金的去世引起了全球极大关注，也又一次引发了国内读者新一轮关于宇宙说的阅读热潮。霍金的《时间简史》虽说是全球现象级畅销读本，我心里仍是怀疑，是不是每一个买了这本书的读者都认真读过？读过的读者是否真能依此进入霍金无边际的思维？

霍金撰写《时间简史》，目的是为了让深奥的学术能走向通俗，得到普及。他是不是做到了姑且不论，他的宇宙学说也不是我在这里要来一番抒发感慨的，我只是想沉思他说过的一句话，那句话是："我们不过是猴子中较为先进的一种，生活在一颗平凡恒星照耀的小小行星上，但是我们可以理解宏大的宇宙，这让我们极为不凡。"

从任何一个角度看，霍金这句话都令人感到某种自豪。和地球上的其他物种相比，人类的确是拥有创造性思维的唯一物种。这一思维的显凸存在，导致莎士比亚也不无自信地以为人类乃"宇宙之精华，万物之灵长"。人类中心主义就此获得稳固的磐石。

但恰恰是"可以理解宏大宇宙"的人类，却在自我中不断迷失。其证据是，人类明明知道地球的绿荫不可缺少，仍是成为山林的最大破坏者；人类明明知道工业的废气在污染整个地球，仍是将无穷无尽的废气排向包裹地球的大气层；人类明明知道水土流失日益严重，仍在资源的挥霍上，稳居这颗星球舍我其谁的先锋位置……

　　不能不说的是，在人与自然的伦理关系中，18世纪的德国哲学巨匠康德曾用不容分辩的口吻宣称"人是目的"。在康德所在的启蒙时代，人类正在自我认识的路上狂飙突进，这一说法自然有其道理，在今天来看，却难免令人不安。如果人真的是大自然的目的，那么就意味着大自然在人类面前根本不重要，人对大自然的凌驾会变得肆无忌惮，对大自然的任何索取也会变得心安理得，似乎大自然只可在沉默中屈服于人类的种种意志之下。

　　事实上我们已经看到，大自然在沉默中并没有屈服，而是在人类贪得无厌的索取中展开了报复。说报复其实不对，准确的说法是，大自然在人类无休止的掠夺中终于让人类领教到大自然在地球的绝对位置。人离不开大自然，离不开大自然的每一次呼吸和每一片绿荫。尤其是城市成为人类的居住位置之后，大自然似乎在远离，它的惩罚却从未远离。正是在明白自己的失去之后，人类才发现自己在今天的等待已经不再是喧嚣的物质，而是能够笼罩并抚慰自己心灵的绿荫。

　　仍是霍金，在《时间简史》中说道，"我们可以回到过去，却终究无法改变历史"。在时间的向度上，历史是已经发生的，的确无人可以改变。我们能够改变，也能够及时改变的，便是培植广阔的绿荫，让它覆盖我们的将来。

2018年4月18日夜于深圳

目录 *Contents*

光明

文本与绎读

小说

此时，彼刻

◎聂梦兮

1

对法妮来说，那次粗糙的邂逅便成了他们故事的开始。

从那次认识开始，"他们"就被她移植进了那部搁浅已久的剧本中的"情侣角色"。她明白，相比画布上逐年消逝的色彩，唯有文字，才能强烈地活着。她还明白，正是在那一幕里，在没有任何多余的对白中，排除理性的衡量，由着他们对自己内心真实的顺从，以及某种欲望的理解，他们抛开所谓的障碍，已成为一对情人。

法妮开始重新捡起剧本了，但第一个句子总是让她抓狂，那种感觉就像"猫和老鼠"的游戏，可怜的汤姆永远逮不到杰瑞那样，总是被杰瑞玩弄于自己的小聪明中。同样，她不想要说教式的鸡汤开头，也不想扭捏作态的无病呻吟，更不想用一些故弄玄虚的措辞。她想直接切入主题，看似心不在焉却又无比专注地回到她的记忆中。

法妮模糊了准确的时间和地点，唯有当时的最后一首曲子，回放了这个故事的开始：

　　"嘿！铃鼓先生，为我奏一曲

　　我尚未入眠，且无处可归

　　嘿！铃鼓先生，在这铿锵作响的早晨让我与你同去

　　然后带我消失罢，带我登上你魔样旋涡般的帆船……"

　　月光模糊了一排昏暗的路灯，海浪拍打礁石的吼声盖过了那群年轻人的嬉笑和狂欢。当月色和海面融为一幕时，沙滩上只剩下两只被遗忘的音响和它们撕裂的歌声。

　　法妮嘴里哼着不成调的曲子，摇摆着灌满酒精的身体晃到马路旁的路灯下，给自己披上一张像波斯挂毯模样的羊毛斗篷，然后摘下左耳上那只沉甸甸的金色吊坠，揉了揉被拉扯的耳垂。已经快凌晨四点，法妮却觉得还没尽兴，她总是在大家已经精疲力竭时才感觉刚进入状态。

　　那是法妮同学可欣的生日聚会，对参加者唯一的要求是：装扮成一位来自上世纪60年代的嬉皮士。在那个夜晚，男生都像来自流浪世界的拾荒者，女孩们则把自己打扮成吉卜赛女郎。

　　"法妮，需要我载你一程吗？"法妮侧过头，一个留着中分微卷的，有着一双透着明亮黑色眼睛的高个子男孩，驾驶一辆老爷车向她招手。

　　在五个小时前，可欣介绍了他们认识，他是可欣的表哥，但法妮根本没记住他的名字。在她看来，享受聚会的音乐和游戏远比名字更有趣。至少，他们度过愉快的五个小时。可欣是法妮大学同学，也是班上唯一的一位华裔，她和大部分喜欢安静的中国女孩不太一样，她的业余时间几乎被冲浪、潜水和徒步占满。

　　"啊，真是不好意思，但我确实需要搭车回家。"法妮做了个鬼脸继续说道。

　　"请问怎么称呼你呢？"

　　"莱奥。"他的语气平缓而镇定，"上车吧，我没喝酒。"

他的半侧脸在暖色灯光下像一尊古希腊铜像，虽然身上穿着一件做旧的高腰黑色飞行皮夹克，却依然看得出来似铜像那般的理想轮廓。他并非属于很帅的类型，但是有一种特别的魅力。

"哇，这简直是艘古董帆船啊。"法妮甩了下她那头蓬松的、卷曲的栗色长发，然后夸张地斜躺在副驾上。"可欣只是说让大家装扮成60年代的嬉皮士，可你居然找了辆老爷车！"

"可惜它只有今晚属于我。准备好了吗，我们要起航了。"

"遵命，船长。"法妮格外留神地盯着左边这张带有东方气质的混血面孔，她似乎想从中研究出点名堂来。他至少有26岁吧，也许自以为是个浪荡不羁的老手，想到这里，法妮忍不住笑了起来。

"我的脸上有什么东西逗你笑了吗？"

"噢，并没有，只是忽然想起来可欣经常提起你，见到真人感觉有些奇怪。"法妮笑道。

"是吗，我可不相信她会说我的好话，"莱奥对着法妮眨了下右眼，"可欣是怎么跟你讲她这个表哥的？"

"这个嘛，她说你喜欢蹦极，经常带她潜水，时不时还开着滑翔机在天上晃悠。总之，就是很厉害的样子咯。"法妮喃喃说道。

莱奥脸上泛起一丝得意的微笑，像是得到一个满意的回答。

"可欣也跟我聊过你们在学校的事，你可是她很要好的朋友。事实上，她很羡慕你，"莱奥继续说道，"你的妈妈是一位受人尊敬的电影编剧，她一直非常支持你，即使是选择艺术这样的险路。哦，对了，我尤其喜欢她写的《第十三次》，可惜电影并不如原作细腻。"

"哇，很高兴你喜欢，不过我也认为电影拍得有些差强人意。嗯，但反过来说，如果父母从不在你的任何选择上干预你，否定你，而是最大限度地给予支持，那会让你很难放弃，也不能抱怨什么，这会让你总是处在一种被动的状态。这，又好像是一种善意的欺骗。总之，我不喜

欢这样。"一路的海风把法妮身上残留的酒精味消灭得干干净净。

"你运气真好，还可以这样埋怨。我小时告诉父母长大了想成为一名科学家，他们却对我说工程师更适合我；我说想成为宇航员，他们却说飞行员更好；我说想组建乐队当贝斯手，他们却说也许吉他老师更合适……"

法妮又一阵大笑起来，"哈哈，您的父母——他们实在是，非常睿智！我以为你的青少年时期是自由不羁的、属于美好的一代。"

"所以，宇航员的梦想落空后，我只好选择在机场工作咯。"莱奥摆出一副生吃柠檬的表情。

月亮是幽暗的，天空逐渐变成灰白色，再过两个小时太阳就来换班了。莱奥本想提议顺便到附近的贝尔堤岸看日出，可事实是他得在五点赶到机场上早班，就像月亮和太阳每天交班那样规律和严谨，几乎不允许存在特殊情况。

2

从法妮决定开始写"他们"之间的故事起，她发现自己回忆的清晰程度令她大为惊讶。要知道，就算是背一万遍，她也记不住课本上的经典剧目。也许这是先天的，法妮从小便喜欢观察那些细小、琐碎的事情，或许仅仅是对着它们发呆。上学时，她总是迟到，有时是被路上的一块奇怪石头所吸引，有时抬头凝视胖胖的海鸥，又或者是远远地打量路边一对乞讨的母女。更多的时候，法妮会忍不住假想自己是她看到的那只胖海鸥、那对母女之类的角色。

法妮一直过着足够奢侈和自在的生活，她的母亲奥德琳想尽可能给她更多的爱和一个氧气丰盈的环境，从而弥补父爱的缺失。法妮对这个世界永远充满好奇，但也很快对一些事物丧失兴致，不时弄出一些出格的、离经叛道的事情，也许仅仅是为了证明自己的存在吧，然后摆出一副漫不经心的样子。可另一方面，同样与生俱来的多愁善感不时困扰着她，总会有那么一段时间心绪不宁地、内心挣扎地反思她的生活，不由自主地保持一种忧愁的沉默。

派对后的这个周末，法妮像往常那样，去到了一小时车程外的阿维尼翁。那是一个慵倦的午后，和平时的下午没什么两样，他们在蒙特大街一家咖啡馆的露天座度过了一整个下午。法妮略感到无聊，仿佛有趣的生活正在悄悄溜走，而在她看来，生活的意义就是要尽可能高兴。

乔伊斯正在和他新话剧的两个主演讨论他们匪夷所思的超现实故事。法妮对这些话题感到麻木，母亲奥德琳跟她聊了整整二十一年有关"剧本""创作""道具""灯光""后期和拍摄"等等电影话题。具有戏剧性的是，法妮出生后说的第一个字不是"妈妈"，而是"咔——"。

即使是在一月，南法的阳光还是那么耀眼。法妮戴着她那副最喜欢的黑色方形墨镜，找服务生点了支烟，开始在咖啡馆对面的喷泉广场上来回踱步，看上去跟不远处那只晃悠的猫咪没什么两样。

在这种无意识的漫步中，无聊感被驱逐了，法妮感觉到被一种温暖的幸福所包围。她转过头去，乔伊斯正向她走来，远远地，他凝眸注视着她。然而，不知道为什么，法妮觉得她感受到的这种幸福并不来源于乔伊斯。即便她很喜欢乔伊斯，在大家的眼里，他们是那么般配。

那个晚上，乔伊斯带法妮去了一家普罗旺斯老餐厅——尼古拉之家。这家店的第一代老板可以追溯到一战前，即使在两次世界大战中，也丝毫没影响到这家店的正常营业。乔伊斯喜欢有故事的餐厅，而法妮热衷于发现各色美食，他们总能从中得到自自的快乐，就像在旅途中妙不可言的一次邂逅。

在跟乔伊斯晚餐结束后，法妮独自顺路去伊娃家。伊娃刚从学生

宿舍里搬了出来，租了一间在老城的迷你公寓，对面就是他们下午喝咖啡的小广场。一进门，天性活泼的伊娃便开始手舞足蹈地向法妮介绍她的新窝——那是一套带两扇大天窗的阁楼，躺在床上正好可以透过天窗看到星星，唯一美中不足的是，阁楼天花板太低。伊娃对这间充满艺术感的阁楼十分喜爱，只是房间的不规则形状使她原先的设计方案付之东流，不过这并没影响到她高昂的兴致。

法妮和伊娃的见面像极了两只麻雀，两人没完没了地聊着，说着说着便开始跟着音乐扭了起来。法妮好像永远在恋爱，而伊娃永远是极富耐心地听完法妮冗长的爱情牧歌，或是一段突如其来的、天真烂漫的风流韵事。似乎是为了让听者更加投入，法妮总是不自觉地往故事里添油加醋，最后竟然活像她母亲奥德琳笔下的创作脚本。

3

一周后，法妮和可欣约在市中心的一家爵士酒吧里。

当时，可欣和文学院一个叫布尔诺的男生正打得火热，满脸写着"热恋"两个字，天花乱坠地向法妮讲述他们浪漫的开始。正当故事讲完时，可欣的表哥莱奥正好也走进酒吧。她们并没感到特别意外，因为今晚正好是一个独立爵士乐队的表演，但凡对爵士乐感兴趣的人几乎都来了。

可欣带着法妮过去打了招呼，简单认识了一下，确切地说，是认识了莱奥的女朋友，也是他的未婚妻卡米拉。

卡米拉一头柔软的浅褐色头发，身材高大，脸上洋溢着幸福和善良。初次见面，她便对法妮十分友好，也许因为法妮是可欣的好朋友吧。但不管是出于哪种原因，卡米拉让法妮觉得她是那种温柔的贤妇型，虽然没有什么诱惑力。

"你要喝点什么吗，法妮？"莱奥问道。

"嗯，我和可欣已经点了，这么久了还没送过来。"法妮张望着吧台。

"肯定是怕你又要喝酒，"可欣神飞色舞地说道，"上周你喝了那么多，挂在酒吧门上了不记得吗？哈哈。"

"是吗，上次你生日聚会完我送她回去，法妮还是一副没玩够的样子。"莱奥不禁笑起来。

"因为她们还年轻啊，"卡米拉说，"二十来岁正是疯狂大笑的年纪。"

法妮不太记得那晚他们都聊些了什么，从某种意义上来说，她和莱奥的眼神交流远胜过话语的交谈。她第一次发现她和莱奥之间暧昧的默契，这让她感到一阵激动和狂乱。法妮默默地打量着莱奥，他确实是她喜欢的类型，带着一些东方的异国风情，恰好将东西方的特征完美地融合在这张脸庞上。法妮被自己脑子里忽然冒出的想法吓了一跳：她心里有个声音强烈地说道——想要亲吻这张陌生的、令人着迷的脸庞。此时，她已经将乔伊斯抛在脑后。

乐队演出进行到一半时，可欣便早早离开去见她的小男友布尔诺了，而卡米拉突然接到学校的电话，她的一位学生遭遇车祸，需要老师们前去看望。这样一来，只剩下法妮和莱奥两人。法妮一方面表示出对卡米拉的离开多么遗憾，但实际上，她无法控制的微笑使嘴角都变了形。于是，她只好半张着嘴夸张地表示这一切实在太突然、太可惜了。

演奏快接近尾声时，他们跳起了舞。法妮的头正好在莱奥的下巴位置，她觉得这样的高度刚刚好，法妮目测把她的头靠在他宽阔的肩膀上应该是很舒服的。

晚上十一点，他们离开了爵士酒吧，莱奥带她去了一家叫6 Senses的酒吧，那里更适合坐着聊天。

他们很自然地谈到了爱情这个话题，谈到了刚刚离开的卡米拉。

"听可欣提到过你演话剧的男朋友乔伊斯，挺有意思的。"莱奥说。

"噢，是啊，他非常热爱他的话剧，有时候我觉得我的地位远不如他的话剧。"法妮笑着调侃道。

"听说你们感情很好，看得出来卡米拉很爱你。"

莱奥对此表示同意，他们在一起快两年，是他最稳定也是最认真的一段恋情，他们大概会在明年春天结婚。莱奥认为，他曾经绝不会想到像现在这样过着安稳的生活，他的心是属于天空和大海的。可是，时间改变了太多。他理想中的规划也只能是说说而已。

法妮听得很认真，她既不表示赞同也不表示异议，莱奥的话逐渐让她感到乏闷起来，她觉得他本不该是这样，她和他才是一类人。他的那些观点和理论在她这里半点也行不通，法妮开始表明自己对生活和爱情的立场。

"是啊，我很理解你，我曾经也是这么想的。你现在还没到考虑未来以及稳定生活的年纪。"

莱奥继续说："和你在一起很快乐，好像让我回到了年轻的时候。"

"少装老啦，你不就比我大六七岁吗，不至于吧。"法妮小酌了一口。

"那还不少吗，想想你刚出生的时候，我已经上小学了；而你上小学的时候，我都已经和姑娘分手了。"莱奥做出一副无辜的表情，样子十分滑稽可爱。

聊着聊着，大厅里的人越来越少，看来是要打烊了。莱奥叫了辆计程车把法妮送到家。也许是酒精和荷尔蒙作怪，一个急转弯把法妮甩到莱奥的怀里，他们开始在后排座上忘我地吻了起来。到达目的地后，司机下车抽了根烟的时间他们才停止了亲吻。最后，他们约好了下次见面的地点，时间未定。

4

院子里毫不客气的喇叭声惊醒了正在小憩的法妮，她像弹簧一样跳了起来，跑到阳台上往下张望。毫无疑问——是莱奥。

他们总是约在下午四点左右见面，有时莱奥会去法妮家楼下接她。法妮胡乱地收拾好包，对着镜子挤了挤刚才睡觉时脸上留下的印子。

"你好啊，船长，我们出发吧。"法妮每次说这句话时，脸上总是带着一种小孩才有的那种简单、童真的愉悦。

"小姐，请系好安全带，"莱奥轻轻地在法妮左侧脸颊上留下一个吻，"准备起飞咯。"出于职业原因，莱奥在开车时总是混淆他那套机场的说辞。

"你知道吗，当代艺术馆正在展蒙克的画呢！"法妮激动地说道。

"就是那个线条扭曲，有精神病的蒙克？"

"是呀，是他，你能想象吗，要是他没有精神病，恐怕永远也不能创作出那般魔性的画吧！"

"艺术家的生活总得付出些代价，尤其是当一个不同寻常的艺术家——"莱奥对着法妮会心一笑。

"好了，当然，像您这样的'现实主义者'肯定难以理解。"

周四的下午美术馆里人并不多。

"一张学生票，一张成人票。谢谢。"法妮转身对莱奥说，"以后看画展都算我请你啦。"说完，法妮像只兔子一样蹦进展厅里。

"天哪，快看那张！他画布上的某种力量实在是令人震撼——"法妮激动得声音有些颤抖，"他把那种极端孤独和苦闷、无助的情绪无限

放大，才能表现出这样的画面啊！有时候，我觉得我就是站在桥上呐喊的那个人。"

从美术馆出来后，法妮和莱奥走到旁边的一个三角喷泉公园，草坪上竖着刚完成的一组装置雕塑，与不远处的沙滩和大海完美衔接。

"有时候真不明白为什么会有这么蠢的艺术作品。"莱奥表现出一副不屑一顾的样子。

"是啊，但要是每个人的审美都一样那也太无趣了，"法妮笑着说，"我就没有机会嘲笑你的品位了。"

"你听——"莱奥停下来跟着哼了起来。

"这旋律好熟悉啊。"

"押尾光太郎的《风之诗》，每次听它都会让我想起小时候在苏州度过的暑假。"

他们走到一块安静的草坪上，斜躺下来，面朝着落日被大海吞噬。他们相互聊着自己之前的恋情，比如有过几个恋人，什么时候经历第一次，分手的原因。莱奥说他目前最大的愿望便是在三十五岁之前登上一座八千米以上的山峰，除此之外，他没什么好寄托的。

他还讲到他的外公，在40年代曾赴莫斯科留学，在那里，认识了一位时髦、前卫的巴黎女孩，也就是他后来的外婆。还讲了许多他的童年旧事，比如在外公家乡苏州的假期：就像中国画里那样，水乡的人们撑船而去，他们喝着冰镇的酸梅汁，吃着梅花糕。他在那里有过一段纯洁而美好的初恋。后来，他迷上了攀岩和潜水，几乎所有的假期都献给了大海和天空。

"可惜长大后再也没回去过。"

"我下学期跟着学校项目去上海当交换生，你过来找我玩呀。"法妮激动地说道。

"小姑娘，我一人去那么远的地方，怎么跟卡米拉解释啊。"

莱奥做了个无辜的表情，把法妮揽在怀里。

"哼哼，算了，真没诚意。我看不起你。"

"给我点时间吧，我会找到一个合适的理由。"说完，莱奥在法妮的额头上轻轻一吻。

5

大海呈现出一种温暖的蓝，这种蓝像极了爱琴岛上的蓝房子，它与天空柔软朦胧的粉和浪漫多变的紫邂逅，最后隐退在深邃的海蓝色里。当太阳完全消失在海平面后，莱奥载着法妮去到城市的另一边——半海水的另一边。

"假设我们每天都待在一起，你很快便开始厌烦，你会发现很多我身上的缺点，也许你不能忍受。这些缺点……嗯，会很快把你对我短暂而美好的感觉冲得一干二净。而我想尽可能让它延长。"

"也许会吧，也许不会。但你已经和我开始想象中的不太一样了。"

"不过这样才是有趣的啊，在两人认识的过程中，对方不断给你一些惊喜，或者惊讶。"

"我觉得……嗯……你并不是那么喜欢卡米拉吧，"法妮清了下嗓子，"你好像在麻痹自己接受现在的生活，接受你即将结婚的人。我的意思是，这不是你内心真正想要追求的生活。"

法妮理直气壮地说道，像是在为另一个莱奥辩解。而对于法妮的这个提问，莱奥似乎有些意外。

"不，其实我很满意现在这样，我们非常稳定，这不是单方面的，而是建立在两个家庭之间的可靠联盟。一种关乎两个家庭的利益关系。我并不能说有多爱她，我们之间也没有到可以坦诚相见的感情。但我和

她的一切基础就是不变，就是疲倦，就是没有什么感情。你可能会觉得无趣，甚至鄙夷，但这个基础是牢靠的，平衡的。要知道，这个世界远不如你想象的那么自由。"

车里的空气瞬间凝固，法妮把头从莱奥的肩上抬起来，转头看向车窗外。刚才十足的底气竟剩下不到三分。

他继续说道："也许在年轻的时候，你总相信会遇到很多灵魂伴侣，但随着时间推移，你会发现这发生的频率越来越小。你还小，很多事情你还不懂。我遇到过很多女孩，有的女孩，只看一眼，便知道是可以陪伴一生的；也有莫名其妙在一起交往，分手之后却十分怀念的；当然，更多的还是昙花一现，享受当下。嗯，卡米拉就是属于第一种类型，她是个好女孩，一个好老师，乖巧、有涵养。不过，一般来说，我是不会喜欢小姑娘的，但我觉得我们俩之间有很多相似的地方，而你，法妮——"

法妮狠狠咬住嘴唇，即使她有一千个可以反驳他的理由，至少她想说这些都是"什么狗屁理论"，但是，她没能说出来。这种感觉像是她在学校表演话剧时到了高潮部分，就在那瞬间，竟然一个字也吐不出来了。

莱奥转头看了她，柔情地笑了起来。

"怎么啦，突然不说话。所以，嗯，这也是为什么我不喜欢和小姑娘有瓜葛。"

法妮感到一阵强烈的反感，这似乎是一种从未有过的侮辱，且怒火中烧，她的前额被这强烈的感觉牢牢支配了，像坐过山车那样猛地翻江倒海。其次，她厌恶他把那些简单的、纯粹的感觉复杂化，比如他们之间的喜欢和快乐。

法妮不断从一种心理状态切换到另一种状态，终于，在经过短短几个红绿灯路口后，她筋疲力尽了，也厌烦了。她缄口不语，只想立刻下车。就这样突然地离开，再也不要见到他。

最后，她心里的另一个声音占了上风：再听他胡扯几句吧。法妮心里带着某种难以名状的傲气，再三告诉自己，她并不是那么喜欢他，因而不必为此搅乱心绪，更不该觉得自己受了侮辱。而是该表现出一种漠视的、不在乎的态度。也许，这种争论和较量是无用而荒唐的，只会侵蚀他们建立在某种默契上的情感。

法妮以为她把握好了自己。

然而，这场谈话显然扰乱了她内心一种含糊不清却很强烈的东西，这也许只是一时的情愫，只是情投意合而已。的确，他有他的魅力，也有他的烦恼。就像每天太阳和月亮换班那样自然，用不着去理清头绪弄个明白。

6

法妮有时候觉得她和莱奥之间并没有什么可聊的，他们不像那些情侣之间畅谈未来、回忆过去。他们既不谈将来，也很少聊过去，有时她会沉默在味同嚼蜡的无言中，这让她常感到遗憾。就像现在，法妮坐在学校背后的一阶石梯上，毫无知觉地嚼着一只生硬无趣的三明治，似乎只有阳光——永远无私地温暖着自私的人类。

"法妮，你怎么啦！一脸迷惘的样子。"可欣夸张地笑了起来。

法妮一下子回过神来，支支吾吾地说："啊，没什么，就是这三明治难吃得要命。"

"你和乔伊斯最近怎么样，很久没听你说起过他了。"

"还是那样吧，他最近挺忙。莱奥和卡米拉挺好吗，他们结婚会请你当伴娘吧？"

法妮真不敢相信自己提了一个这么愚蠢的问题。

"啊，我以为你早把他们忘了呢。当然会，我想。"

　　法妮真想把所有这一切告诉可欣，就像讲给伊娃那样。但一想到莱奥是可欣的表哥，况且可欣一直也很尊重她未来的嫂子，法妮只好又咽了一大口面包。

　　正当法妮嚼着只剩下半只的三明治时，她收到了莱奥的讯息。大致意思是他可以五月份飞去上海，因为他和卡米拉的母亲约好去中国玩两周，由他和卡米拉陪同，这也是第一次正式的家庭出游。莱奥表示，他可以单独抽出几天和法妮在江南一些小镇闲逛。法妮觉得这个主意真是既可气，又好笑，但她还是表示出乐意。她想，这是他们之间唯一可谈的"未来"吧。而"未来"一过，法妮便决定不再和莱奥有任何瓜葛，她可不想充当他们无聊生活的调味剂。这么一想，法妮觉得没那么难受了，她仿佛看到了他们故事的结尾——显然是一场可悲的爱情。

　　法妮立即把手里那半个三明治扔掉，她觉得她不该再用既没有营养价值也毫无味道可言的食物满足贪婪空虚的胃。她快速从包里拿出一支烟，点上。

　　一学期就这样结束了。这一个月里，法妮几乎没有和乔伊斯联系，为了入选参加阿维尼翁夏季的话剧艺术节，乔伊斯每日每夜地忙着排话剧、改话剧。而法妮，她也正忙着自己的期末展。到最后，他们甚至不再互相问候晚安。

　　而法妮和莱奥几乎保持着一周两次的见面。除了年假，莱奥再无别的假期，他在机场的工作规律得像一台机器：永远是上两天班，休息两天。早、晚班轮流倒。对于莱奥头痛的原因，法妮深信不疑，一定是他高压的工作状态，还有内心长期的矛盾分裂造成的。

　　莱奥并不喜欢他的工作，他的工作并不能给他带来乐趣，他热爱极限运动，也向往真正自由的生活，但他并不会考虑转行，或者为此付之行动；就像他谈不上有多爱卡米拉，可他也并不会就此离开她去追求所谓的真爱。从某种生活的长远角度来看，这些更适合他，也更稳定，这就足够了；至于什么是真爱，好像是另一个世界的事情。可法妮并不能理解，她曾无数次试图唤醒莱奥心中最真实、最简单的一面，然而，换来的只是一次又一次的沮丧和失落。

总的来说，莱奥的第一个休息日通常会去附近的小城看望父母；第二个休息日，卡米拉会在他家住上一晚；最后，他把第三个休息日留给了法妮。不知道从什么时候起，法妮眼巴巴地等待莱奥的第三个休息日——通常是在星期四，她也不像从前那么热衷于每周四晚上的派对了。法妮总是即时地向伊娃讲述他们故事的进展，像是美剧每周更新一次那样。

伊娃不太理解法妮为什么这么能等，从周五盼到周一，又再盼到周四。不错，法妮知道怎么等，没有朋友聚会的晚上，她就倚着阳台的铁花栏杆，对着自己的画架摆弄手里的调色盘，像是搅沙拉一样。抬头看眼深邃的夜空，又转头看着略带忧愁的蓝绿色画布，等待周四。而周三最黯淡无光，好像第二天永远不会来临。

7

一天晚上，法妮去母亲奥德琳家聚餐，因为吕克来了——他正在同奥德琳交往。

晚餐气氛虽然比较活跃、轻松，但法妮却一直惦记着回莱奥的讯息。

"法妮，把你的手机放好吧，晚餐的时候可不需要它。"奥德琳用一种极温柔的声音说道。

"没关系，现在年轻人都是这样，干什么都离不开手机。况且，法妮是在跟男朋友回消息吧。"说完，吕克用他那双迷人的灰绿色眼睛看着奥德琳。

"我亲爱的法妮，"吕克继续说道，"像我在你这么美好的年纪时，我就是玩儿，虽然有些放荡不羁，但是多么热爱生活啊！"

在香槟和勃艮地红酒的作用下，奥德琳脸色红润微醺，像少女一般的神情崇拜地凝视着，倾听着吕克刚结束的南极之行。

法妮早就在吕克这段南极之行的畅谈中，看到了她和莱奥下周的出海行。法妮从头顶到耳垂感到一阵持续的发热和兴奋。莱奥发消息说他这周工作繁忙，接着问她：十三日到十四日有空吗，也许我们能出海两天。简短平静的一句话，带着一种不经意的邀请，这就是莱奥。

二月十三日，法妮带上一只简单的帆布包，外加一瓶玛姆香槟和两支精油蜡烛，也许，他们会在船上晚餐，谁知道呢，法妮暗自想道。莱奥已经在贝尔堤岸启动了那艘精致的白色帆船，说来好笑，这艘帆船并不是他的，而是他女友卡米拉的。一开始，法妮总觉得这样有些奇怪，但一出海，满眼碧蓝的地中海和可爱的胖海鸥让她瞬间忘记了这怪异的感觉。

他们运气不错，在连续刮了一周的大风后，今天终于平静了。太阳落山前，莱奥把船停靠在赛特小岛的码头。他们去了岛上一家夏威夷风格的餐馆，坐在棕榈树下守着日落，等待晚餐。

法妮似乎处在一种非常愉悦但又有些迷茫的情绪中。总的来说，她通常担心自己会早早地厌倦对方，而不是对方厌烦自己。而现在，情况好像正在颠倒，即使莱奥看上去还是那么愉悦，但这隐约让她感到不安和困惑。尤其是，莱奥既不表现出冷漠也不会表现出过度愉快，更不会问"你在想什么"这样的傻话。他的确和法妮在学校交往的男生不太一样，毕竟他比她大七岁。而法妮在大学里约会的小子，只不过是比她高中约会的男孩大一号的翻版。

然而，法妮和莱奥是同一类型，在很多方面都很合拍，有默契，从不过多解释什么。同样的节奏，同样爱好，并没有因对方而改变或是迎合什么。他们是知己，是情侣。她不可能是他要追求的女伴，他大概根本就没有爱她的意愿或是可能，他也不会是她的男友。

法妮还知道，她永远也不可能代替卡米拉的角色。这让她感到既沮丧，又宽慰：无奈的是她并不能长久地和他在一起，虽然她从未想过要和谁永远在一起；好的角度是，她知道自己是独特的，有趣的。法妮心中思量，也许顺其自然才是合乎情理的，不应该总是一问究竟、想个明白，但也不能太迷糊，要大胆，够沉稳。

"你看起来好极了，小脸上的胶原蛋白可真让人妒忌啊。"

"是吗，可我总是嫌它们太多。"法妮做出个鬼脸，往嘴里送了最后一小块鳕鱼。

"我想我们一会儿先去酒店登记吧，要知道这岛上的酒店可不像别处那么可靠。"

"遵命，船长。"

在沉沉暮霭中，不远处的海水从蔚蓝染成橘红，又从粉紫逐渐褪去转为暗灰，仿佛钻进了法妮的画中，这种美短瞬而乖张。

这是岛上唯一一家酒店，复古豪华的前厅让人望而生畏，莱奥与前台一位态度傲慢的女子交涉，简单的入住手续竟比银行办公还要漫长，法妮觉得还是刚才那家夏威夷风格的露天餐馆比较和蔼可亲。办理妥当后，一位说话娘气，戴着直筒高帽子、像是来自90年代的服务生左手托着水果盘，带领他们穿过前厅来到二楼的房间：一间朝向大海的宽敞房间，落地窗外的露台似乎可以直接通向海面。

莱奥径直走向露台，满意地眺望远处。

"真是不错的地方啊，你每次都带不同的姑娘来这吗？"法妮伸了个懒腰，倚在栏杆上。

"看，你又开始嘲笑我了。"莱奥像搂一只小猫那样把法妮抱在怀里。

他一言不发，他开始吻她。他闭上双眼，在月光的映衬下，法妮看到了一张专注的却又漫不经心的脸，她忽然想起来他们第一次认识时候他的脸，同样是在微光的衬托下，像一尊古希腊雕像。她想，这就是莱奥。接着，一种舒服的、撩人心绪的感觉在法妮内心蔓延开，直到他的亲吻从嘴唇转移到脖子，再到胸部、背部，她才感到一丝慌乱，像是回到了曾经那个懵懂的、十四岁的小女孩。法妮感受到了天竺葵和薰衣草的芳香，一种难以名状的愉悦覆盖了身体内的每一个细胞，她努力记住这空气中的气味，唯恐发生的一切骤然消逝。不远处的海浪开始猛烈地冲击着礁石，漫过了绵柔的沙滩。终于，四只亲密的脚踩在柔软的地毯上。最后，天空彻底黑了下来，他们此起彼伏的身影由璀璨的黑夜远远地衬托着。

法妮半夜醒来时，口干舌燥。令她惊讶的是，她竟然在莱奥的怀里睡着了，要知道，她从来不会枕在任何人的肩上入睡，她甚至睡觉时不需要枕头。法妮只想静静地打量着他，纯粹带着客观的、不掺杂任何感情地注视着他。首先，她要调整光线，就像在画画之前找到满意的光源，法妮下床去喝了些苏打水，然后将厚厚的窗帘拉开，把月光请进屋子里来。那天傍晚，正好是月全食，法妮感觉那月亮大得太不真实，像是乔伊斯话剧里的道具。接着，法妮盘坐在床上，开始观察她眼前这个熟睡的"静物"，她透过他的轮廓感受到了他的温度，他的肌肤，他的质感和一种惶恐的温存。

大海的呼啸声还在情人的床边喧闹。

夜里，法妮的思维总是比白天跳跃一点，忧愁一些。她想到莱奥此时就近在咫尺，就在眼前，这是她期盼已久的夜晚，然而当它终于到来时，却并不如期待和想象中的那样完美。就像她同之前男友的旅途那样，虽然景色和食物看起来都如此悦人，可她总是莫名感到一丝惋惜，遗憾她并不是那么喜欢他们。而这次却不同，她感到平静而又痛心，她毫无睡意，她想尽可能地把他们定格在这一刻。她预感到他们不会再拥有这样的夜晚了，他们约定的夏天也不会再来。

想到这里，法妮觉得自己无可救药，只是"喜欢"这么简单的事，却别无出路。她伏在他胸口上，一声叹息。

凌晨四点，莱奥准时醒来，常年紊乱而规律的工作时间已经腐蚀了他的生物钟。他看到法妮像一只毛毛虫那样泄气地侧瘫在他身上。

"噢，你怎么了，我可怜的小姑娘？"说着，他便把法妮抱在怀里。

她紧紧地贴着他的胸口，她大致感到他对她怀有的一半爱意和一半冷漠。他沉默着，他握住她纤细的手指，轻轻地吻它们。法妮想到一些傻话，从前，在她看来那些蠢话只有在那些没有脑子的女人嘴中才会说得出来，而她永远也不会让自己变成她们，她也从未讲过那样的一番话。可她此时真想对他说："为什么我们只能是享受当下？为什么我们不能像别人那样谈一场恋爱？为什么会选择卡米拉？——同一个没有生活情调只是按部就班、乖巧的女人在一起？"

像是法妮小时候总想不明白为什么爸爸会离开妈妈，为什么他们曾经那样相爱却还是分开了。也许成长就是不断地想通一个问题，继而转到另一个问题。但法妮并不想瞬间成长，那样付出的代价太大，太痛。同样，童年时父母的分离让法妮迅速长大，就在一夜之间告别了昨天那个只知道玩洋娃娃和撒娇的小女孩。那是她第一次留下烙印的成长经历。她有所预感，莱奥即将是第二次冲击。对此，她有心理准备，能承受这一突如其来的快乐和忧愁，但却依然手足无措。

或许，活在当下是最好的办法。他拨乱了她的长发，一点一点地亲吻，他们随着大海的波涛声一起叹息。

8

第二天的太阳依然照常升起，服务生把他们的早餐送到沙滩上的木桌上。

"生活多么美好啊，"莱奥伸了个大大的懒腰，感叹道，"你说人为什么就不能一直像这样过呢。"

"当然可以呀，这可是我从小以来的奋斗目标。"法妮在厚厚的冰黄油上又盖了层蓝莓酱。

"在偏僻的地方生活是不正常的，我的意思是，人类还是得依附于城市。"

"天哪，你居然会这样想，"法妮往嘴里送面包时顿住了，"人的生活方式可不只是局限在城市。看看那些岛民，还有在东欧那些宁静的小镇里生活的人们，他们过得多惬意啊！"

"但是你得考虑到你的父母正在衰老，要是今后你有了孩子——"莱奥解释着。

"行了，别说了，你可真是一个十足的矛盾体，"法妮狠狠咬了一大口面包，"一方面你想要追求内心向往的自由生活，另一方面你又被一些世俗的现实的传统教条所束缚。显然，现实赢了。"

"是啊，你尽管嘲笑我吧。"莱奥扭头看着大海的方向，咖啡从杯子里溢了出来。

法妮大口大口地往嘴里塞烤面包片，胃里似乎长了一只血盆大口。

"所以，即使只有几天和你相处的机会，嗯……在那样与世隔绝的村庄里，我也满足了。"

说话间，法妮在莱奥的眼神里看到一种无奈的柔情，她后悔刚才表现出那般咄咄逼人的模样。

"即使是几天，那也漫长得像一辈子啊。"

"哈哈，傻姑娘。干吗说得那么伤感。"莱奥笑了起来，"我们现在这样不是很好吗。"

"你答应五月到上海来找我的，不来我会看不起你哟。"

法妮知道，他们之间这种"浪漫的关系"脆弱到转瞬即逝，快到也许就在下一秒，或下一刻。这是一个没有出口的死胡同。

早餐后，他们在小岛上随意走走便回到酒店收拾东西。

法妮在房间里来回踱步，她不知道该从哪样东西开始收拾，实际上，她也没带几样东西。莱奥正低头玩着手机，法妮猜他是正在给卡米拉回讯息吧。由于失眠，法妮哈欠连连，同时，她还感到莫名的烦躁，像是体内有一只猛兽被吵醒了。

法妮拿起了桌上的火柴盒，一根划过一根，她喜欢听它们被点燃的那一下"嗖"的声音，像是一种希望的声音，然后，瞬间熄灭，化作一缕青烟。她讨厌自己现在这样，看到什么都觉得是在影射她和莱奥之间微妙而脆弱的关系。

最后一根火柴，她为自己点了支烟。法妮不像其他女生那样迷恋于香烟，她只是在觉得自己需要时，才会抽上一支。仅仅是为了在莱奥面前掩饰自己的狂躁和不安。

"收拾好了吗？我的小姑娘。"莱奥走到法妮跟前俯身吻了她的脸颊。

"一切就绪，船长。"

法妮拧出一个苦笑，然后跟他们的房间——2357道了别。这是她从小的习惯，对酒店有着一种怀念的情结，哪怕只是住过一晚。

9

莱奥和法妮再次登上了这艘叫"卡米拉"的白色帆船。没错，在帆船的右侧有镀金的字体写着"卡—米—拉"。法妮觉得这实在很俗气，就像街上开红色奔驰轿车的年轻女子。法妮随口冲着莱奥一说，可她不知道卡米拉的确开的是一辆红色的奔驰。

一路无言，法妮沉浸地享受在蔚蓝大海的拥抱中，至少看上去是这样。

回来的路总是要比出发时更快，没多久，他们便回到了贝尔堤岸。法妮毫不留恋地跳下船，就好像摆脱了卡米拉一样。她并不了解卡米拉，也无心讨厌她，她只是有时候厌恶莱奥罢了。她费解自己怎么会喜欢上一个如此自私的、现实的，且有未婚妻的男人。反过来说，他的这些缺点似乎并没影响她对他的爱恋。

"人啊，真是复杂的动物。"法妮刚坐到莱奥的车上，感叹道。

"小姑娘用不着这样忧愁人生吧。"

"我们来聊聊卡米拉吧，她可是你将要结婚的人。"法妮终于抛出了这个话题。

莱奥笑着说："现在不是谈这个的时候吧。"

"怎么，这个话题让你感到不舒服吗？"

"要知道，在你这样的年纪，还不用考虑到将来。我已经早过了你这个年纪了。"

"嗯哼，然后呢。"

莱奥向前倾了一下，看了看后视镜。

"卡米拉给我足够大的私人空间，当然，她大概也不知道这些事。除了有一次运气不好被她发现了。但后果并不是你想的那么严重，再说，这些事向来不是认真的。"

"你们可真有默契。"法妮嘲讽道。

"你和乔伊斯不也一样吗，昨晚他不也没联系你吗。"

"不，这当然不一样！你们是要结婚的人，但你已经一副谁也无所谓的态度，真让人发怵。"

"你要知道，感情是分很多种的。我们很合适，我并不是完全不爱她，但和她之间的爱情已经转移成别的东西了——亲情。再者，我们的感情非常稳定，因为没有什么感情而言，你能理解吗？而我，也不会选择和自己最爱的人结婚，那样，是会毁了最美好的感情。不敢说绝对，但这样做风险太大。"莱奥目不转睛地盯着前方。

"那我呢？只是你中年平淡生活的调味剂咯？百利而无一害。"

"我承认是，而且对我来说的确不存在什么风险。即使卡米拉发现了，她也不会离开我，而你——"莱奥哽咽了一下，"这样说吧，想玩儿的女孩太多，能安定想过日子的没有两个。"

要是换作之前，法妮恐怕早就愤愤地下车了。不知道为什么，她异常平静地坐着，仿佛在听一个什么狗屁专家的讲座。出于尊重，听完才可以散场离开。也许是法妮隐约感觉到，这是他们最后一次见面了吧。

"而你——法妮，你很吸引人，你是那么独特。我恐怕不会像学校里的男孩所说的那样'爱你'，也不会真正和你在一起，我想你肯定不愿意嫁给我这样的人吧。但是，我们俩很像，就像人们常说的但愿能有一位红颜知己陪伴。"

一阵静默。

忽然间，法妮好像想清楚了什么，莱奥于她来说，就像橱窗里一件漂亮的衣服，她想得到他，可她穿起来并不合身。起初，这让她感到苦恼和不快。很快，她便说服了自己，若是穿上这件不合身的衣服只会让她变得尴尬、难堪。

莱奥把法妮载到公寓楼下，收音机里传来那首熟悉的歌——那是他们在聚会认识时的最后一首曲子。

"嘿！铃鼓先生，在这铿锵作响的早晨让我与你同去

然后带我消失罢，带我登上你魔样旋涡般的帆船……"

这一次，法妮没有像从前那样嘟囔着放两首歌再离开，她甚至连歌都没听完便下车了。

法妮还是像每次离开那样，开玩笑说这是他们的最后一次见面。但她知道，这次不是玩笑话了。而莱奥也似乎感觉到了不祥，他颇尴尬地笑着说："这不会是最后一次吧。"

法妮只是笑笑，她甚至没有吻他便匆匆转身离去。

10

也许这真的是他们最后一次见面了。就好像一个行将就木的老人清晰地预感到对这个世界最后的告别。

他们之间的游戏什么时候结束——这取决于她。法妮一回到家，便立刻倒在沙发上，她在想她刚才在车上到底说了些什么蠢话，或者是莱奥到底说了些什么假惺惺的话。她实在不喜欢被他看成小孩的感觉。另一方面，法妮又魂不守舍地细细回味他们昨晚在小岛度过的时光，一遍又一遍在眼前重复那一幕情景。那是唯一一次，他们在一起超过一天的约会。她想永远记住并把它升华为某种重要的纪念品，要么就全部忘怀。一想到莱奥的吻，法妮便觉得身体上有一种浅浅的却带着撕裂的感觉；一想到他把她搂在怀里，即使他不爱她，她也会感受到自己被他的温度所融化。她很希望能结束这一切，但她希望可以纵容纵容自己再拥

有一个和他约定的星期四，或者两个，她想。

这次分别后，法妮没再和他发讯息。他们从认识起开始的这四十天里，第一次断了联系。

那天，恰好是情人节，他们在同一天从温存到结束。多么讽刺啊。

他，莱奥，他会在那儿吗？法妮并不确定。

此时法妮心里冒出一个安静的声音：是时候了。无望的感情真是怪异，但更古怪的是法妮竟然承受住了。到第三天，法妮不再哭泣。她一遍又一遍地回忆他们两天前在小岛的温存，一周前在公园里的畅想，还有他们可笑而认真的夏日约定，那些曾经发生的以及可能会发生的事。她又告诉自己，莱奥不过只是一个极其自私的，虚伪、现实的人，和这样的人搅在一起，只会让自己的底线变得有弹性，且无任何好处。但实际上，出于爱恋，法妮对莱奥愈加憎恶。一次，可欣在和她说到莱奥与卡米拉的中国之行时，让法妮感到满腔怒火，平添三分的火气。她对自己这样的反应实在很不满意。

伊娃是唯一一个知晓全部的人，她依然是那么乐观，那么活泼。

"我可怜的法妮，别伤心了，"伊娃信誓旦旦地说道，"你要知道，再过两个月你就去上海了，我保证你那时绝不会再想念莱奥。"

"是啊，我知道，所以我现在才让自己沉浸在不着边际的苦海中。"

"噢，这句话是出自乔伊斯的话剧台词吗，"伊娃笑着说，"你得明白你们终将结束，不久之后，你便会拿这件事笑话自己的。"

法妮的理智和情感开始了一场艰巨的辩论。她试着像普鲁斯特说的那样："黑暗、宁静与孤独，如披风压着我的肩头，迫使我用笔去创造光明。"于是，她开始疯狂地看书和画画，或者是一口气吃完一周的零食，又或者去派对跳舞到天亮。她想从中得到某种帮助和解脱，让她克服这一切，以此减少不必要的多愁善感。可这并没有起什么作用，头痛欲裂和灰心丧气在持续对抗她所剩无几的理智和希望。一种寒栗，一种

绝望从她冰凉的身体里渗出来，她从没有过这样的感受，至少，同其他男生在一起的时候从未有过。让人怀念的冬季时光也毁于一旦，她从来没有这么难受过，她第一次尝到了苦涩的味道，又像是芥末那么咄咄逼人。

然而，一个月的离别之后，莱奥并没有联系法妮——没有讯息，没有留言，更没有电话。

某个周四的下午，法妮沿着海边一直走。她经过了他们看画展的美术馆，草坪上笨拙的雕塑看上去也有一种莫名的冷傲。她经过了莱奥吻她的咖啡馆。她似乎又嗅到了大海的咸味和天竺葵混合的味道，只是，这已成为死去时间的坟墓。她暗自寻思，这是命运在惩罚她曾经对感情的任性吧。自从认识莱奥后，法妮觉得一切事情都进展神速，甚至快得超出了她的控制。但那次分别后，时间好像一下子又变慢了许多，变得倦怠，近乎停滞。好似达利画中的那只融化的时钟，她仿佛能听见秒针被折断的声音。

回到家后，法妮找出一本布满灰尘的软牛皮本和一支铅笔，她觉得是时候结束这个故事了，也许他们的故事早在一个月前就已经结束。他们约定的夏天会如期而至，只是，主人公再也不会一同出现。

聂梦兮

1994年生于四川。曾就读于法国布列塔尼欧洲高等美院、法国尼姆美术学院。读书、行走、画画、写字，以无业为正业。

天灯

◎芦芙荭

那年暑期开学，暑气还没有消退，麻城的天气依旧还有些热。肖寡妇带着她的女儿去麻城学校报名上学，因为上学期她还欠着学校的课本费、学杂费，就报不上名。当时，肖寡妇的女儿就站在学校的那棵皂角树下哭。那是一种隐忍的哭，没有声音，身子却一抽一抽的，眼睛好像被割了一道口子，泪哗哗地往外流。肖寡妇怀里抱着两岁多的金毛，也在那里抹眼泪。这个女人，哭起来时也有几分妖娆，有些楚楚可怜。

陈满满端着一杯茶从门里出来，就看到了。

陈满满并不知道面前这个颇有几分姿色的女人就是肖寡妇。他是个外来人口，说话的腔调都和麻城人不一样，因此，平时除了给学生做饭，坐在这棵皂角树下喝茶打盹，很少去麻城的街道。关于肖寡妇的事他是一点也不知道。

陈满满就端着那只搪瓷缸子走了过去。搪瓷缸子的水还冒着热气，一缕一缕地在他的面前飘。

陈满满走到肖寡妇女儿的面前蹲下身，伸出一只手摸了摸肖寡妇女

儿的头，问，怎么了，哭得这么伤心？他的四川话听起来有些古怪。大家还是听明白了。那女孩还在抽噎着，旁边的一个学生说，她欠学校的钱，报不上名了。是的，那时，皂角树下已有些学生围了上来。他们像一群麻雀一样在那里叽叽喳喳的。

陈满满站起身，手在空中划拉了一下，说，走走走，这有什么好看的？端着搪瓷缸子转身要进屋，肖寡妇怀里的金毛突然说，我要喝水。

陈满满没有回头，直接回到屋里。等他再出来时，手里的搪瓷缸已换成了一只小碗。他一边走一边用嘴吹着碗里的水，他走到肖寡妇面前，将碗递给了肖寡妇。

金毛咕咚咕咚地喝着碗里的水，说，甜的，甜的。

金毛喝完了水，陈满满便拉着肖寡妇的女儿，去了学校报名处。他用他的钱给小女孩报了名。

过了几天，三天或者四天，也许没有那么长时间。有天晚上，陈满满打完熄灯铃，准备上床睡觉。那时，一个独身男人的作息时间是很准时的。突然听到叩门的声音。声音有点胆怯，像是在试探，但听起来却又很坚决。

陈满满打开门，门外站着的竟然是肖寡妇。肖寡妇身子在黑夜里，门里的灯光刚好照在她的脸上，朦朦胧胧中，越发显得楚楚动人了。还有那对挺起的乳，简直有些咄咄逼人。陈满满一时有些手足无措，他还没想清该不该让她进门，肖寡妇已一侧身进到了屋里。

这个可怜的女人，陈满满的情她无以偿还，现在她的所有就是自己的身体了，她把自己送到了陈满满面前。

肖寡妇什么话也没说，她开始剥着衣服上的纽扣，一粒一粒的，像要揭开一个谜的谜底一样。当肖寡妇胸前的那对尤物从衣服里跳出来时，陈满满心里像开了锅的水。那对尤物似乎喘着气，女人身上散发出来的那种诱人的气息，像一团雾一样缠绕着他，令他窒息。他几乎连头都不敢抬，他身上开始发热，手心在冒汗。他觉得他的血脉在膨胀。说真话，当时帮肖寡妇，他真的没有想到什么回报。他只是出于本能去帮她。陈满满紧紧地咬着牙帮骨，让自己忍着，忍着。

最终他还是没能忍住。

麻城中学和麻城隔着一条河，建在麻城河的北面。麻城河就像一条大蛇，扭动着身子从它们中间缓缓穿过。连接它们的是一条石拱桥。像一个驼背的老人静静地趴在那里。麻城的学生们上学下学都得从这座桥上来来去去。那时，老师在课堂上讲到赵州桥，大家脑子里立马就会想到麻城河上的这座桥。在麻城学生的脑子里，赵州桥的模样，大致就是麻城河上这个静静趴着的驼背老人的样子了。

麻城中学的后院子里有一棵皂角树，有两个人合抱那么粗。太阳一出来，那树冠遮住的荫凉就有半间房子大。学校食堂的陈满满没事时，就端一只搪瓷缸子，泡一缸子茶坐在那团树荫里喝茶。有时他还会眯着眼小睡一会儿。阳光破碎的影子，就在他脸上身上晃出一坨一坨的白点。等下课时间到了，他只要一伸手，拽住从树上垂下的那根绳子甩一甩，头顶上那口大钟便咣当咣当地响起来。声音浑厚而响亮。

树上的那口大钟，据说是从之前麻城关帝庙里弄来的，生铁铸成。钟并不怎么大，但响起来时，整个麻城都能听见。麻城人大多家里没有钟表，学校的钟声就是他们的表。上早课了，钟的声音是当当当当……上午课了当当，当。当当，当。上晚课了当当当，当当当。陈满满掌控着学校钟声的节奏，也掌控着麻城人生活的节奏，他就是麻城人时间的掌控者。当当当当或者当当，当；当当，当。

陈满满除了敲钟，主要的工作是给寄宿的学生做饭。学校的灶房就建在那棵皂角树的旁边，因为给学生们做饭的那口牛头锅太大，没办法弄进建好的灶房里，就在皂角树旁立起四根木柱，再在顶上苫上草，就

算是灶房了。陈满满在那里烧水做饭，一群一群的麻雀就在灶房前的场地上叽叽喳喳地跳来蹦去。有时候趁着陈满满不注意，它们就轰的一声飞上了灶台，去争抢陈满满不小心撒在灶台上的玉米糁。陈满满便嘴里吆喝着用手去轰，麻雀们早听惯了他的吆喝声了，根本不怕。陈满满便拿起擀面杖，一擀面杖扫过去，吓得麻雀们落荒而逃。

坐在教室里的学生们看得惊心动魄，陈满满眼神不太好，生怕他一擀面杖过去会将麻雀击落进饭锅里去，那可就糟糕了。

那时细粮少，学生食堂上顿下顿都是玉米糊汤。当时在学生们中间有个顺口溜：进了学校门，稀饭一大盆，盆里照见碗，碗里照见人。陈满满是四川人，听见孩子们说这顺口溜时，就说，你个龟儿子，喊叫个啥子哟，排队排队，再不排队连这稀的都没的吃了，饿死你个龟儿子。学生们赶紧就一个跟着一个屁股后面排队打饭，太阳把他们的影子长长短短地拖了一地。他们把手里的碗敲得咣当咣当地响，吓得那些在地上跳来蹦去寻食的麻雀惊慌失措，一溜烟地飞得无踪无影了，那叽叽喳喳的叫声也一溜烟地消失了。

陈满满一边给学生们打饭，一边拿眼在队伍里扫，却没见到金毛。都好几天了，都没见金毛来排队吃饭。

金毛是肖寡妇的儿子。麻城人都知道，陈满满是肖寡妇的相好。两个人好了好多年了，不知因了什么原因一直没有走到一起。肖寡妇在麻城手套厂上班，收入低，加之女儿和金毛都还小，常常地还要接济乡下的父母，日子过得是捉襟见肘，入不敷出。陈满满就把他在学校里挣的工资交给肖寡妇，帮着肖寡妇她渡过难关。麻城人说，陈满满的工资几乎全都填进了肖寡妇这个窟窿里了。

两个人相好，你情我愿，也就不计较这些。可众人的嘴却堵不住。两个人毕竟没有办证，男女之事就办得有些偷偷摸摸，做贼似的。肖寡妇人长得很有几分姿色，瓜子脸，马蜂腰，走在麻城的街道上，本就招人眼目，加上和陈满满有了那事，只要她出门，背后总是免不了有人指指点点的。肖寡妇只能装作没看见。有什么办法，孩子和她那乡下多病的父母，靠她在手套厂的那点工资，只怕早就饿死了。好在那时，金毛还小，不太懂事。陈满满每次去，一把水果糖，就把他哄得团团转。

金毛这小子从小就鬼得很。记得有一晚，陈满满去肖寡妇家，等金毛睡了，两个人便纠缠在一起，完了事，陈满满要穿衣服回学校，却怎么也找不到裤子了。刚才明明是脱了放在床头上的，怎么就不见了呢。两个人寻了半天，后来才发现睡在另一头的金毛，紧紧地将陈满满的裤子抱怀里。

时间过得真快。一转眼，金毛就上了初中。长了牙的狗开始学会咬人了。一切都是来得那么突然，几乎没有一点过渡。他先是对陈满满去他的家摆出了不欢迎的架势。这一点从他看陈满满的眼神和表情就能看出来。一个小孩竟然有那样的眼神，就像寒冬里的风。不仅能杀死草，还能卷光树上的叶子。

有天早上，陈满满起床去打起床铃，一伸手，怎么也摸不着那根从皂角树上坠下来的绳子了。再伸手，还是摸不见。这根绳子从皂角树上垂下来好多年了，像长在树上的一根藤一样，陈满满熟悉得就跟他衣服上的纽扣一样，怎么就不见了呢。陈满满回屋里拿出手电一照，原来垂吊绳子的地方空荡荡的。那根绳生生地被人用剪刀剪断了。眼看起床时间到了，没了那根连接钟的绳子，就没办法敲响那口钟。当初，也许是为了让整个麻城人都能听见钟声，那钟就挂得很高。陈满满没办法，只好找来一根木杆去撞那只钟。

那天早上的钟声沉闷而喑哑，就像是一个人捂着口罩说话一样。麻城好多人几乎都没有听见钟声。有好多人因此还误了事。他们都奇怪，这个钟声多年了都是那么准时准点地响，怎么那天早上就没有响呢。发生了什么事吗？

陈满满觉得这事有些奇怪，但也没太在意。也许是哪个小孩的恶作剧吧。麻城的孩子们常常有些出其不意的恶作剧。第二天，陈满满在他宿舍的窗台上发现了一把剪刀和那根被剪断的绳子。那根绳子像一条死蛇一样瘫在窗台上，那把剪刀张开着，就像一只鹰的嘴，随时要咬下来的样子。陈满满看见那把剪刀，一眼就认出来，那是手套厂特制的剪刀。是的，这种剪刀，只有麻城手套厂才有。陈满满当下明白了是怎么一回事。这小子还明人不做暗事。

这事才是刚刚开始。就像是学生写作文一样，只是个开头。既然开了头，哪有一下子就结尾呢？没有这么快的。

过了一阵，学生们在吃晚饭时，竟然从碗里捞出了一只麻雀。

那时已是秋天了，树上的叶子已由绿变黄。一片片从树梢上往下飞。就像一只只画眉鸟一样。麻城人的耕地都在学校四周，一块块玉米和黄豆都已收割干净。收割后的土地，那些残枝败叶还没来得及收拾，杂草也裸露了出来，看起来一片零乱。陈满满抽空就把地里的玉米秆砍了一些回来，在灶房边码成一堆。玉米秆引火方便。

这个季节的麻雀，一只比一只肥壮。地里到处都是没有收干净的粮食，把麻雀们吃得个个肥头肥脑的了。碗里捞起来的麻雀个头当然不小，经过长时间在玉米锅里熬煮，麻雀身上的毛已脱得干干净净，它的肚子鼓鼓的，眼睛也是鼓鼓的，两只翅膀夸起来，好像随时准备飞翔的样子。

麻城的小孩经常用弹弓射杀麻雀，他们将射杀的麻雀用泥巴包了放进火里烧着吃。那真是这个世界上独一无二的美味。在那个粮食短缺的年代，偶尔吃上这样外焦里嫩还带着泥土香味的麻雀，真是算得上大口福了。可是眼下这只麻雀，在玉米糊汤锅里经了长时间的熬煮，不说吃，看起来就令人作呕，让人反胃。那个从碗里捞出麻雀的扎着长辫子的女学生，当即扔掉手里的碗，跑到那棵皂角树边，呕得肠子都要吐出来了。她呕吐的声音很大，像是有人用手卡住了她的脖子。那些并没有从碗里捞出麻雀的学生，大概是受到她的传染，也纷纷扔了手里的碗，在皂角树边，在操场边呕成了一片。他们大多人并没看见那只麻雀，他们的呕吐是因那个女生的呕吐物而引发的，个个吐得眼泪都出来了。

这件事的后果自然严重。陈满满因此受到了学校的严重批评，差点都丢了工作。陈满满打掉牙只能往肚里吞。他几乎花掉了近一个月的工资来弥补这件事带来的损失。开始，他还真以为是自己老眼昏花了，用擀面杖赶麻雀时，不小心将麻雀击落进锅里了。直到几天后，他给学生做饭烧火时，从灶前的柴渣子里发现了一只弹弓。这只弹弓是以前他给金毛做的。弹弓的架子是用核桃树的树枝做成，皮子是从一只废旧的自行车内胎上剪下来的。陈满满记得，当时为了做这只弹弓，他差点将手都削破了。弹弓做好了，陈满满教金毛打弹弓，院子里有棵橘子树，他让金毛瞄着那棵橘子树，小土块做成的弹子，飞出去时不偏不倚，打在了正在水池边洗衣的肖寡妇的屁股上。这只浑圆的让陈满满如此着迷的屁股，像一只受了惊吓的鸟儿，扭了扭，扭出了一种陈满满从未见过的风韵。

这只弹弓的出现，让陈满满的心里有点害怕了。弹弓和饭锅里的麻雀，自然让他联想到了金毛。还有那窗台上蛇一样的绳子和张开嘴的剪子。金毛在开始向他挑战了。麻城人津津乐道的那些流言蜚语像春天的草一样在金毛的心里疯长开了。金毛在为他那个一直不存在的父亲抗争。只有他的父亲才能和他的母亲睡在一起。那个男人陈满满看见过，像是一张皮影，扁扁平平地压在肖寡妇家的一张有裂纹的玻璃板下面。陈满满知道，那张压在玻璃板下面的照片，现在在金毛的心里，已远远超过了他这个活生生的人。

那段时间，陈满满开始有意疏远肖寡妇，降低他们见面的频率。其

实之前他们见面的频率也不怎么高，偷偷摸摸的事总是有风险的。他不知道金毛这小子还会有什么让他意想不到的举动。

他不想因了他，让金毛心里埋下仇恨的种子。一个人一旦心里有了仇恨，就跟地里的杂草一样，想除掉就不是件轻而易举的事了。更重要的一点是，他不想让肖寡妇觉察到他和金毛之间的事。

在肖寡妇面前，陈满满尽量装作若无其事，好像什么事也没发生一样。一个寡妇靠在手套厂上班的那点工资来养家，那日子过得简直是捉襟见肘。都说寡妇门前是非多。可在麻城，正因为她长得漂亮，她的门前反倒最冷清了。麻城的女人们把自己的男人看得就像口袋里的钱一样紧。肖寡妇成了寡妇，她的人生就被打入冷宫。她想找个哭的肩膀都没有。

陈满满的有意疏远，肖寡妇还是有所觉察。她是个细心而又聪明的女人。人与人没有无缘无故的亲近，也没有无缘无故的疏远。学校发工资了，陈满满还是找机会像以前一样将工资的一部分给肖寡妇送去。他从心里心疼这个女人，也爱着这个女人，可是现在，他没有更好的办法。他把钱塞进女人的手里，心里想着尽快离开这里。肖寡妇接过钱，突然做出一副媚态，扭捏着身子，要是放在以前，他会像猪见到白菜一样，奋不顾身扑上去，抱起她将她扔到床上。可这一次，当肖寡妇的手向他伸来时，他竟然像被烫着了似的，像被人踢了一脚的皮球，一下蹦出老远。不不不，我还有事呢。肖寡妇还是拉住了他。肖寡妇说，你是不是嫌弃我了？你要是真嫌弃了，就直说，别这样遮遮掩掩、躲躲闪闪的。

陈满满说，没，没，我怎么能嫌弃你？只是……肖寡妇说，只是什么？你要是不说，就把你的钱拿走！说着，肖寡妇就将手里的钱要塞进陈满满的手里。陈满满用手推挡着，连连后退。他说，以后你就会知道的，然后逃也似的跑了。

　　过了几天，三天或者四天。这话好像在前面说过，似乎是肖寡妇第一次去陈满满的屋子时这样写的。其实，时间的准确与否并不怎么重要。重要的是肖寡妇第二次去了陈满满的屋子。也是晚上，只是这一次学生们刚刚放了寒假，再过一些日子就要过年了，老师们也都离开了学校，偌大的校园，只有陈满满一个人看守。肖寡妇给陈满满做了一双布鞋，那鞋底是她一针一线纳起来的。她不知道陈满满这个年还会不会在她家里过。不管他在哪里过年，她要亲手将这双鞋穿在他的脚上。

　　这一次，肖寡妇没有敲门。她还没来得及敲门，陈满满就听到了脚步声。他打开门，屋里的灯光迎了出来，就像舞台上的聚光灯，正好照在了肖寡妇的身上。陈满满看见肖寡妇手里的那双鞋，心里一动。他几乎是扑了上去，紧紧地将肖寡妇拥在了怀里。两个人就像两堆干柴一下子燃烧在了一起。他们紧紧抱着。四周一片漆黑，世界似乎也安静下来。

　　冬天的风似乎长着牙，地上的落叶被它啃出一片哗哗的声响。肖寡妇像一片树叶，也在陈满满的怀里轻轻地抖着。陈满满轻轻地将肖寡妇抱起来，他要将她抱回他的屋里。

　　就在这时，皂角树上的那口钟当地响了一声，他们回过头，看见一个火球一边吱吱地叫着，一边向他们跑过来。陈满满一下子明白过来，那是一只被放"天灯"的老鼠。老鼠是人人憎恨的东西，有人捉住了老鼠，就将煤油泼在老鼠身上，然后用火点着。老鼠披着一身火焰满地跑，直到被烧死。那只被放了"天灯"的老鼠，像一道闪电，直直向他们奔来，眼看就要到跟前了，突然一拐，一下子钻进了那堆玉米秆里去了。那些被风干了的玉米秆见火就着。一时三刻，火光冲天而起。黑夜被燃烧了起来。两个人急忙向那堆火奔去。刚走两步，突然就在那片亮光中看见了金毛。金毛正站在那棵皂角树下，睁着一双眼定定地看着他们，然后转身，消失在一片黑暗中。

　　肖寡妇一下明白了。天呀！她叫了一声。她像一截树桩，倒在了地上。

　　这一次，肖寡妇害怕了。她从来没有这么害怕过。金毛的眼神，像一枚钉子钉进了她的心里。

　　金毛上了初中后，就知道了陈满满不是他的父亲，那时候他时不时地就能听到麻城人对肖寡妇和陈满满的各种议论。那些不怀好意的眼神，那些神神秘秘的笑慢慢让他明白了一些事。他回到家总是问肖寡妇，他的亲生父亲呢？开始，肖寡妇还支支吾吾，遮遮掩掩。后来被问急了，她就指着玻璃板下面的那张有些发黄的照片说，你不是想知道吗？他就是你的父亲。金毛问她，那我的父亲呢，他现在在哪？肖寡妇只好据实相告。

　　金毛还刚刚三个月的时候，家里断了粮。不仅是他们家，整个麻城家家户户都几乎断了粮。大人都还好说，金毛出生才刚刚三个月，饥饿让他连哭的力气都没有了。

　　那天早上，肖寡妇男人起床后，就对肖寡妇说，他出门去想办法借点粮食回来。那个春天的早晨，肖寡妇就看着她的男人走出门，走出院子，走进了春天的阳光里。山上的野花正在开放，空气里弥漫着一股花的清香。肖寡妇看见她的男人走进院子时，还嗅了嗅鼻子，他仿佛是要把这春天的气息多吸一点来填充肚子的饥饿。谁能想到呢，他这一走就杳无音讯，就再也没有回来。所有人都不知道他去了哪里。他好像从这个地球上消失了一样，活不见人，死不见尸。肖寡妇就这样不明不白地成了寡妇。别的寡妇可以嫁人，她却只能当着寡妇。

　　也就是从那时起，金毛好像变了一个人一样。他总是对着那张发了黄的照片出神，他对肖寡妇说，等他长大了，一定攒了钱，一定要去把他的父亲找回来。他相信他的父亲还活着。

那场火并没有烧起来。经了一个冬天，那堆玉米秆已被陈满满当引火柴烧得所剩无几了。只是那棵皂角树有半边被火烤干枯了，第二年春天就没有再发出新芽。它成了皂角树的痛，留在了皂角树上。一半枯萎一半葳蕤的皂角树，成了这个夏天麻城的一道风景，也成了麻城人的又一个话题。

这场火彻底将肖寡妇和陈满满的关系烧断了。两个人虽然心里想着对方，但再也没有来往。肖寡妇几乎天天晚上都会做梦，她总是梦见金毛在不同的地方点"天灯"。她常常被这种场景吓醒。

皂角树的半边枯死了，这让陈满满很心痛。他到麻城农机站配了些药给皂角树打起了吊瓶。农机站的人说，也许这样还可以救活那半边树呢。他每天晚上坐在皂角树下，仿佛听见那吊瓶里的液体正在一滴一滴地往树枝上渗。麻城的夜依然很安静。黑夜将一切都遮盖住了，陈满满心里的痛和对肖寡妇的思念却在黑夜里疯长。有时，他会对着黑夜情不自禁地喊着肖寡妇的名字。

陈满满发工资时曾偷偷地去麻城的手套厂找过肖寡妇。两人不能往来了，但肖寡妇的日子还得往下过。可肖寡妇像一只受了惊吓的老鼠，愣是躲着不见他。也许是为陈满满着想吧。金毛已变得和以前成了两个人了，连她这个当妈的都有些不认识。

新学期开学，他就不再去麻城的学校上学了。他说他要去挣钱，挣好多好多的钱。等挣够了钱，他就去找他的亲生父亲。肖寡妇想了各种办法，怎么也管不住金毛了，她也没有时间去管金毛，只好由他了。没了陈满满的资助，肖寡妇的日子越发难过。女儿的工作一直没着落，乡下父亲的病在一日一日加重。她要多织些手套多换点钱来维持这个家。

日子过得真快，一晃半年就过去了。

那天，陈满满去麻城农机站想再给皂角树配些药，顺便再给自己添置些日常用品，刚刚走到半边街口，远远地就看见肖寡妇的门前围了好

多人，好像在演一场猴戏似的，大家都伸长了脖子。这个时候，他就看见了金毛。金毛被两个警察押着走了出来。半年没见，这个小伙竟然长高了，他的嘴唇上还稀稀拉拉地长出了胡子。金毛这是怎么了，发生了什么事？陈满满的眼睛细细地从人群中看过去，却没见肖寡妇。也没见她的女儿。直到人群都散去了，也没见。人群慢慢散去，陈满满的心却悬了起来。

陈满满一打听，才知道，金毛出事了。

这半年，麻城发生了几起重大的盗窃案，作案者手段极其高明，现场没有留下哪怕是蛛丝马迹的痕迹。更奇怪的是，有两起案件，偷盗者偷盗之后，为了怕现场留下作案的痕迹，这家伙竟然烧毁了现场。警察在案发现场均发现了一只被烧焦的死老鼠。这只老鼠显然是从距现场五十米开外的地方跑过来的，因为在这段距离中，地上隐隐残留有被火烧过的痕迹。警察据此推断，作案者是通过放"天灯"的方式，来引燃作案现场的。也就是说，他是将老鼠身上泼上了煤油，再用火点燃老鼠，被燃的老鼠带着火冲进了作案现场。这几起盗窃案数目大，且成了无头案。为此，县公安局还联合麻城派出所成立了专案组。可几个月下来，一个案子没破不说，新的案件又在发生。

就在专案组的人束手无策时，专案组接到匿名举报，说这几起案子是麻城的金毛干的，并提供了一些有效的线索。

金毛被抓走的那天晚上，整个麻城的人都纠缠在金毛被抓这件事中，没有人相信这些案子的作案者是金毛。那么老到和干净的手法，怎么是他做的呢？金毛可是个孩子呀。

陈满满去了肖寡妇的家。出了这么大的事，他想去帮肖寡妇出出主意，看能不能有什么办法救救金毛这孩子，这孩子毕竟是他看着从小长大的，至少也可以安慰安慰她。他轻轻推开肖寡妇的院门，看见肖寡妇正定定地坐在院子里的那棵橘子树旁的石凳上，她的面前是一只铁丝做成的笼子。陈满满听见一阵喀嚓喀嚓的声音从那里传来。他走过去，看见铁笼里几只老鼠正用嘴啃着笼子的铁丝。喀嚓，喀嚓。那声音在黑夜里格外地响。

此时的肖寡妇显得是那样瘦小和无助，有些楚楚可怜。陈满满抬起手想放在她的肩上安慰一下她，却还是犹豫了一下，他弯下身子，轻轻地打开了那只铁笼子的门。笼子里的几只老鼠先是呆愣了片刻，然后，一只一只从笼子里逃命似的飞奔而出，它们围着那棵橘树转了一圈，瞬间便消失在了黑夜里。

肖寡妇抬起头疑惑地看了陈满满一眼，哇的一声哭了起来。

陈满满听见，伴着肖寡妇的哭声，黑夜里响起一片老鼠的叫声：吱吱吱，吱吱吱。

芦芙荭

中国作家协会会员，陕西文学院签约作家。作品散见于《北京文学》《青年文学》《雨花》《长江文艺》《小说林》等刊。出版有小说集《一条叫毛毛的狗》《袅袅升起的炊烟》《扳着指头数到十》等多部。曾获中国小小说金麻雀奖等各种奖三十余次。曾就读上海戏剧学院。《商洛文化》杂志执行主编。

非虚构

深山，遇见白鹿（外一题）

◎聂作平

  白鹿不是鹿。白鹿是镇子。深山里的一座镇子。说是深山，当然是与毗邻的平原相比，对更远处真正的深山来说，白鹿四围的山只是序幕，只是开始，只是起笔，只是黄瓜刚催出的淡黄色小花，离瓜熟蒂落还有遥远的距离。

  我又一次前往白鹿时，依然从广阔的平原进入渐渐逼仄的山区，天空从一只倒扣在头顶的灰盆，慢慢变成了一张张灰中带蓝的纸片，纸片被突起的山峰漫不经心地扯碎了，一张大的，一张小的，一张更大的，一张更小的。公路也依然溯了湔江上行，透过车窗望出去，两侧的山峰也依然像几个月前那样翠绿，甚至还要翠绿得深几分，重几分。一条矫若惊龙的传送带在对面半山腰伸向远方，那是从大地深处向外传送煤炭的。

  几个月前还是夏天，空气里飘浮着细若游丝的蝉鸣，以及花期行将结束的栀子花的残香。半路上突然下起一场雨，雨丝太细，让人怀疑是春天。那时候，父亲坐在副驾上，出神地望着远处的山，雨，村，人。

下车时，他佝偻着身子从车里挪下来，身子已经瘦削得不成样子，显得比真实身高更高出好几分。我记得这之前半年，我把他在昆明民族村拍的一张照片发到朋友圈里，一个朋友感叹说，伯父好高啊。父亲其实并不算太高，大概一米七四吧。因为瘦，因为疾病带来的楠竹一般的瘦，他看上去要比真实身高高很多。正如远处那些奔马凝空的山峰，也因为我们是从平原上一米一米升上来的，它们也显得比真实海拔要高很多。

那时候，我完全没有意识到，再过几个月，当我再一次去白鹿时，父亲已经不在了。这一次，副驾上坐的是一个来自山东的朋友，这个胖大的汉子堆在椅子上，不像椅子包裹他，倒像他包裹了椅子。随着山势起伏，他很快进入了梦乡，不时发出一声沉闷的鼾声，像早春二月的深夜，突然从庭院上空滚过的闷雷。

我没有意识到，那将是父亲一生中的最后一次出游。白鹿镇，将是他一生中抵达的最后一个异乡。

那是夏天，在反复劝说多次后，父亲和母亲终于搭乘了长途汽车，从老家赵化来到成都。小住两三天后，根据父亲的身体状况，我决定带他们在成都周边走走。避暑，也兼散心。一行四人，父亲，母亲，儿子，我。

我们首先去的是花水湾，那个西岭雪山山腰的镇子。那里天气凉爽，且有不错的温泉可以泡泡。在那里，我们住了两天。然后，转移到都江堰，又住了一天。父母开始念叨要回家，不是回我的家，而是他们在赵化的家。他们不断挂念，地里刚种下去的蔬菜会被虫子啃吃，托付给邻居的猫和鸡能否受到善待，甚至，挂在走道里的旧衣服，有可能被小偷顺走。总而言之，当你人到中年，而你的父母年事已高，如果分居两地的话，你就会知道，为了回自己习惯了的老家，你的父母将有多少经不起推敲的借口。

于是准备回成都。回成都路上，我突然想起白鹿镇，顺道去看看吧，那是一座古镇，从前法国传教士还在那里留下了一座上书院呢。我告诉父亲。父亲虽只念过初中，却对文史有着浓厚的兴趣。

夏日的白鹿镇，穿镇而过的白鹿河波涛滚滚，大概是昨夜才下了一场急雨，山洪跌落溪沟，河水都染作锈红。夹岸俱是五彩斑斑的遮阳伞，伞下，坐了无数休闲的人：打麻将的，喝茶的，闲谈的，闭目养神的。还有一些几岁十来岁的孩子，小心地把脚伸进河水，冰凉的河水捏得他们不时发出一阵阵尖叫。四处游走的商贩不失时机地兜售凉粉，雪糕，水枪，玉米馍馍。

我们选了河边的一顶遮阳伞，围坐下来喝茶。喝茶之前，我们按指示牌，去看了看河畔的"5·12"大地震纪念馆。那里曾是一所学校，大地震把它震成了一片歪歪斜斜的危房。教学楼的走廊、教室和门前空地上，布置了几十个真人大小的雕塑，定格的正是艺术家想象中的大地震发生的那一瞬。奔跑的，尖叫的，站立的，倒下的，完好的，受伤的，全都定格了。空地上有两株枝繁叶茂的香樟树，烈日炎炎，它的荫凉却恰到好处地遮住了阳光。我们站在树下，观看，指点，拍照，顺便感叹人间的无常与生命的偶然。

河边茶铺提供的是青茶，却没有当年青茶的清香，而是一股带钩的霉味。显然，这种所谓景区，大多是一锤子买卖。再差的茶叶，也不会有人找老板理论的。毕竟，满街的游人，顶头的烈日，要找一顶空闲的遮阳伞已属不易，哪还顾得上茶叶是不是当年的呢？

总之，我们坐在遮阳伞下喝茶。说是喝茶，其实只是用茶钱买个座位。儿子小心翼翼地像其他孩子那样把脚探进河里，河水浑浊，夹杂着泥沙。夏日里，正是山溪狂暴的青春期；要看到它的清澈与甘冽，必须

等到它人到中年的秋天。

　　我想抽根烟，手伸进口袋摸到烟，正要拿出来时，突然想起父亲已经戒烟快一年了。于是，手又伸出来，端起桌上的茶杯，呷了一口。去年的陈茶有一股往事般的沉闷。

　　坐在白鹿河边喝茶时，距父亲查出大病已经十月有余了。前一年十月的一天晚上，我和几个朋友在成都东门的一家餐馆吃饭，照例是半斤酒下肚，吃得兴高采烈。然而，乐极生悲，就是在回家路上，我接到母亲电话。她说，你爸身体不舒服，上个楼梯都要喘气。到镇医院打CT，医生说有积液，看不清。接毕母亲电话，我赶紧给在自贡四医院任职的李华联系，请他帮助安排父亲次日前往检查。然后，三天之后，当我来到自贡四医院时，检查结果出来了。那时，父亲正斜躺在病床上看书。我和母亲被主治医生叫到办公室。母亲听到那两个字后，无力地瘫倒在地。一会儿，她发出了沉闷的哭声。当我坐在白鹿河边时，无端地，那从石坎上跌落的溪水发出的声响，让我一下子想到了母亲在医院的号哭。当我抬头看母亲时，她正扭头看父亲，而父亲，不知何时闭了眼在打盹。双颊瘦削，像是用几根棍子绷起的皱巴巴的皮。

　　出行的日子，按惯例，在酒店的每一顿早餐，父亲和母亲都吃得特别用心。这么说的意思是，他们尽量吃得最饱，以便节省午饭。五星级酒店，那么贵，节省一点算一点。这是母亲的说法。有时候，他们也会在早餐时悄悄塞两只鸡蛋进口袋，下午若是有点饿，就一人一只鸡蛋。

　　到白鹿的那个早晨，我们在酒店吃早饭，父亲只喝了点粥，吃了块糕点就放下了筷子。母亲很着急，不断劝说父亲再吃一点：你就再吃一个包子，要不，一个鸡蛋，实在不行，再喝半碗粥总该可以的。父亲却坚决不吃，他费劲地摇着头，一声不吭地坐在旁边。母亲只好独自继续吃，好像是要把父亲没吃的吃回来，她把盘子里的东西吃完后，又去加了一碗粥。

可能是加了一碗粥，便忘记了顺手拿两只鸡蛋。在河边坐到一点，我问他们饿吗？要不要吃点东西？他们一齐摇头，坚决地说不饿不吃。两点，有卖玉米馍馍的小贩经过，我说，那买几个玉米馍馍吧。这一回，他们没反对。一家四口坐在哗哗的水声里，就着茶水吃玉米馍馍。父亲那一只没吃完，他其实只吃了两三口。他说，我想吃，但是吃不下，没胃口。他说着这些话，好像有几分羞涩。后来，当我给儿子买了水枪回来时，他半闭着眼睡着了。他的鼾声细弱，低微，恰好与后来坐在副驾上的山东朋友的鼾声形成鲜明对比。

那一天，我们没去法国传教士修建的上书院。父亲没提，我也没提。我看出，他累了，他需要休息，他对深山里那座一百年前的上书院，那个传递上帝福音的神圣之地，已经没了兴趣。

从白鹿回成都路上，要经过几座葡萄园。这些葡萄园都可以自摘出售。我把车开进去，打算买一些回家。儿子听说要摘葡萄，兴奋得不可按捺，母亲也拿出手机，要为儿子拍照。但父亲说他就在车里等。劝说了几句，他终于下了车，坐在园主端来的一张竹椅上。

我们在园子深处摘了葡萄回来时，我看到父亲站在一垄葡萄前，望着面前那些紫红的葡萄出神。

这一次去白鹿，父亲已经长眠于老家的黄土下，紧傍着他的父母了。三座坟茔，像是三个夏夜里仰望星空的孩子。这一次去白鹿，我不想再去白鹿河边，除了时值冬日，河边不再有哪怕一顶遮阳伞，一个喝茶的游人外，还因为我只想看看上书院。法国传教士修建的上书院，父亲到了离它只有几千米，却已经没有精力，自然也就没有兴趣去看一看的上书院。

我曾见过上书院的老照片。老照片拍于一百多年前，那时候，当

然还没有父亲，但已有父亲的父亲，也就是我的祖父了，应该是一个十来岁的少年。当然，他不可能知道白鹿镇。但他可能知道上帝，知道天主教和神父。因为，在我们世代居住的安溪镇（所谓世代，比较准确地回溯起来，也就三代或四代，更早一些的祖宗，他们居于何方，以何为生，有过怎样的幸福与悲伤，我已无从考证），就有川南地区规模很大的一座天主堂。从都江堰去白鹿镇的路上，当我和父亲说起上书院与传教士时，父亲告诉我，以前，安溪天主堂也有一个法国传教士，一直到50年代，都还生活在安溪。那是一个高大的、长红胡须的大鼻子洋人，会说四川话，能吃辣椒。除了教徒，没人叫他马神父。从八十老者到八岁小儿，都用川南口音叫他老马。

修建上书院的便是老马的同胞，一个叫骆书雅的传教士。1895年，骆书雅奉巴黎久方传教会之命来到四川，不久就决定在白鹿镇修建上书院。1908年，上书院历时十三载后终于竣工。不过，上书院其实是四川民间对它的俗称，它的正式名字叫圣母领报修院。这个名字出于《圣经》中的典故：耶稣为完成天主（即上帝）救赎人类的旨意，由天使加百列报信于圣母马利亚，圣母领报，由此诞生了救世主。骆书雅建修院之初，是要将它作为传报福音使者的培训基地，因而命名领报修院。但中国人显然不懂这中间曲折复杂的秘密，便给它取了一个很中国化的名字：上书院。

一百一十年前的白鹿镇，显然是一个深山围困与世隔绝的地方，骆书雅为何选择在这里修建领报修院呢？这让我想起曾经去过的宝兴邓沟池天主堂，以及滇西和黔西地区的天主堂，这些从旧址也能看出当年宏大规模的建筑，传教士们费了九牛二虎之力把它建在这里，肯定不仅因为这里有清幽的环境，更因为这里有众多处于底层的人。他们希望通过对这些底层人的拯救——至少是一定程度上的改善，比如治病，办学，行善——从而让他们相信上帝和上帝之爱。

我看到的老照片上的上书院，坐落于群山之间的上下两块小型台地上。上台地是一座三层的西式建筑，下台地是西式中又融入了中式的飞檐斗拱。

后来，当我穿过白鹿镇装饰一新的街道，沿着白鹿河的一条支流走近如今的上书院时，下台地上的建筑已经荡然无存，是一片杂树和野草；上台地上，依然是那座老照片里见过的三层的西式建筑。但是，它要比老照片上新得多。原来，十年前的地震摧毁了它，如今我看到的上书院，已是地震之后的重生了。

当老建筑倒塌后，在旧址照着它的模样重建，它到底算老建筑还是新建筑？就像我们的生活，当它经历了一场变故，哪怕重又恢复从前的平静，但它还是从前的平静生活吗？

寒风凛冽，汽车只能开到上书院对岸的一块小空地。空地上，有一个极简易的亭子，里面走出一个白发苍苍的老太太。她说她是看车的，每辆车五元。她收了费，重又钻进亭子。亭子里，有一盆炭火，风透过虚掩的门吹进去，炭火滚出一阵阵浓烟。走在通往上书院的拱桥上，我听到老太太发出剧烈的咳嗽。我看了看空地，只停了我们一辆车。我估计，这样的天气，一天大概不会超过三辆车吧。

山东朋友体胖，好静恶动，且对上帝和他的上书院毫无兴趣，他纯是无聊才陪我深入山里寻找白鹿的。之前，他打算继续曲着身子在车里睡觉，来自平原上的他，对一星半点的山势与陡峭都心惊胆战。他觉得横跨白鹿河通往上书院的那道桥太危险，这里又曾发生过大地震，它会不会在我们踏步而过时突然倒塌呢？在我的嘲笑与劝说下，他勉强过了桥，却只是站在上书院门口吸烟。他的烟瘾很大，当我走进上书院大门时回头一瞥，他地球仪般的头渐渐隐没在白雾中。

我独自在上书院里徘徊，没有一个人，除了底楼的陈列室外，其他

房间——包括通往楼上的楼梯间——全都上了锁。看样子，这里平时既没有神职人员，也没有信徒，而是彻底沦为了景点。当信仰成为景点，我想，我们的生活的确发生了某些不易察觉的病变。

陈列室陈列了一些图片，讲述的就是上书院历史。其中一张照片，是一对正在拍婚纱照的准夫妻。不过，他们看上去十分狼狈，新娘的婚纱污迹斑斑，像受了伤的尾巴那样坠在泥水里，新郎领带歪斜，满面惊恐。原来，就在他们以上书院原汁原味的教堂为背景拍照时，8级大地震剧烈地摇晃着大地，大地像一只汪洋中的小船。

人生大概就是这么难以预测。当然，能预测的人生大概也因其按部就班而不像人生。

从陈列室出来，我遇到两对中年夫妇，一律胖胖的，男的戴着金链子，女的还是戴着金链子。一个男的大概说了什么俏皮话，一个女的就追上去，夸张地要打他，男的转身把她抱起来。都太胖，只转了半圈，便气喘吁吁地放下。当我从他们后面快步走出上书院的门，这座如今已经没有传教士的百年教堂，里面空无一人。幽深的长廊，宽阔的院子，高高的钟楼，它们全都交付给了冬天的风。在风的尖厉长啸中，仿佛才打了个盹儿，百年就已成为风中往事。

如前所述，上书院不是一般教堂，它是以培养天主教神职人员为宗旨的。资料上说，神职人员分为初、中、高三等级在这里学习，如果从初级一直到高级毕业，前后将费时十年。那些岁月里，数以百计的外国传教士出没于这条深山沟。这条深山沟因而是当时全川天主教神职人员培训中心，从深山沟里走出去的神职人员，被他们的上帝撒向四川乃至西南地区众多的教堂。正是这种原因，几十年后的白鹿镇，便从一个中式古镇变成法式小镇。小镇上的建筑，几乎全是法式，小窗，小阳台，路灯，从上往下的花草……如果拍照时隐去街上的行人和汉字店招，它与法国小镇并无太大区别。如果一定要说有的话，那就是仿造的白鹿镇比法国小镇更像法国小镇。

　　我和山东朋友在白鹿小镇的几条街上行走，镇子建在半山腰，街道越走越高，两旁的法式建筑前面，是一排排整齐的梧桐。冬天的梧桐叶子几乎掉光了，坚硬的树干爬了些常青的花藤，而横在风中的枝条像一根根粗鲁的铁丝。

　　其中一条街道，管理者把它命名为法式风情街。街口路牌上，很自豪地用中、法、英、日、韩五种语言写道：法式风情街区以独具特色的人文景观为主，是中法风情小镇的主要景点之一。街道中，色彩鲜艳的墙面石材点缀圆拱形的花窗，白色的立柱搭配彩色的屋瓦，行走其间，仿若置身梦幻的欧洲街道。

　　是的，法国传教士早已远去了，但这并不妨碍一座新兴的法式风情小镇在深山成为景区。冬天的街道显得格外干净，不知道是因为风，还是因为冷。

　　深山的夜晚来得更早，夜色也更稠。下午五点过，夜色像一张冰冷的渔网，从高高的山上迅速降落，准确罩到镇子头上。

　　法式的楼阁。被风吹得愈发干净而苍白的街道。屋檐下和转拐处冻得发红的花。半枯半荣的叶子。袖着手匆匆走过的行人。被风撩起的窗帘。一切，都被罩在夜色这张巨大的渔网里。当最后几个窗户的灯光也次第熄灭（它们让我想起童年时被穿堂风突然吹熄的油灯），除了高远天空还有几颗比城市稍大稍亮的星子，夜晚深如古墓。如果不能迅速地进入睡眠，用睡眠里更浓更稠的黑暗来抵挡夜晚的黑，这样的寒夜，会失眠，会忧伤，会想起已经远去的逝者和终将逝去的自己……

　　告别白鹿五十九天后，父亲病逝于另一座古镇，那座古镇距白鹿约三百五十公里，它叫赵化。秋天淡淡的阳光下，深暗的沱江从镇子下面静静流过，摆渡的船喷出黑烟，发出肆无忌惮的尖叫。不远处，一座

大桥正在紧张施工。父亲曾多次说过，大桥修通了，我们来成都就方便了。但他没等到大桥修通的那一天。从两岸伸向河心的桥梁，只须跨越几米的空隙就能合龙了。

父亲在这座古镇工作了四十多年，生活——即便是从父母把王场乡下老家卖给张文正公的子孙，把家搬到古镇一隅的蚕桑站算起——也足有二十二年。那一年，女儿只有两岁，院子里的黄桷兰还很孱弱；而今，女儿已经从法国求学归来，黄桷兰已经高过了五楼楼顶。

海窝子的慢时光

别处的时光是快是慢，我不清楚。海窝子的时光却一定是慢的。在别处，三两年就建起一片新区，七八年就制造一座城市——比如六七十年代的中国地图上，根本就没有石河子、渡口和大庆，它们就是短短数年间，从一片不毛之地上凭空生产出来的。像是春雨后的瓜蔓，顺着阳光的方向疯长。但海窝子是一种慢，它从三千年前开始，直到现在，依然只是一个镇。它的城区（如果那短短的几条小街也勉强称得上城区的话）不超过两千人口的规模。我曾经在这种类似的镇上生活过，那就意味着，走在街上，大多数的面孔——人的面孔、狗的面孔、猫的面孔，甚至一只鸡和一只麻雀的面孔，你都似曾相识，你都极可能脱口喊出他或它的小名。

倘若说海窝子这个名字在质朴中显出某种苍苍古意，有如一株经过风雨的老树的话，那么，新兴这个名字就显得俗气、平庸。如同为民超市、如家旅馆、好又来酒楼一样，掉进众多名字的海洋中，一下子便寻不着了。但事实上，海窝子就是新兴，新兴就是海窝子。这正如从海窝子街道外流过的那条来势凶猛的河，在上游，它有一个和海窝子很匹配的古意苍苍的名字：湔江。当它不再凶猛，变得平静而舒缓时，它的名字居然十分马虎地改成了鸭子河——想必年年春来，它的江面总是浮满呆头呆脑的鸭子吧？又或者，水草深处，曾是野鸭的天堂？

　　我和老费、湛哥开车去山里。从成都到彭州，一路都是青葱欲滴的平原，道路交错，民居点缀，隔三岔五便有城镇聚在天圆地方的平原深处。过了丹景，平原四周渐渐山峰耸峙，围如屏障，公路也顺着河谷进入了山区。这些山都有颇为形象的名字，小的叫牛心山、狮山、丹景山、尖尖峰、关门石；大的叫光光山、蓥华山、玉垒山——就是老杜曾赞美过的浮云变古今的那座。

　　我翻阅了清代光绪版的《彭县志》，上面有一段说这些山："彭县西北皆大山，磅礴幽邃，骈联九峰，叠嶂层峦，豪峙杰立。明有一二岭出白云之上，疑为云峰，及晴霁，诸峰尽出，乃知是山。大地倾其东南，蜀天缺其西北。"

　　这些山中，龙门山是一个最大的集合，是万千座知名不知名的山峰的共同名字，当然也是近年来名气最大的。许多从没到过四川更没到过彭州和海窝子的人，他们可能都知道龙门山。因为十年前那场悲惨的大地震，它的主震区就在绵延数百公里的龙门山。隔着龙门山，海窝子的另一面，就是震中汶川。

　　就海拔与名气而言，牛心山和寿阳山在龙门山的家族里只是小弟弟，它们的高度只不过可怜巴巴的一千米，这在高山和极高山成堆的四川，简直就像普通人走进了NBA队员丛中，只有抬头仰望的份儿。然而，牛心山和寿阳山，它们遥遥相对，中间夹峙着湔江，其形如门，古人称为天彭门。它们是从山区进入平原的最后两座山，在平原的衬托下，便显得格外高大、雄奇。而天彭门，也被认为是从平原进入山区的咽喉。

　　我们的车，就顺着咽喉从平原进入山区。海窝子，它是进入山区后的第一座镇子。

　　那个炎热似火的夏天，我和老费、湛哥开车去山里。行进到海窝子，突然天降大雨，没有任何征兆的大雨打在沙石公路上，翻起一个个小小的坑，像是蜗牛用力犁出来的。暑气消退时，雨也停了，天边甚至还别有用心地挂出一条彩虹。那个夏天，我和老费、湛哥结伴，已经在四川的很多个地方走了很多天。大多是一些名不见经传的小地方，需要一再向当地人打听那些古怪拗口的名字。比如：鳌灵峡、彭城坝、灵山、月鲁坟。这些地名中，海窝子无疑是最好听也最富有诗意的。来到海窝子前，我甚至无端地联想到一面镜子般的高山湖泊躺在丛林中，倒映着蓝天丽日，以及前来饮水休闲的岩羊和麂子。

　　我们想拍一部纪录片，纪录片的片名或者说中心思想很有点耸人听闻的味道：中国人的根在四川。那几年，老费总是向我们鼓吹他的发现。先前，我觉得这更像一个酒后的玩笑，中国人的根怎么会、怎么可能在四川呢？历史教科书和大学教授们想必都不会同意的。他们早就认定，中国人的根，也就是中华文明的起源是在黄河流域，在中原，在河南和陕西啊。偏远的蜀国，远离了主流，根是不可能在那里的。但随着对史料的检索，也随着在四川各地的行走，我开始相信，中国人的根可能真的就在四川。至少，众多根系中，有一条就是从四川生长的。更或者用比较客观的话说，四川有可能是中华文明的另一个与黄河流域平行的起源地。这个起源地的坐标系中，海窝子有可能是一个节点。

　　所以，我们冒着弥天暑气来到海窝子。当然，除了寻找蛛丝马迹，我们也想在这个山中小镇收获几个时辰的清凉时光。

　　光绪版县志感叹过的彭州西北那些疑为云峰，要等到太阳出来后才得以辨识的山峰中，有一座海拔将近五千米的山叫太子城。山居然叫城，一种说法是山上曾有过一座古代城池，一种说法是山势合围，有如城郭。哪一个更接近真实，一时似乎难以厘清。

总之，高峻的太子城上下，山瀑飞泉汇成水沟，水沟汇成小溪，小溪顺着山势往山外流走，它们统称为银厂沟。汶川大地震前，银厂沟里有大大小小上百个农家乐，每年夏天，里面避暑的人以万计。近的来自彭州，远的来自重庆。为了一沟幽凉，有的人甚至会在里面住上整整三个月，直到山外的平原和盆地也开始掠过阵阵秋风。

银厂沟里流淌而出的条条山溪，终于汇成了一条更大的河，它不再叫沟或溪，而是有一个很正式很古雅的名字：湔江。

沱江是长江上游的重要支流，这条蜿蜒千里的大河，也是我从小就熟悉的。老家所在的两个镇子，不论安溪还是赵化，它们都建在沱江之滨，莽莽大水就从镇子脚下扑向泸州。沱江的名字是从金堂以后开始的，在金堂以远，若溯江而上的话，沱江源流一分为四，分别是毗河、石亭江、绵远河和湔江。

湔江古称北江，上古神奇之书《山海经》里也有这条不到三百里长的山溪的记载："北江出曼山。"曼山，就是云遮雾绕的太子城。

湔，从水，从前，形声字。它的意思是水流的前锋，也引申为冲洗。这隐约说明一个潜在事实：从高处奔流而出的湔江，其水流排空而出，具有强劲的冲击力，足以冲洗它经行的大地。

湔江在海窝子附近流出山区，进入平原，它的水势不再像奔走于崇山峻岭时那样凶猛浩荡，而是平缓深邃，就好像一个人已经从青春期的高歌猛进，转变为中年期的从容淡定。这时候，湔江也不再叫湔江，它有一个更为通俗甚至庸俗的名字：鸭子河。

就在鸭子河快要与石亭江和绵远河汇合时，自20世纪30年代以来的一个惊天大发现让鸭子河名声在外。那就是一度被人认为是外星文明的三星堆。巨大的摇钱树，神秘的青铜面具，在鸭子河畔，三星堆让后人感到疑惑，这些东西的主人是谁？他们从何而来？

　　尽管学界尚无定论，但其中一个比较主流的说法是，三星堆的主人就是顺着湔江而来的。也就是说，杳不可知的古代，生活在龙门山另一侧的古蜀人，他们因为某些神秘原因，渐渐告别大山，慢慢进入平原。其中一条线路，就是顺着湔江的流向，一路东进。海窝子，就是他们曾经的聚散地，甚至，就是王城。作为他们彻底放弃山区进入平原之前的最后一个停留处，他们似乎要在这里习惯平原的潮湿多水。在那里，他们的生活方式也从狩猎和采集转向农耕。

　　我查了县志，海窝子是一眼山泉。山里人没见过海，凡是大一些的水面，都一律夸张地称作海子。这眼山泉长流不歇，人们便有理由认为，它是海的"窝子"。川话里，窝子的意思相当于老巢，当然也可以理解为发源地。

　　古蜀人如果真的在海窝子生息，那所谓的都城，显然是后人的夸张，最大可能就是一个部落或部落联盟的聚居地而已。海窝子所处地形，是两山之间由湔江冲积出的一片狭长河谷。在完全依靠自给自足的时代，它恐怕连五百人都养不活。

　　我翻阅当代编写的县志，关于海窝子的介绍是这样的：位于县城西北湔江两岸。清代属西乡鹿坪里。民国二十四年（1935）设新仁亲太联保，五年后改新兴乡。新中国成立后，沿用旧名。1952年4月，于场上设镇。1958年改为新兴人民公社，并撤销镇。1963年恢复镇。1983年新兴公社因与双流县新兴公社同名，改称新海，取原新兴乡与海窝子首字而得，亦赋新兴的海窝子之义。1985年底撤乡存镇，复名新兴。镇人民政府驻地海窝子，在湔江西畔。为通向山区七场的重镇，连接城镇和山区的要冲。明时，有殷氏弟兄于今场南五里兴办煤矿，逐渐发展成为殷家场。清乾隆五十五年（1790），始于今址建新兴场。又以此场靠山边处有一天然洞穴，终年有水流出而得名海窝子。

县志是十几年前出的，介绍并不能与时俱进。那就是，如今新兴镇的名字已不存在，它又改回了海窝子镇。

除了这种每个乡镇都有的介绍外，这部上百万字的县志中，关于海窝子的史料极为稀少，只言片语的几条记载，竟都和灾害有关：

"民国三十四年（1945），彭县开始流行霍乱，仅楠木、新兴、万年、复兴等四乡死1200余人。到处新坟累累，哭声盈野。"

"民国三十六年（1947），湔江两次暴发山洪。全县28个乡镇受灾达5756户，34 311亩。"

"1951年，磁峰、新兴等乡又遭风灾，10人受伤，3848户受灾。吹倒吹坏房屋7354间。"

"1958年，新兴乡三郎镇耐火石场石崩，死亡10人，重伤1人。"

"1964年，湔江发生历史上罕见的洪水，全县21乡受灾。"

"1972年，全县遭受特大江灾，湔江洪峰达4290立方米每秒。"

"1976年，距彭县100多公里的松潘、平武发生7.2级强烈地震，波及彭县。"

当然，与这些灾害相比，最大的灾害还是十年前的汶川大地震。海窝子距震中只有几十公里，当龙门山西端的大地深处，难以想象的能量如同从魔瓶中释放而出时，龙门山东端的海窝子几秒钟之后就感同身受了。

大片的老建筑在一瞬间倒下，像正在冲锋的战士中了枪，不想倒，却不得不倒。

我们在镇上到处乱走。在一片旷地上，我看到几根涂成彩色的柱头，像是一座高大建筑物曾经的支撑。顺理成章地，我们猜这可能是大地震中某座倒塌房屋的最后遗留，现在把它漆成彩色，是为了纪念那个不堪回首的日子。然而意外的是，当我询问一个老人时，他却连连摇

头。他告诉我们，旷地是某家多年前就迁走的工厂的厂房旧址。那几根柱子，是当年车间的支柱。柱子后面那个用红砖砌成的有些像窑子的东西，则是当年的锅炉房。之所以把柱子漆成彩色并留下来，是为了让这家工厂的老员工前来凭吊时，能够通过它们找到准确位置。哦，的确如此：只要车间的支柱残基还在，只要当年蒸汽弥漫的锅炉房的遗址还在，那么，这里是休息室，这里是开水房，这里是传达室，这里是会议室，这里是食堂……一切与当年相关的建筑尽管我们这些外来者根本看不见，但在这里度过了那段岁月的老工人却能信手指点出来。如是，那段消失的光阴似乎还没有随消失的工厂一起消失。彩色的支柱，为回忆提供了一个清晰有力的证据。

等我们转到旷地的另一端，我看到两方水泥立柱，柱头上方，是一道弧形的钢架，上面有几个大字：彭玻厂生产区。年代久远的柱头，水泥的缝隙里，挤出一丛丛杂草，而"厂"字上方，不知从哪里飘来一只塑料袋，不偏不倚地挂在上面，风来，便无拘无束地飘，像一面白旗，正在向时光投降。

在业已不存的工厂旁边，跨过停了几辆车的空坝，走过去不远，是一座庙宇。四川人习惯性把庙宇称为庙子。庙子叫佛林寺。两个老头坐在庙前，太阳已偏西，高大的庙宇挡住了炙热的阳光。两个老头穿戴整齐，坐在阴处像在乘凉，又像在议事，声音极小，若蚊蝇低鸣。两只竹筒的烟杆里喷出的烟雾却浓得夸张，让人担心他们会惹火上身。游人走过，都回头看他们，他们却连头也不抬，继续小声说话，带着浓烈的方言味儿。

两个老头身后一丈许便是庙子的大门，门槛高大，槛外左右各立一只龇牙咧嘴的石狮。石狮旁是一块红色的牌子，写着醒目的白字——却不是我们想象的阿弥陀佛之类的佛语，而是一本正经的"当官一日，为民一天"。

海窝子的街道入口，立着一座花哨的牌坊——就像这镇上的绝大多数建筑一样，都是新建的。只是，那牌坊新得太明显、太招摇，且建筑风格与周围民居显得有几分不协调。两副对联和正中的"海窝子"三个大字，都是蜀中书法界的名家所题。对联却直白无味，比如：老街重建缘大震，古镇重辉又新兴。且不说意境全无，便是大震对新兴，即使宽对，也宽得勉强。不过，来往的游人和居民，大抵不会去仔细读一副对联的。正如那条躺在牌坊下睡觉的猫，它对我们的到来也是兴趣全无，甚至就连象征性地叫几声也不愿意。

我们通过牌坊进入新修的老街，也就进入了海窝子人的日常生活。这里的生活是慢的、缓的。日子与日子之间，就像居民与居民之间一样，也是熟稔的、亲切的。

首先，我注意到了街道两旁民居的台阶上、屋檐下或是小院里的花。在别处，我当然看到过类似景象，然而海窝子的花却格外多，格外密，有种家家种草，户户莳花的感觉。街道不宽，石板铺就的，两旁建筑多为平房或一楼一底，留有一米多宽的台阶，比街道高出几寸的样子。那些花大多就种在台阶上，有几户做生意的人家，花种得太多，甚至让人觉得它们有挡住客人进店的嫌疑。

一家门前的唐菖蒲，淡红色，薄得像浸了水的红纸。一家门前的美人蕉，酥黄中点缀着红色的斑点。一家门前的金鸡菊，黄色的圆形花，花瓣却呈酱红色或深紫色。风过处，黄色的花盘像是绕着花心飞快旋转，看久了，有轻度的眩晕。

大概是外来游人不多，海窝子街上的商业多以满足本地人及邻近农人为主。店铺并不多，至少没有花多。这些隔三岔五出现的商铺，它们也不像旅游景区的商铺那样慌张、迫切，每一个时辰都要被老板用营业

额来切成不同的等份。我估计，海窝子商铺的主人，多半同时也是店面的主人，既居家，又做生意，不用出房租，因此能够从容一些，淡定一些。有客人来时，是老板；没客人来时，是老乡。

一家夫妻经营的木梳店，男的戴着眼镜，有几分书卷气，用一柄锋利的小刀细心雕刻木梳上的图案。女的打下手，在旁递东拿西。得闲时，又从口袋里摸出手机，快速地看。看了，嘴角挂着笑。我们站在门边，他们仅仅抬了抬头，笑了笑算是招呼。

一个大姐站在一丛开得有些疲倦的牵牛花旁卖豆豉，花衣服白围裙，利落而干净。豆豉都搓成了汤圆般大的团子，一个个排列在竹编的簸箕里，深黄中又带着些土色，我误以为包的是松花蛋。大姐听了，就细声细气地纠正：不是松花蛋，是豆豉，要不要来一斤带回家尝尝？好吃得很。

一个大爷穿着短袖衬衫，在自家店门前制作辣椒面。他脚下是一只用石头凿出的舂——四川人把它称为对窝，手里拿一根因年代久远而呈深黄色的木棒，用力地一下又一下敲打舂里红色而干的辣椒，空气中弥漫着一大股川人熟悉而热爱的辣椒味。不善辣的人从门前经过时，都忍不住要重重地打几个喷嚏。

一个年轻女子在流过街道的水沟旁卖玉米馍馍。刚蒸出来的玉米馍馍用玉米叶做包装，外面淡黄，内里金黄，空气的味道迅速从辣味儿转折为甜味儿。年轻女子也穿一件淡黄色的T恤，恰好与她出售的玉米馍馍同款。

一家麻饼店，也是夫妻经营，但年龄要比木梳店那对更小些。做好的麻饼一个接一个地摞起来，足有一两尺高，用纸包起来，像是一包放大了的银元。年轻的老板娘在劳作中站起来，身影婀娜，红色的裙子被风轻轻摆动，让人想起惊鸿照影的典故。是的，劳动中的小憩让美人更美。

　　别处的时光是快是慢，我不清楚，但海窝子的时光却一定是慢的。从王鸡肉吃了饭出来，我们腆着腹沿湔江散步，一条素不相识的狗在我们身后亦步亦趋，回头看它一眼，它立即热情洋溢地摇一摇尾巴。看得出，它对突然有几个生人来镇上造访很兴奋。我记得刚看到它时，它躺在花丛的阴影里睡得正香，就连几只兴奋的苍蝇落在它湿漉漉的鼻子上也毫无知觉，让人担心它是不是在睡梦中去了天堂。

　　站在桥上，好风徐来，刚才大吃鸡肉时急出的一身汗片时便收了。河里的芦苇也像狗尾巴那样，热情洋溢地摇了起来。这是从《诗经》里繁衍到当代的植物，它是见过大世面的。那时候，它有一个更风雅的名字，它叫蒹葭。湛哥突然说，秋天时，等芦苇白了，我们就从这个位置拍过去，一定能拍得很苍凉。古蜀人出山的场景，就用它来表现吧。

聂作平

　　1969年10月生于四川富顺，现居成都。中国作家协会会员，《精英荟》总策划。已出版著作30余部，主要有长篇小说《自由落体》《长大不成人》；随笔《历史的B面》《历史的耻部》《1644：帝国的疼痛》《画布上的声音》《天朝1793—1901》《皇帝不可爱，国家怎么办》《一路钟情》，诗集《灵魂的钥匙》等；主编有《中国第四代诗人诗选》。

滇东南组曲

◎李佳怿

三只鹰

在滇东南县城长到十九岁，我见过三次鹰。

小学五年级的春天，学校组织春游，徒步去城边小山坡。围坐吃光带去的零食后，散开自由活动。很多人去山前小松林玩，我和一个朋友绕到坡后。后坡空旷，一片草地像山妖刚梳过的绿长发倾斜而下，白云飘在蓝天，时而遮住太阳，草地上的胖大黑影轻轻晃动，摇得人心痒。我一路小跑登上坡顶，卧倒在草上，双手抱住脸，蜷起身子往坡下滚，像一个春卷。眼睛从指缝间望出去，蓝和绿交替着快速晃过，阳光是刺眼的金。停在坡脚，止不住大笑。朋友不和我一起疯，走开了。我自己一遍遍爬坡，往下滚，一次次大笑起来。再爬上坡，感觉太阳被什么东西遮住了，空气有些微妙，抬起头来，第一次看到了鹰。它在很高的天上盘旋，阳光从它展开羽翼的边缘洒下来，我似乎能看到它的眼睛，它也在看我，从那么高的天上看我，会是怎么景象？一只鹰在天上，一个人在地上，我第一次感觉到不自由，在这对峙中有什么东西击中我。听到老师叫集合，我挪不开腿，鹰飞远了，我慢慢走下坡去，心里有些东西不一样了。

高考结束那个夏天，成绩出来前，家里"放野马"，我和五六个在县城BBS上碰到的同龄"驴友"约着每天去爬山。天亮碰头，随便找一个方向，就朝着山走去。有路找路，没路开路。有一回钻到一个溶洞里，找不到出口，脚下踩着湿滑的石头，冰凉的水滴滴到头上，除了手电筒照到的一圈，四下漆黑，大声开玩笑壮胆，忽远忽近的回声倒更让人心慌。爬过只容一人的狭窄通道，来到一个小山洞，地上有一个拳头大的孔，俯下身往里看，里面宛如一口深井，水汽氤氲，深处隐隐发光，像一簇碧绿的宝石。攀着石头又走了好久，不远处出现一个洞口，野花灿烂，豁然开朗。光线好起来，才发现身处一个空阔的大石洞，怪石嶙峋，危岩欲坠，深处岩壁挂着数不清的蝙蝠。大吼一声，一片黑影惊起，悬挂到另一壁上。出洞口，无路可寻，又不想回头，决定兵分三路，我和大青一组，我们往高处走，先爬到山顶，看清方向。

大青在前面开路，踩实野草，折断乱枝，我跟在他身后，攀着树枝草根，走了好长时间，脚沉到没有知觉，张开嘴大喘着气，抬起头，山顶还远。又埋头爬了好久，大青说，到了。我们站在一座高山顶上，面对着看不到底的深谷，山岚涌动，辨不清远近，心里涌起莫名的感动。大青大吼一声，回声震荡山谷，我也吼了几声，回声交叠在一起，像海潮阵阵袭来，又渐行渐远。回声未散，一只山鹰出现在深谷间，稳稳展开双翼，悠然掠过我们眼前。两个陌生人无意中闯入领地，它全然没有注意到我们的存在，这让我有点失落，我们在山谷间那么渺小，只有它知道方向。目送它飞远，我们又站了好一会儿，鹰没有回来。

我到上海念大学，家也搬到了几百公里外，那一年放假，我回老家陪伴重病的奶奶。冬天的午后，她恹恹地坐在阳台上晒太阳。忽然，我在屋里听到她惊恐的呼喊声，夺门跑到阳台，一道黑影遮住阳台防盗

窗的一角，一双利刃般的爪子紧紧抠住窗棂，是鹰，它想扑食挂在窗台上的画眉。就在我叫出声的瞬间，它猛地一蹬，蹿上了天。爷爷闻声赶来，抱起铜炮枪冲出门外，我连忙跟上，奔到屋顶，天空如镜，鹰已全无踪迹。城里怎么会有鹰？我疑心自己看到的是不是一只鹰，奶奶没有怀疑，她吓得病倒，再也没有起床。

许多年过去，在几千公里外的城市里，我常想起那三只鹰，很难说是不是它们把我带到了现在的地方，我看到了山那一边的景象，也比它们飞得更高，可还是无法超越它们。我只希望它们在我的记忆里盘旋得更久一些，让我记起生命里有过的野。

夏天的雨

十几年前，我并不讨厌下雨天。

从小生活的滇东南小县城属亚热带气候，地理课本上一句"雨热同季"，在寻常岁月里便是多雨的长夏。印象中，中午总会突下雷雨，每在我伏案解题的时候，不知从哪里跑来的乌云把天空压得低沉，燥热闷湿的热风从临街的窗户吹进来，裹挟着雨的腥气。不多时，一道闪电在乌云上划出几道银线，几秒后，雷鸣由远及近，像天上跑过一队巨人，紧接着大雨噼里啪啦直倾而下，沾起地上的尘土，把橘红色的土地浇成深红，大雨敲打在阔叶的芭蕉或细条的棕榈上，各成不同的声响。夏天的雷雨有一种奇妙的味道，对于一个十五六岁的少女，它仿佛代表一种宣泄，和说不清的憧憬。

我总是会搁下笔站在窗边望一会儿，看路上的行人匆匆躲避，乡人似乎都不惯带伞，避雨的地方也不多，每有勇夫或顽童，冒雨行路，更故意放慢脚步，仰起脖颈，任由大雨把全身浇得透湿。我有时行在路上遇雨，也不会找地方躲避，而是直接一头扎进雨幕，一开始或许急奔，到后来雨透脊背，索性直接慢走，凉鞋蹚过或深或浅的积水，雨点打在脸上，化成小小溪流滑过脸庞，满身雨水浇出一身潇洒。想起爷爷爱讲的一个很老的笑话，下雨天为什么要往前赶呢，前面也在下雨呀。那时老家的人大概都喜欢这个笑话。

暴雨不终朝，这样的雨常常不到下午就止住了，我收拾好书包去上学，道旁树叶还挂着雨珠，乌云散尽，阳光迎面相照，走在半干的路面上，蒸腾的水汽顺着凉鞋短裤往上爬，有点儿痒，拂面的风已变凉爽。学校建在半山腰上，山石草木清新浣洗一新，沿长长的台阶拾级而上，两旁窄窄的斜沟里雨水卷着枯枝树叶疾流而下，像是雨的余奏。

有时也会遇到特大暴雨，雷鸣电闪，狂风走石，劈下高枝，甚至将细瘦的树木吹倒，暴雨过境如遭洗劫。但最具破坏力的还是连夜的大雨，用当地人的话来说，老天破了个窟窿，趁夜连灌，雨势不减，往往会引发洪灾。

第二天饭桌上，会听到大人谈论灾情，哪户人家在睡梦中被山洪冲走，哪个街区的路面变成了河。晚饭后爷爷总会带我去河边看水，指一指黄水漫到桥墩的位置，让我记住，次日再来比对。一样来看水的人很多，有一些人持长竿，穿短裤，下河堤，捡拾上游冲下来的物什，多是一些木材，也有日用杂物，水桶、板凳、竹篓，一并捡拾一些传奇，比如有人捡到过活猪，有人捞起了一个媳妇。我喜欢趴在桥上往下看水，紧盯着汹涌的洪水，在视觉疲劳的某个点，两旁的桥墩消失了，桥上和周围的人也消失了，整个世界只剩下我和一条飞速下流的河，不知今夕何夕，待回过神，人和桥都回来了，雨下在安稳的现世。

有一回家中亲戚遭遇水灾，水退后小姑带我去帮忙清理，看着被水泡过的柜床桌椅，冰箱电视，变模变样得可笑。我们把脚没在齐踝的淤泥里，用瓢和桶舀水，从冰箱里掏出大把的淤泥，像在玩一个游戏，一个从人类诞生初始就和自然之力戏要的游戏。

十几年过去，我好像远离了这样的游戏，也不再做少年时常做的

一个梦：我沿着一条洪水滔滔的河独自漫行，云高水阔，天地悠悠。路上，遇到几艘木舟，舟上坐着我的父母、亲戚和朋友，我和他们打招呼说话，却没法上船同行，只得继续走，找寻河的源头。

鸡㙡

下午和妈妈推儿子去公园，八月的上海，空气闷湿，时晴时雨，短短一路上伞撑了收了又撑，妈妈说，下鸡雨呢。

以前在云南，这样的雨总让人欣喜，在当地人眼里，这是带着鸡㙡鲜味的雨，雨后会有鸡㙡在林地上、乱坟堆和苞谷地里冒出来。在想象的慢镜头里，夜雨浇湿红土，起初平静如毯，忽然微微一震，一个小小的突起，探出一个圆圆的灰顶，而后是整个菌帽，苗条的菌秆，沐风浴雨，亭亭而立。

鸡㙡总是扎堆出现，而且年年生长在原先的"鸡窝"里。听说采菌人往往会留心做下标记，同时小心保护这些"窝"不被其他人发现，但我总疑心，和出桃花源后沿途标记的武陵渔人一样，不过徒劳而已。山川树石看似亘古，可大自然一年里改变的东西，远比你想象的多。

作为土生土长的滇东南人，我关于鸡㙡的记忆并不多。只依稀记得小时候家里的吃法是把帽儿和秆子分开，秆子撕成细长瓣儿，用蒜粒清炒，帽儿加一点番茄来氽汤。味道不太好形容，无非是一个鲜。云南菜的做法，并无一定之规，而向来重食材之本味，胜在鲜野。问食材好不好，第一会问是不是野生的，第二问是哪里野生的。

鸡㙡当然也是野的好吃。读书时，四季都有男同学喜欢去摘鲜。春天摘黄藨蛇藨（树莓类），夏天摘李子、扁桃、滇橄榄，有时也会带回各色菌子，带到学校来摆满一桌子，引一班人看个高兴。高中时，我的同桌好友早恋，常逃课和男友骑摩托车去国道上兜风，有一天晚自习上到一半，她溜进来，校服里兜了两大坨鸡㙡，说是在回来路上捡的，当时她抱着男友坐在车后，忽然看到路边晃过一簇白亮，忙叫停车折回，在路边找到了这一大捧鸡㙡。现在想来，那时云南确实生态很好，常听说有人开车在路上撞到野鸡，打到野鸟，捡回野刺猬。

关于鸡㙡，也有不太愉快的回忆。高考时，爸爸问我想吃什么，我说鸡㙡，那时就卖得贵，家里清贫，一年顶多吃个一两顿。含着口水待到爸爸把鸡㙡端上桌，我发现里面有好几个大蒜瓣，不知发什么神经，闹脾气不肯吃，眼泪汪汪看着家人把它吃光。第二天，爸爸又做了一顿不加蒜的，看我开心吃完，妈妈说，其实你爸还是用了蒜，上桌前挑掉了，哪有炒菌不加蒜的！

每年在云南吃菌都要死许多人，一点不危言耸听。有亲戚在药监局工作，每年汇报我们，今年已经死了十来个了，某地农户乱吃野菌，全家死光。更有可怕的传闻，说是桉树脚下的鸡㙡剧毒，千万不能吃。可这样的话题往往是在吃菌宴时聊得最欢，大家一边开着玩笑相互告诫，一边大口吃喝。云南人还有一个吃菌中毒的哏，叫"看见小人儿"——你看到小人儿了吗？

三四年前的夏天，师母病重，老师发短信来说，她想吃鸡㙡，问能不能弄到一些。师母是东北人，以前在云南吃过一次，念念不忘，网上买了好多，味道总不对。我当时正好在家，和爸爸说了这事。当晚，爸爸买回三大盆鸡㙡，个个硬挺，帽儿或舒或敛，带着厚厚的泥腿。我和妈妈先用小刀削去泥巴，再用牙刷刷见白茎，然后用细细的流水冲去帽底的土粒，一直从傍晚洗到半夜，腰都挺不直了。近零点，爸爸一边在厨房开火架锅热起菜籽油，一边把鸡㙡的腿帽分开，腿拆成小指细的秆儿，沥干水分备用。手搁在油上，温度差不多时，把秆儿下到油里，油锅欢腾像在下雨，鸡㙡的香味弥漫家中，整个小区都睡不好了。

到后来，吃过不少油鸡㙡，我还是最喜欢爸爸炸的鸡㙡，他不喜欢炸得很干，太干虽然可以久存，但没有了菌菇的嚼劲，吃起来枯。炸到

半干的油鸡枞，比新鲜鸡枞更有滋味，像是用热油把全部的香锁在了薄薄的菌片里，趁热吃简直是人间至味，一口下去，灵魂都为之一震。做得好的油鸡枞，放冷了也好吃，秆儿比帽儿好吃，帽儿比较油，细嚼也有不一样的风味。

那一次做的鸡枞，装满一大一小两罐，全部寄到上海给师母。老师后来说，鸡枞特别好吃，吃完了把油留着下面，一家人都很宝贝。第二年雨多，鸡枞出得不好，我没有再请爸爸做，翻了一年春天，师母没了。我估计再也不会给老师送鸡枞了。

云南人都是家乡宝，我和妈妈在上海各种变着方儿做家乡口味的菜，不过是很难吃到菌了。前几天，在网上买了一次油鸡枞，为了给儿子吃，让他从小知道家乡的好味道，记得自己出生的地方，天高云厚，满山红土，晒着日头走在路上会忽然下雨，雨后会撞到鸡枞。

班车

十几年前，高速路在滇东南还不多见，盘山公路上的班车是主要的出行工具。

第一次坐班车，五六岁的样子，坐车去一百公里外小镇姑姑家，班车满载乘客，颠簸在盘山公路上，一车人随山势前俯后仰，胸口像端着一碗水，一不小心就漾一点出来。车向山行，窗外快速闪过石壁野枝，一转过弯，眼前瞬时铺开满天云霞。车厢内光影明灭，像频繁换片的录像厅。隔几分钟，我就忍不住问开班车的姑父，还有多久到，回答总是快了快了，我抵住晃动的椅子睡去，待抬起惺忪睡眼，终点仍旧遥遥，好像能在车上坐一辈子。

归途近城，遇上封路，同行人骗我说，城里瘟疫，围城不让人出，也不许人入，我焦急得要跳车，死活要进城，死也和家人死在一起。

自此，坐班车在我眼中染上神秘感，途中随时会发生的各种危险和奇遇，使坐班车探望远人成为一种仪式。高中时和几个朋友冒雨坐小班车去同学家玩，限坐十九人的车上挤了起码四十个人，车顶行李架上还攀着几个，雨疾泥深，车在泥坑里滑，惊得一车人齐声尖叫，一不小心陷进泥里，众人下车合力推，车子猛一发动，车后数人溅成泥猴。我搬家后，逢寒暑假回家，朋友大青都会坐班车从老家来看我，一次车上睡着，脑袋把车窗撞破，耳后留了一道短疤；一次坐在副驾座，山壁刮断后视镜，飞进车厢撞断了鼻梁。有朋友自远方来，经九九八十一难，怎能不欢喜。

读大学时从上海回家，得在昆明转班车，早先要坐十来小时，夕发朝至，在车上过夜。独身女孩上路，我从来不睡，坐到司机旁边的发动机上，正对的挡风玻璃仿佛透明幕布，车上坡下坡，越桥穿洞，眼前变换高山浮云，远岫归鸟，落日紫霞，灰蓝天幕……入夜，车会停在路旁饭店，有乘客下车吃饭，我也下去舒展身子，钻草丛撒一泡野尿，仰头见到清晰的银河，让人说不出话来，群山深静，围一湖星空，手可摘星辰。

去年在云南，春节前去元阳采访一个蹲点采风的绘本作家，一早到车站，朝霞明媚，是出行的好天气。早习惯了私家车出行，上一次我坐班车，已经是近十年前了。到点发车时，车上连司机只有三人，车慢行出城，途中又捡了四五个散客（途中买票可以议价，省一两块钱）。一出城，车猛然提速，老旧的班车像个老人，聊发少年狂，松垮地喘着粗气。司机为省钱不肯走新国道，抄老路，旁边在修高速路，巨大水泥桥墩列队耸立，前后都是不带遮篷的土方车，本就失修的路面全是深坑和枯泥。司机负气似的狂飙，在深坑里上下蹿腾，左冲右突，一路尘土飞扬，乘客灰头土脸，从远处看估计以为在拍公路电影。

到中点转了趟班车，至元阳已近黄昏，要进山还要换乘揽客的小巴。进山有三条路，开车的哈尼司机小哥勇猛少惧，挑最险的山路，急

弯连着陡坡，有的路段只容一车通行。小哥哼着"阿哥爱阿妹"，下坡都不带刹车，我吸着气从车窗向外稍稍探头，车轮二三十厘米外就是千丈山谷，种满本地芭蕉，深碧浅绿翻波浪，看得发慌，只得抬眼远望，苍翠山峦和淡紫落霞相接处，落日熔金，心里既害怕，又觉得自由，仿佛渴盼已久的离家，又像久别得归的回家。到村口，天已黑透，踏着几百年前修的湿滑石板路下寨子，鼻子里钻满新鲜牛粪和野花香，头戴满天星。

这两年高铁修到了云南各个角落，许多班车线路都荒废了，仅有的几条也生意惨淡。即便一样坐班车，开在高速路上和老路上也是不一样的风景。文明就是不断用野趣换取安全快捷的过程，没有返程车。不知还有没有机会，捧一手山中的星湖。

手工年代

看一篇文章，金宇澄老师讲到1971年在东北做知青时，向一个烧炉老人学做琴的往事，遂忆起自己眼见的"手工年代"。生长在20世纪80年代的滇东南小城，我却从未感觉过匮乏，因为相信所需的一切，全可以凭借一双手造出来，我的外公、爷爷和爸爸就是这样活的。

小时候，外公家的家具几乎全是铁打钢制，铁皮桌，钢管置物架，小巧的方形烟灰缸，连养鸡的鸡舍也是铁条焊的，都出自外公外婆的手。那时他们在农具厂上班，外公是支书，开车床，外婆打铁，评过全国劳模。我上小学时，厂子不景气，发不出工资，外公和外婆就和邻居工友夫妻搭伙出来自己找活做。手持焊枪，星火四溅，做得最多的是防盗窗。外公爱琢磨，无师自通设计各种花型，有一种四瓣梅花特别受欢迎，一时间小城遍开"梅花"。

我那时喜欢吃烧烤，外公外婆给我打了一个烧烤架子，形似大一些的杌凳，四足平稳憨厚，烤网平整扎实，边缘打磨得光滑锃亮，我能轻松搬动，存放起来也不占地方。我太喜欢这个烤架，一共也没舍得用几次，两三年后，外公得肝癌病倒，我再没有用过它。

在爷爷开始做一把二胡之前，我从来不知道他会乐器，他从不唱歌，也不哼曲儿，除了剁肉，也没显出有节奏感。爷爷那时已经从供销社经理位子上退下来，在单位卖液化气罐的小店里管账，日子还算清闲。有一天我放学回家，看到他在用砂纸打磨一个奇怪的木头架子，问他，说是从垃圾堆里捡来的二胡架，他要做一把二胡。我那时对二胡的概念就是教科书上阿炳拉的玩意儿，心想爷爷又没瞎，干吗要拉它。

接下来一礼拜，每天放学都见他坐在那张竹躺椅上抱着架子打磨，磨一会儿，端详两眼，再磨。终于有一天不再磨了，他给它上漆，清漆，味道有点香，漆了阴干，干了又上漆，那个味道在家里待了个把月。"硬件"总算完成，接着是"软件"。琴皮好弄，家里有亲戚卖蛇，爷爷早就要来一张皮子，也不知做了什么处理，反正蒙在上面正好，黑白灰，花纹还挺现代美。琴弓也好办，他自己寻来一根细竹竿，烘软弄出弧度，赶集时去马市问人讨来一撮马毛，洗净晾干扎上，细白可爱。就是琴弦比较麻烦，爷爷把小城逛遍，到处没买着。有一天放学，见他伏案在写信，原来是在报纸夹缝广告里看到有卖二胡弦，他写信汇款去，过了半月果真寄来几条不同型号的细弦，盘在小小的纸盒里，扯到二胡架上，总算齐活了。还没完事儿，爷爷找来一截松香，烧融了滴在搁弦的地方。

我迫不及待想听，待松香一干，就把二胡拿到爷爷面前，看他操起琴弓试拉，爷爷在椅上坐下，先把弦挨在松香上来回涂抹，停一停，端正身子，摆出架势一拉——我现在连拟声词也想不出来，只记得很涩。爷爷调了调弦，再试，还是涩，听起来怪惨的，我忙找个理由跑开了。自打那天起，放学进家门，迎接我的都是凄惨的二胡声，我也渐渐习惯了家有阿炳的滋味。不记得哪一天，爷爷开始拉出调子来，我做着作

业，忽而听到凄厉的《东方红》。

爷爷其实还做过很多东西，他每有奇思，加一些奇奇怪怪的东西，比如鱼竿，给加上一个与众不同的浮漂，隔几天换一种新款式，却从不见钓回鱼来。可惜我记不住他的更多"发明"，只记得有一次他买了一桶鱼，骗我和奶奶是他钓到的。

最牛的手作人，还属我爹。我出生前两年，他的弟弟患肺结核住院，爸爸全程陪护，弟弟呕吐时来不及找痰盂，他直接用手捧接秽物。过了几天病情转重，爸爸更是日夜守在床边。一个风雨交加的夏夜，弟弟在咳喘中病逝。当时爷爷下乡在外，奶奶得知消息病倒在床，爸爸一人连夜找来一堆木板，在医院病房里打出一口简易棺材，找来小车，带上锄头，天明前把弟弟埋到了城郊一座山里。

当时医院的值班护士，二十岁不到，第一次经历病人的死，整个人都蒙了，在旁边看着爸爸，给他打几乎没有用的下手。这个护士后来成了我妈，妈妈到现在还常说，你爸手巧，男人里少有的。

小城

初中地理课本上说，云贵高原上的平地叫作"坝子"，主要分布在山间盆地、河谷沿岸和山麓地带。大的坝子成了大城，比如昆明大理，小的坝子就成了小城，比如我所生长的滇东南县城。

城有多小，从我住的城中心走到城西头外婆家，步行只消一刻钟，两个钟头足可以逛遍整个市区。小城中有一座山，叫广播山，播放广播时，城里每个角落都听得到。家里有亲戚住在山上，幼时每年春节访亲，沿小径迂回上山，站在亲戚家晒台上，大半个城尽在眼前。身后山顶播出广播，山体仿佛微微震动，那时的我心想，城真大，人真多，小蚂蚁一样各有方向，天色转黑总能找到家。

城小亲戚多，这个城区人口长期不足三万的小城是典型的熟人社会，一条街走下来不可能不跟人打招呼。父母辈几乎半个城的人都熟识，根本不需要经过六个人结识另一个，不出三个人就有你的远亲。我打小出门不惯带钱，米线吃到一半想到身上没钱，笃悠悠吃完，肯定会遇到熟人进店。在未行禁令之前，小城婚宴十分壮观，几百张大圆桌摆在球场上，几千号人落座吃喝，光瓜子就要准备几大麻袋。

初中放学后常和朋友散步，沿着绕城河水的堤坝一直向下游走，一旁是看得到头的双季稻田，绿油油正在抽穗，野花明艳，鲜黄紫红，不到大半小时就无路可走了，连绵青山兀起，流水转入山后，只听见水声淙淙。

高中毕业那年，和朋友把城边的山都巡了一遍，完全不需要地图，蹬一双凉鞋，背一口锅，遇山爬山，遇河蹚水。置身天地间，觉得山是我的，水是我的，天地云石，草木日星无不可亲，尽属于我，但也可以全都不要，就这么一直走，东南西北各个方向都行到尽头，或遇到瀑布拔地而出，或遇到石山陡若悬壁，架火烧饭，兴尽而归。过了一年，在上海的大学里念古书，书上说魏晋阮籍常常驾车外出，走到无路可走，便恸哭而返，留下个成语叫"穷途恸哭"。我不懂穷途为什么要哭，因为未曾经历"围城"之困。

2003年动身来上海上大学那个夏夜，十九个朋友到车站为我送行，从幼儿园的玩伴到高中的同学，其中有我的初恋。即将离开生活了十九年的小城，我对外面的世界却没有很多憧憬，心里只觉悲伤，那个男孩永远不会知道，当时如果他让我留下，这世界哪儿我也不想去。

古镇

我的两个姑姑，时隔十余年，从县城嫁到一百公里外的同一个小镇。记忆里，这座十二年前沉入江水中的古镇，还停留在二十多年前初见的样子。

约莫十岁时，我第一次去这个镇子。班车晃荡中听人说"快到镇上了"，耳边一阵赞叹，撑开睡眼，满目翠色，窗外一练深碧江水，河岸边大树芭蕉菜田在阳光下跳跃成不同的绿。岸边立有一只巨大竹制水车，两个赤膊少年并肩站在齐树梢高处，飞快地翻踩脚踏，流水欢跳，分不清车声还是水声。镇口一排砖房是老醋厂，专产一种用七种香料酿的醋，清风徐来，不闻醋酸，却有一股甜香，可能是榨蔗糖的味道，季节似又不对。

小镇海拔低，夏末暑热难耐，幸好一进到镇子，一溜大青石板坡道蜿蜒向下，已被长年雨水和人马踩磨得光可照人，延伸至长长短短的街巷深处，走在路上，心也清凉了。

镇子三面环水，位于右江起点，当年大理国的马匹就经这里由水路运往两广，又把海盐布匹等运往全省各处。宋时已为聚邑，明初设商埠，解放初期仍是马帮叮当商船辏泊之地。那时镇上还有六个码头，沿着大姑家门口的长街到底，就是大码头，据说1949年解放军便从这里进入云南。

大姑让表弟带我去大码头看人"扳罾"，顺便买一尾鱼回来清蒸。途经一幢旧时会馆，画栋雕梁已全无印象，仿佛记得木柱粗壮开裂，砖墙青苔斑驳，石缝里长出野草，仍掩盖不住周身气派。码头已不见万里船，剩一道大石板搭建的高大石门，上半截装饰云纹青瓦，中间画一巨大蝙蝠，嘴衔二枚大桃，桃上分别书有"博""爱"二字，下半段开一拱门，人挑扁担可一字进出。

罾是古老的渔具，四根竹竿做成支架，挑起两三米见方的渔网，再用一根长竹竿架起，成人可手持，放到河水里捕鱼。这样的捕鱼法我没在别的地方见过，就像这里的吃食，也颇似古法，腌鱼喜用一种盐渍的酸梅，去腥提鲜。

当地人会吃爱吃，举县公认。除了街上的凉虾卷粉五层糕，叉烧脆皮肉白切鸡更是风味独绝。我家爷爷奶奶辈多擅长做饭，大姑是家中厨艺集大成者，带女队七八人，在一天内置办三五百人的酒席，凉热荤素，酱料蘸水，近中午，露天树下圆桌蜿蜒排开，浩浩荡荡。席间都是熟人，你劝我饮，从中午吃到傍晚，日头换到西边，换上热菜接着喝。山中无历日，酒尽不知年。

偷尝米酒，有点甜，不觉一杯下肚，小姑拉我去采扁桃，站起来却头重脚轻。竹排划破水面，水纹搅乱蓝天白云，不一会儿就到了河对岸。近处的扁桃树早被摘光了，姑姑指给我看，山尖几棵挺拔大树，坡陡路滑没人上得去，趁着最后一点余晖，辨出树上累累的果子。姑姑见我恍惚，让我在岸边等着，她到山脚边，等风来，熟透的果子嘀里咕噜从坡上滚落，循声逐影到灌木草丛里找。

夜风吹得我醉意全消，看着山顶几棵扁桃，月光下愈发清峻秀美，一直以来它都是我最爱的树，每一棵都修直周正，叶常鲜绿而秀整，果似芒果而独特。除了滇东南等地，很少在别的地方生长。姑姑说，他们有时半夜里渡河来抢摘扁桃，男人们爬到坡上摇树，女人们各守一个坡底。四野无人，风吹过来，扁桃滚落乱坟间，姑姑心里有点发怵，仍敌不过果香诱人，钻进萤火明灭处，摸拾到，剥开便送进嘴。

回过神来，不见了姑姑的身影，天边冒出几颗星，虫声如雨。有些明白了为何姑姑们会嫁到这里。

十几年前，大江上游建水库，古镇全部沉入江底，镇中居民一半迁到县城，姑姑两家随另一半乡邻搬至建在高处的新镇。我一直没有去过新镇，直到去年返乡，去老家上坟时路过。和其他小镇一样，它变得灰头土脸，连吃食也无味，上千年的历史仿佛随着那些码头旧闸古树石板路一起消失了。姑姑们也老了。山顶上那几棵扁桃树，还在结果吗？

故园

你爷爷出生的寨子，只剩一个人了。去年某天，爸爸在视频里告诉我。

——其他人呢？——打工去了。

——老人孩子呢？——迁到镇上，搬进城了。

——是谁留在那儿？——你表叔，阿忠。

——留着搞什么？——守祖坟，他脚瘸了，也没地方去。

——我们的祖屋还在？——在是在，几年不住人了。

挂掉视频，想起小时候吃饭，我磨蹭到最后给爷爷添酒换回的一把花生米和几个半真半假的故事。

爷爷的爷爷是广西平果人，年轻时是土匪，后来跑生意，成家生子，渐至殷实，却被友人陷害，那人砍伤他，一路追杀，他躲进深山，靠妻子偷偷送饭活了下来，一天夜里，潜下山手刃仇家，携妻带子一路逃到云南，不知行了几千里，才在这个小寨子里安下家。他头脑清明爱钻研，在山清水秀的地方蜕去棱角，专心置业，很快成为一方富主。

爷爷是长孙，出生时，家训已易为耕读传家，他也争气，从小爱读书，十六七岁少年时，独自进城上学。几年后回家，娶了家里从小为他定好的媳妇，只从家里带出一口大缸，带着我的奶奶到县城里扎下了根。临走，在家门口手植一棵枇杷，许愿死后葬到树下。

印象中，爸妈都怕回老家，怕走不完的山路，却拗不过爷爷要回去看他的枇杷树。我只记得被大人们轮换着驮在背上，上山下山，上山下山，视野忽高忽低，野鸟突然大鸣，吓人一跳。翻了不知几座山，却像绕着同一座。向阳一面多松树，地上铺满细滑的松针，大人每走一步，脚下一沉；阴面多灌木藤蔓，野草轻轻刮在我耷拉下来的脚脖子上，痒痒的。到了寨口，在村小当校长的二爷和在家务农的三爷带着我叫不上名字的大小亲戚，候在枇杷树下，我第一次知道，有十来个小孩的名字里，都跟我一样有个"晓"字。

待到我得自己走路回乡时，乡村小路已经直修到老家门口了，我每年过年时便开始期待农历三月三上坟祭祖。春祭祀如踏青，家人亲眷之外，相熟的朋友也一起去。不知何故，家坟分葬远近山中，为了一日之内上完几座坟，就得分成几队，清早出发，不时隔着山水喊一声，满山谷都像有家人在应和。一众人浩浩荡荡，带上砍刀锄头开路，荒草中理出家坟。煮鸡烤鸭等供品之外，还会带上锅具和粉丝饵块各色蔬菜，供过先祖在山上分食。

有一年，家族决定把祖爷爷的坟迁到自家田边，我第一次见到这么多李氏亲眷。广西那边的旁支叔辈也来了几位，我听着他们用难辨的口音念出家谱上的字，为这本黄薄蛀虫的小册子奇妙的联结力感到惊奇。

挖老祖先骨头时，在村里做巫事的三爷主持，爷爷站在高处指挥，年富力壮的男子出力下锄，女眷们围观帮衬，与我同辈或晚辈的小孩们守在一边，一看锄下翻出白骨，就奔上前飞快地抢着捡出来，交到姑姑们手中，看她们用树枝或手指把红色泥土理净，再小心把白骨收到准备好的瓷坛里。那是我第一次见到骷髅，没有预想中的可怖，在熙熙攘攘的亲人中，生的鲜活把死的消息挡住，时间的兽潜伏在不远处，没有人看到。

迁坟之后，老家再没有过盛会，人们陆续搬出老家，我也离乡到上海上学。2007年初四，在爷爷坚持下，我和爸爸陪他回了趟老家。那年夏天，爷爷在一天夜里悄无声息地走了，好像所有人都忘了他的愿望，他被葬在县城新建的公墓最高一排，周围没有一棵树。

今年春节，爸爸和几个表叔商量，每家出点钱，重新盖一栋祖屋。砖石水泥浇塑着不知谁会来住的新居，不远处，祖爷爷辟地劈木建起的老屋，在古老的尘灰中从根基长出野草，柱桩蔓延青苔。一百多年前那一家人，从遥远的异乡逃亡，翻山跨河，筚路蓝缕，建起青山中的家

园，从那一刻开始的腐坏和新生，还在继续，就在枇杷树旁。

李佳怿

　　云南文山人，现居上海，复旦大学中文系毕业，做过几年图书编辑，现在是以书为中心的自由职业者。

春风旧

◎ 王亚

慢慢篦

正值春末，雨像被篦子细细密密篦过，铺张得漫天漫地又丝缕清晰。那执篦子的手必上了年岁，有对万事呵护的轻缓。

总觉得篦子自有一种隔人的静，直挺的梁骨，朴素的篦齿，待在妆台上，肃然看你。外祖母有一个象牙做筋骨的篦子，更隔人。

儿时偶尔去外祖母家小住，便伴着她抵足而睡，似乎每天绝早她就起身了。我就着透纸黎光看她从老鬃漆的梳妆匣里拿出篦子，一下一下缓缓篦头，再急火的早晨也这样缓，连辰光也篦得齐顺静气了。

我等她做早饭时，就掀开蚊帐趴在老旧的樟木书桌上，瞧梳妆匣里都有些什么宝贝。木匣深褐色底子上描着彩漆，不知名的五彩鸟儿停在桃花枝头，还以金漆勾线，炽艳里隐喻着富贵气。唯漆面上一层陈色，以及边角处磕坏了露出黑黄的旧腻子，折损了它的精致。拎起铜搭扣，匣盖内里的镜面流光乍泄，几欲晃花了我的眼。匣里并无长物，一根素银簪，两枚豁了口的老玉玦，一把象牙骨的篦子，而已。连折好的一块

手绢都只是方格棉质的，不是我想着的绫罗绸缎。

这会儿屋外也大亮了，镜子将那透窗跃进来的光映得迷离，还一晃一晃，亦成了陈旧的水色，微凉。篦子的象牙白已经有些微陈黄，梁骨上雕刻着一个精巧的仕女，拈花自照。篦齿仍旧竹制，一半密，一半疏。我觉得头痒，便篦一篦吧。先使疏的那一半，由发根起，尚未到发梢已经滞涩了。再换，手里"大开捭阖"地刮下来，竟缠夹得头皮生痛，发丝也扯掉了几根。

外祖母由门口的光里入来，冲我笑，接过篦子轻缓地在我头上拢，袖里犹裹挟着一股清甜的粥饭味。

外祖母一下一下给我篦头，蓬头顽劣的我渐渐柔顺如发。

写至此，忽然觉得篦子不再隔人，是与粥饭一般的衣食人生。隔人的或是前世？如外祖母的出身。

髹漆的梳妆匣、素银簪、老玉玦、象牙梁骨的篦子，都是外祖母的出身。那时，她像诗词里"云篦"，纤弱成了鬓发间的饰物。"却回娇步入香闺，倚屏无语撚云篦，翠眉低。"初唐李珣《虞美人》里的几句，或可做她年轻时的判语。云篦一样的是篦子，竟似与人世烟火隔着一般，有的只是宛然情致，娇柔到入了诗画。外祖父与她门当户对，他们或曾有过一段衣食无忧的好年成，却终于在某一个时期因挣得的这份家业"获罪"。后来，外祖父早逝，她独自拉扯三个孩子。于她而言，从云篦到篦子，经过的是岁月。幸而她的篦子并未如《琵琶行》里"钿头云篦"一样，击节而碎。

就是这样一个底事不知的富家小姐经了岁月的包浆后，可一个人扛起一家数口的日子。仍是那象牙质地的筋骨，有些苍凉陈黄了，却也被日子磨出了许多韧性。她以篦子的疏密来梳理纷乱的光景，用象牙与竹的韧劲来对抗一切遭际的荒寒，始终静静地与这个世界互看，眼里没有一些儿恣睢。

"篦头要轻轻梳，慢慢篦。"我闭着眼，听到外祖母呼吸停匀，她的手轻缓地，像呵护整个世界一样呵护我的发。这忽儿，早饭也得了。

如今坐在春雨里，再来想念篦子，竟像做了一个遥遥的梦，有见外祖母从雨里远道而来的倏忽之感。她冲我微笑呢，冲我打量呢，忽然，鸡初叫了，一摸脚边，床褥冷冷的，没有她。

外祖母走了，那象牙筋骨的篦子也没有了，我还记着篦子的样子和她篦头的模样。她的手细瘦伶仃的，骨节却突兀着，轻轻拈着篦子，缓缓地，静静地，从发根到发梢，从黑发到白头。篦得柔顺了，在后脑勺松松地绾一个髻，素银簪子插了，一天就开始了。

想起了，素银簪还在呢。

持素盏

茶酒有关，我不擅酒只好茶。且如今饮酒谁还使盏？啤酒杯、红酒杯、白酒杯，更有一种叫"拿瓶吹"的饮法，盏怎么适宜？饮酒又偏多是玻璃器皿，大约酒桌上常有狡诈人，须玻璃来一眼即见？再好的玻璃器物，总给人一种脆弱状，拈着都怕骤然碎了，不如碗。

碗亦欠了，只合武松们来用，提了哨棒大步流星进店，冲柜上喊一句：主人家，快把酒来吃！就着熟牛肉可饮十八碗酒。倒有一句好——"一碗读书灯"。比盏朴素了数倍，是一豆灯影中守着书的笃定安然。若换了"盏"，意蕴就屡弱了。

还是来把盏饮茶吧，酒太粗豪。

喝茶最好使素盏，无矫饰，盏太精美恐怕夺了茶香。金盏、玉盏、琉璃盏什么的是断不可用来喝茶的，过于富贵得逼人。《红楼梦》里妙玉常日吃茶使的就是绿玉斗，宝玉为讨她欢喜，说到了栊翠庵，"自然把那金玉珠宝一概贬为俗器了"。妙玉身在槛外仍旧尘根未去，从绿玉斗便可循。金盏更俗，简直可以将茶掐死在盏里，清气也泯灭。琉璃盏

怕只适宜古人饮葡萄美酒，映着橙红的琼浆做华丽的清赏。银和铜倒也素净，也宜盏，却不合茶的碱性，可做灯盏和冰盏，是人世的烟火。

清夜在秋蛰声里守一盏银灯，可如范仲淹看蜀志共刘伶一醉，成就一阕《剔银灯》了，一切铁马冰河虚名浮利都葬入关山一梦。

冰盏更有俗世之好，叮叮铮铮里一水的京味儿，是旧时京派小说和影视剧里的常客。长而窄的胡同口，小贩挑着担打着冰盏笑盈盈入来，银发的老奶奶摇着芭蕉扇牵了举着粗瓷碗的红肚兜小孙子买冰镇酸梅汤。冰盏就是两个小铜盏，做了小贩的响器，食指夹在中间，上下颠颠地击出一串声儿。溽暑里听听也好，有酸梅汤的甘酸味儿，吸一口气都凉津津的，从牙口爽到胃里。

最宜饮茶的还是陶瓷，青瓷青、定窑白，汝窑天青月白，青花、粉彩，建盏、土陶盏……各样盏配各种茶。

青瓷温润通透，宜明前龙井。去年暮春到杭州狮峰山，恰是明前春茶初采，新茶还带新绿。钻进一个茶社，以青瓷试茶。茶是典型旗枪，一叶一芽，青绿挺直。洗茶一遍，第一泡汤色清淡略显寡，置入青瓷盏中就别有丰赡了，浑如一个素服木讷的少女一遇见心仪男子，眉眼里盈满娇羞，霎时便生动了。第二、三泡就出香、色了，清明的绿，郁香若兰。青瓷的水头与茶汤的明绿相得益彰，连那瓷里的纹理都生出香来。执青瓷饮龙井，日子也与茶香弥渝了。

普洱当以粗瓷粗陶啜饮，建盏亦相宜，浓重的色与朴拙的质料方可令普洱不失其稳重。尤其土陶盏的带砂的质感，简直可赋予普洱一重沧桑，在甘甜与陈香共存渐落喉间之际，生出些遇见落拓文士的钦慕。若以素常白瓷盏喝也未尝不可，但总觉得白盏轻浮了，承受不起普洱的厚重。

我有汝窑盏，天青色，以它喝六安茶，如自家人待自家人。六安瓜片茶形并不见得如何，茶气则至纯，甫一入口，清香在唇齿间流离，竟似遇见一位书香门第的青衫男子。而天青色的汝窑盏亦是一袭青衫布衣，低调的质朴，以自家人的包容来与瓜片相适，几乎完满得没了间隙。置于内敛的汝窑器中，瓜片的香似乎益发幽渺无序而又缠绵不去。一口茶入口，一度春风便落入肚肠，皮囊仿佛被扒开来，曝于春天的清新里俯仰回转。瓜片终是借了天青色汝窑盏的气质，可以睥睨绿茶界了。

定窑白一定得与色泽美艳的金骏眉滇红或单枞配，可喝出丰腴女人香。铁观音倒不挑盏，因为它的奇香。黄山毛峰、太平猴魁也不挑，只须慢慢享受那悠长的韵便好。君山银针倒不宜茶盏，它娇柔得吹弹可破，只可堪以玻璃杯来雅赏。

宋人尚建盏，因为古时茶色尚鲜白，老苏谓之"雪沫乳花浮午盏"。乳白茶青黑盏，正是好茶配好盏。建盏最上乘的要数"兔毫盏"。此盏釉色呈绀黑，釉质刚润，釉面呈现明显兔毫纹，纹理清晰，细腻流畅。又因敞口，浅圈足，胎体厚重，茶置其中不易冷却，正适宜品茗。如今的茶汤色各异，使建盏倒不能凸显其色，我也一直不怎么爱这粗笨的大家伙。前日竟也收了一个李甲栈嵌银鱼建盏，为着青黑盏底卧着的一条精工的银鱼，茶汤一置入，鱼登时活了，翻出涟漪。建盏有棱棱金石气，笃定的稳重。又爱了它了，时常携它上路，谁舍一碗茶就用它饮，仿佛做了托钵僧行脚走红尘。

好茶好盏都是清享。记得写过一首诗，尾联是：莫待清秋催老去，且将新盏试新茶。

致契阔

钏是俗世好，自古就被赋予驱凶辟邪祈佑平安寓意。蒲松龄老先生在《白于玉》一篇里写了一位紫衣仙女，与才子吴筠一夜衾枕欢爱极尽绸缪。吴生离开时，仙女将腕上金钏取下赠予。多年后，金钏还庇佑了吴生的妻室子孙。我倒不太喜欢这个故事，显得情浅了。吴生先有葛太

史许婚，遇见仙女却仍旧把持不住。离了仙女又一门心思修仙，将先前的姻缘也弃于一边，葛女倒是重情之人，上服侍公婆，下抚养吴生与仙女所生公子。火灾突来，金钏庇佑也是她该得的福报。

比起那些狐仙树妖的爱情，《白于玉》显得俗了，不是因为金钏，是蒲老先生文字里的因果报应。

明代有一个香艳小说叫《金钏记》，倒一味写郎才女貌的爱情，也不好。故事写的是富户窦时雍看中章文焕的文才，将女儿羞花许配与他。两厢诗词酬和兴浓，文焕便求与羞花交欢。羞花半推半就之下，便两情缱绻，极尽淫乐。等两情欢足，羞花脱下臂上金钏一双赠文焕，说："好赏此钏，是即主盟。"

这里，金钏成了信物，幸勿相忘，文焕羞花终成眷属。都是吉祥意味。

《红楼梦》里有金钏、玉钏两姊妹，是贾府家生子，姓白。以金玉宝钏为名，想来家中也是宝贝一样看待着的，却位卑为奴，落得一个投井一个坐穿堂里暗自垂泪。庇佑也罢，吉祥也好，怕也是因人而异罢？

京戏里有一出《勘玉钏》，倒情节跌宕，荀慧生先生一人分饰俞素秋与韩玉姐，一枚玉钏连缀两段情，才情高妙的书生终究能得到小姐垂青。又是书生。

京戏还有一出《拾玉镯》，干脆就是直白的调情，傅朋的爱情里多了些慧黠，孙玉娇更生生是一个俗世女子，他二人自是郎情妾意享着俗世的好。

对，钏就是镯子。每一个手钏的命理都是一个女子的命。葛女、羞花、金钏玉钏、孙玉娇……各个不同，还有曹七巧。

曹七巧有一个翠玉镯子，是她十八九岁就戴着的，那时她是麻油店西施。七巧年轻的时候有过滚圆的胳膊，翠玉镯子就在葱白的腕子上箍着。嫁了姜家几年，镯子里也只塞得进一条洋绉手帕。

骨痨的丈夫带着一身腻滞的死去的肉体的气味，连坐都坐不起来。她唯一爱过的季泽，到头来却惦着她的钱。以青春换来的金钱被她日渐铸成黄金枷锁。锁了一双儿女，也锁得自己成了病态的孤魂野鬼。"她用那沉重的枷角劈杀了几个人，没死的也送了半条命。"

临了，她摸索着腕上的翠玉镯子，徐徐将那镯子顺着骨瘦如柴的手臂往上推，一直推到了腋下。当年那个鲜活的麻油西施已经枯干成一个老妇，似乎昨天她还挎了篮子在青石板上的笃的笃地昂首走过，蓝夏布衫衣袖高高挽起，露出一双雪白的手腕。喜欢她的有肉店里的朝禄，她哥哥的结拜弟兄丁玉根，张少泉，还有沈裁缝的儿子。如果她的丈夫换了他们，就是俗世里的欢喜吧？她的镯子像是被施了诅咒，只是"嗯"的一声，余生将尽。

母亲自幼认了一位干妈，家世好却一直未婚，我叫她小外婆。小外婆近花甲了倒找了个老来伴，不几年这位老伴就去了，便又一个人枯守日子。不记得过了多久，母亲告诉我，小外婆也去了。几个姊妹和继子争遗产，将小外婆腕上的一个和田玉手镯也打碎了。我记得那个镯子，白玉略带沁色，衬得小外婆未经太多俗务的手很是好看。也是一段孽债。

一个镯子一个女子，一个故事一段聚散。俗世残忍，俗世好。

何以致契阔？绕腕双跳脱。"跳脱"亦是镯子。

织锦曲

初冬某天，他电话说在南京，给我买了一段云锦。

我夏天也在南京，去看秦淮河，看民国公馆，看浦口的老火车站，一个人。南京城已经没有多少"老"影子了，便又去朝天宫混了半天。朝天宫比北京的潘家园更有可看的，也安静。三楼卖古玩的老者戴着玳瑁眼镜拉二胡，我立在他面前听，拉的是《赛马》，端的有万马奔腾的

欢乐。老者见有观众，越发拉得身形都有了律动，拨弦时更是连食指都嗦瑟了，简直马蹄嗒嗒奔将出来。一曲拉毕，老者抬起头，眼睛眯缝着从圆镜片后朝我笑。

收拾起二胡，老者将他店里的器物一样一样讲给我听，和田白玉坠子的黄花梨如意，青花的墨盒，顺治年间的粉彩残片……我却看上了墙上挂的老妆花云锦，满金铺地，五彩的大团花，织金提花明晰，典丽庄重。仿佛对着雍容的老祖母，倚在跟前舍不得走了。老者笑，这个贵。我终于买了一个并不久远的和田玉把件，他也赠了我一块残瓷片。走时仍旧回看那块老妆花云锦，想着去找家云锦铺子，买块新的织锦也好，却终究不得。

这样的遗憾我并未告诉他。他的知道我，一如当年。

一些情谊绵密得如缎子与织金，丝缕横亘交错，静静地无须声张，美却可入心。

云锦入心的华美，像蓦地闯入一个盛世，直让你以为跌进一个迷梦，幻象炫目而又刻进梦里。即便醒来，怔忡间你还念着它。

最早知道云锦是"在"贾宝玉他们家。林黛玉初进贾府，王熙凤出场时穿的"缕金百蝶穿花大红洋缎窄裉袄""翡翠撒花洋绉裙"，直如烈火烹油，将她衬得恍若神妃仙子。贾宝玉亦是奢丽，嵌宝紫金冠、二龙抢珠金抹额搭配"金百蝶穿花大红箭袖"，天然一段风骚，黛玉一见竟心里暗生惊异："好生奇怪，倒像在哪里见过一般，何等眼熟到如此！"

黛玉自是着素淡些的襦裙，唯一华丽些的，也只是贾母一时想起来给她做一挂软烟罗的纱帐。"世外仙姝寂寞林"，自是应该不食人间烟火气。而以宝钗内敛端庄，连花儿粉儿也不爱的性格，云锦便更不相宜了，必得朴素大方才好。唯有宝玉凤姐，一出场就是奢华至极的云锦，连家常穿的也是"桃红撒花袄""银红撒花半旧大袄"，凤姐更是连靠背和引枕都是云锦所制。似乎唯云锦的繁丽才可衬出他们的风华，也足证他们在贾府的地位。除却这些，曹雪芹原出身江宁织造曹家，自然也厚爱云锦，才摹得花团锦簇。

宝玉还有一袭雀金呢大氅，是以孔雀毛拈了线织的。贾母说是俄罗斯国的产物，那时自然不曾质疑。后来无意读到吴梅村一阕《江南好》，便写云锦："江南好，机杼夺天工，孔雀妆花云锦烂，冰蚕吐凤雾绡空，新样小团龙。"从这首词看来，雀金呢恐怕也属云锦，大约曹雪芹先生假借了俄国人之手罢了。关于，孔雀毛织锦，清初也有文献记载，"孔雀毛织入缎内，名曰毛锦。"

织锦也有成都的蜀锦、苏州的宋锦，湘西还有土家锦。蜀锦以纹样著长，宋锦为细锦，大约受苏州丝绸影响。云锦算"昆曲"，声出三腔之外，流丽欲滴。蜀锦是川剧，精妙的高腔，变化亦精绝。宋锦为苏州评弹，吴侬软语莺莺燕燕唱来。相较而言，土家锦便是原生态民歌了，粗犷而朴拙。

关于织锦，还有一个很美的故事。《列女传》里写了苻秦时一位叫苏蕙的女子，九岁便会织锦，嫁给了秦州刺史窦滔，两人琴瑟交好。后来窦滔被流放敦煌，竟违背与苏蕙分别时的誓言，娶了一位歌妓为侍妾。苏蕙满腔忧愤兼又思念，将回文诗织成锦缎寄赠夫君。苏蕙的回文锦回环往复词意凄婉，窦滔读懂妻子一片深情后，自然夫妻从此和合。"回文锦"成了千古佳话，元稹写"肠断回文锦，春深独自看"，江淹《别赋》里"织锦曲兮泣已尽，回文诗兮影独伤"也抚出一曲断肠声。

倒是洪昇，写得了《长生殿》里明皇贵妃的爱情，竟容不得苏蕙做妻子的一点任性。他有一部杂剧《织锦记》就写回文锦的故事，偏偏将苏蕙写成一个善妒恶毒的正室夫人，直把美好的回文锦也"扔进"了臭沟渠。

"花繁，秾艳想容颜。云想衣裳光璨。新妆谁似，可怜飞燕娇懒。……"且来一句《长生殿》玉环唱词吧，也似织锦般繁复奢丽。玉环自是情意如春深，而苏蕙将爱织进锦缎，又何尝情浅？

每一段锦都织进了情意吧？他呢？我与他已经年未见。

剔红寂

从来没有一个字如"剔"一般，寒光一闪又艳帜大张。

庖丁手起刀落间，砉然响然，刃肉剔骨几可合上音韵，俨然就是商汤时《桑林》舞乐，让你几乎忽略了刀刃上凄寒冷峻的光。剔是顶尖的冷面杀手，杀人亦艺术，像古龙大侠笔下的中原一点红。

剔又具风情，拔下玉钗剔银灯，伴君红绡帐里，日高犹春睡。

"剔银灯"是词牌名，还有一个名字"剔银灯引"。虽说只是一个动作，却远比点绛唇、念奴娇、眼儿媚什么的更蕴藉而妩媚。眼儿媚们只能算小巷卖花姑娘，终究小门小户，那点娇俏总有些躲躲闪闪，媚态不够，明媚也不够。剔银灯是花魁，见惯人事，贩夫走卒自然入不了她眼，达官权贵亦不趋附，她自在琴前端坐，轻挑慢剔，候得那心仪书生到来方展颜一笑，倾倒众生。

如此说来，剔银灯得演出诸多剧目，杜十娘李甲算一出，李香君侯方域演一出，董小宛冒辟疆扮一出，以柳永秦观周邦彦为男主角更演了一出多幕剧。每一出幕布一拉便暗示了结局——红绡香软鼓乐喧阗，愈繁华后愈悲凉。银灯的华美，剔的寒，已经在启幕前埋下伏笔。

不曾见过银灯，在各大博物馆看得最多的都是青铜灯盏，各种式样诸般用途，都是青铜器皿特有的敦实厚重，仿佛一临世就有了笃定，可照夜读，可映剑舞，临行前母亲细密的针脚，老父尺牍里暗藏的叮嘱。而银的特质是冷艳，如美女素颜，即便淡淡睃你一下，眼风里犹有兵气，可伐人。若再添些纹饰，加些镂空雕，即便仍旧冷，也冷得秾丽，是貂裘狐氅华服里裹着的情容，金簪玉佩，黛眉红唇。如此，便无需看你，你也倒了。

青铜灯下，夜读舞剑缝衣书信，剔开盏里结了花的灯芯，灯火总怜人一般，由晦至亮，还你一夜清明。剔银灯时竟活脱脱似《红楼梦》里蒋玉菡唱来一阕酒令，末了两句是"听谯楼鼓敲，剔银灯同入鸳帏悄"。恐怕你得谐谑了，好字眼里偏窥出冶荡心。这得怪柳三变，他一曲《剔银灯》尽是风流账，读书天气里也偎红倚翠，沉醉高睡。倒是范仲淹的《剔银灯》显得不合时宜般，本该款款婉曲的夜，他都用来思考人生了。有两句倒似乎故意来责柳永式的《剔银灯》一般，范老夫子俨然一学究，指着柳永少游道："些子少年，忍把浮名牵系？"

倒有一样相同，两款《剔银灯》似乎都读出寂寞。柳永醉亦清醒，范仲淹更清醒。

剔红也寂寞。

剔红我见过，一种红雕漆器，朱红大漆敷在漆胎上，一层复一层，层层复层层，直至百十层两百层。半干未干时，填了画稿，细细地剔去浮漆，饰以锦纹，开了一朵雍容牡丹，腾来一条飞天蛟龙，或楼阁人物曲水流觞，或仕女艺伎鼓吹歌舞，仙鹤麋鹿祥云回纹，竭尽繁盛。更盛极的在于那端正的红，饱满而肥腴，放在任何背景前都奢华至寂寞。

如错返回到北宋辰光，一跌落便撞见朱门夜宴，宫灯红烛琳琅，珍馐美酒罗致，觥筹交错，乐舞翩翩。你兀自在这里错愕，已有仆佣侍候宽衣解带换上华服，玉爵在手美人在怀，昏昏然醉在其间。夜深酒醒，你清晰地看到金觞倾侧，绿蚁四溢，美人儿颓靡，连案榻边的牡丹都失了姿色，唯有那些剔红的盏盘笼盒，仍旧繁盛。一清醒便又回溯至今，剔红成色愈发秾艳，千百年时光的包浆依旧似火，汩汩燃烧。

我也曾见过新制的剔红漆器，也是那样端然的红，竟了无生气，是各种弦乐鼓吹铙钹齐发，空有热闹。

剔红是需要一些寂寞的，再施以年岁的包浆，静静地待着，以乱世做底子也罢，以盛世为背景也好，掩不去那美艳的红。

一年独自行走，在江南一条小巷一户人家喝茶聊天，案头有银壶青

花罐也有剔红粉盒，一青一红并排，竟似相偎着走过了光阴。请我喝茶的老太太讲每一样器物的来历用途，银壶可烫酒，上好花雕烫过了不伤胃；青花罐里小的是养蛐蛐的，大的盛吃食，装过糖豆茶叶绿豆糕……剔红的粉盒，粉盒是丈夫送的第一份礼物，那时尚未婚配，他早上偷偷来给她敷粉。老太太牙早掉光了，也没戴假牙，嘴唇凹陷，皱纹开得如层层复瓣的菊花，说剔红粉盒时，犹抿嘴笑了。

剔银灯、剔红，都是寂寞的好，寂寞方显出那样的炽艳来。

北牖眠

这会儿我正坐在飘窗上，往电脑里敲字，数窗外路灯下经过的车辆，三辆摩托五台出租，轿车有红有黑白，穿短裙的姑娘过马路有些慌张。窗朝南，初夏的风温柔得像个姑娘。若在古代，我这叫倚南牖而望。今天正十五，一抬头还捡到一个大白月亮。

夜来风里没了暑意，倒有一丝姑娘软软的笑意，清凉薄荷味儿。想起了，唐代王棨有篇《凉风至赋》，似乎写初秋，通篇四百余字，专写秋风肃杀，最好就这八个——北牖闲眠，西园夜宴。

这两句简直不像唐人的句子，像魏晋或明清，自由散淡得没有一丁点虚与委蛇。——诸葛亮也唱"我本是卧龙岗散淡的人呀"，其实存着姜太公之心。唐人仕途之心更明白，孟浩然就直接给张九龄写希望得到引荐的诗，说："坐观垂钓者，徒有羡鱼情。"

好吧，扯远了，"牖"就是窗户，或者说，窗以前称"牖"。

《说文》里解释："牖，穿壁以木为交窗也。"又注解："交窗者，以木横直为之，即今之窗也。在墙曰牖，在屋曰窗。"

渐渐直白地叫"窗"，大约因为窗也越来越直白，纵横几根基，通透两玻璃，看月亮也直白，比如一个美人四仰八叉在你面前，总欠了蕴藉。

人们凿户牖以为室，最初只像鸟窠兽窟，日落而返权当巢穴用以栖身。后来墙才洞开一个口，有了窗，有了光，有风灌入，坐在屋子里可观屋外景。这是牖，通风透光观景，顺便也成了景的一部分。比如户牖深青霭，庭阶长绿苔；比如朝夕闲坐看云，镇日依牖读书。

那户牖窗格样式多而美，直棂、卍字、冰纹、梅花……天凉糊纸暑来蒙纱。《红楼梦》第四十回两宴大观园，一行人一早就由贾母领着逛园子，行至潇湘馆，贾母因见窗上纱颜色旧了，便和王夫人说要替黛玉换窗纱。王熙凤随口数出几种，说是"银红蝉翼纱"，有各样折枝花样的，也有流云卍福花样的，也有百蝶穿花花样的……贾母更正道："正经名字叫作'软烟罗'，……一样雨过天晴，一样秋色香，一样松绿的，一样银红的。……远远地看着，就似烟雾一样，所以叫作软烟罗，那银红的又叫作'霞影纱'。"一样窗纱尚生出这百般浮艳，户牖之美该当如何？

再做不成古人，而欲见其美，当往江南。苏州、杭州、徽州，往往一树梨花后小院清雅，户牖精工。绕影壁而入，月洞门里一池清碧，湖石瑰奇修篁弄影，让你疑心是否会隔水送来笙箫丝竹音。穿廊过庭，一些曲折都是良辰佳景。撞入一扇门，空荡荡复无人，自是一室虚白。偏往北牖一望，菱格小窗半推开，中庭竹影青绿婆娑，简直是仙人入来凑兴摹出一幅修竹图。

再行至西厢，春牖洞开，罗纱微卷。窗内高床软帐隐约，瞟一眼心上就能生出一些儿抓挠，隔纱帘还见得古琴一张，香炉一个，书籍两三部。想着若有小姐凭牖而居，焚香、弹琴、读书，慵倦时含情思春，怕会引得这窗外蜂蝶窥探，柳枝竞拂拭。

徽派建筑更精雕饰。有年去黟县，走得累了不肯上黄山，便去南屏。那日才落过一场雨，影影绰绰的远山做了背景，前景是几畦油绿的菜，衬得做主体的粉墙黛瓦无比洁净，又极清素。走近见了那些门楣窗牖，才知简直是错过了一场盛世的繁华。任一座院落木雕都精工细作，

山水人物飞禽走兽、蝙蝠祥瑞如意麒麟、梅兰竹菊缠枝纹样……一出戏也可唱到门槛之上。又或许这里的每一扇门窗后，都曾经咿咿呀呀演着一幕幕剧，风月无边。

走一阵居然果然听到胡琴拉起了西皮流水，趄摸着找着一个老院子，门里黢黑，眼睛眯半天才适应，一个老者坐在堂屋里边拉边哼曲。我径直走过去搬张椅子坐下，笑着示意他继续，就跟着那曲调让神思飞了半天。听罢曲照旧参观屋子，天井前的大水缸里养着锦鲤，影壁上刻着芍药，廊檐下巧雕着吉羊，一切都老旧得似乎与我们隔着时空。走到后窗时，我真实地被击中了，一声"呀"只有半截，另半截生生停在张大的嘴上。那是一个花窗，回纹与花结交错回环。让我怦然心动的是漏窗的那边几朵雍容的牡丹正笑得气韵非凡。我就隔着窗看，生怕切近了会惊扰了它们。我是俗物，它们却非凡品。

老者说是这屋子前主人祖上留下的品种，荣枯几度，大约百来年了。我不知真假，但信任这满屋子旧时风华。

我打探不到屋子的前主人该是何等样貌才情，只叹江山风月本无常主，这刻能倚牖赏花便得了人间喜乐。

王亚

　　湘女，出版有《声色记——最美汉字的温度与情意》《此岸流水彼岸花——纳兰容若与仓央嘉措的词情诗心》《一些闲时——诗词里的茶酒音画》《今生最爱李清照》等。

翻译

画家的故事

[俄罗斯] 柳德米拉·佩克拉什维思卡娅

◎陈瑛　译

　　从前有个穷画家，穷得连支蜡笔都买不起，更不要说什么画笔呀颜料了。他试过用碎砖头在马路牙子上画画，但是看门的和巡警们都欣赏不了。后来他还想在墙上或者围栏上画点东西，可惜墙和围栏也都是有主人的，更何况碎砖块根本画不出画来，只会把墙刮花。

　　好在他还有个栖身之处——如果那也算的话。在画家曾经住过的公寓楼里，管事大爷把楼梯下面的小黑屋子收拾了出来，专门放扫帚、铁锹和工装，等等。大爷在黑屋子外头贴了个小广告，写着"单间出租，无自来水"。这黑屋子就是穷画家的栖身之处了：躺在水泥地板上，裹着衣服当被子，自我安慰着总比睡在马路上强。

　　至于他是怎样住到这个小黑屋里来的，就说来话长了。简而言之，在这世上，总有那么一些人生来就容易轻信别人，哪怕是全副家当就只剩下小小的公寓时，也会在一夜之间被骗光，等到第二天清早在公园的

长椅上醒过来时，他甚至还想不明白他们的房子怎么就变成了别人的了，为什么换上了新锁和新窗帘。画家就是这些人中的一员。

至于楼下的小黑屋，画家也是赊的账。管事大爷希望画家能打赢和阿迪克的官司，就是占了画家房子的那个骗子，这样他就能结清拖欠的房租了。可欠的房钱越来越多，大爷也变得脾气越来越大了，尤其是每天一大早到小黑屋来拿铁锹或扫把的时候，一见到睡在地上的画家，他就忍不住大吼大叫起来。大爷喊着，全世界再也找不出第二个这么好心的傻子，放着这么好的地方不挣钱，六个月让人白住，"听清楚了，你欠我整整一百万！"他一边喊，一边挥舞着扫帚。这时，画家把盖着的大衣拉上来捂住耳朵。"要么交钱，要么滚蛋！大把人排着队想来租房子！"他想一会儿又说，"不然，我就把你租出去。我贴个小广告，'奴隶出租，租期三年'，不过打广告还要费钱费时间。那就这样，你去医院卖个肾——反正你有俩，一个就足够了。"日复一日，大爷每天早上都这样，活像只大公鸡。谢天谢地，比起公鸡来，他还每周休息两天，他那可怜的租客就能好好地睡两觉。

工作日里，画家早上七点就会从小窝里爬出来，穿梭于城市的街道，开始新的一天。他也会在院子里的垃圾车边晃一晃，祈祷着住在他公寓里的阿迪克会扔掉他的画布、画笔、颜料。这样的话，他捡到了就还能画幅画，卖点钱。

但往往祸不单行。一天，画家刚回到"家"，就发现有五只狗、一架大钢琴、一个年轻女人，还有女人的父母，正在往他原来的公寓里搬家。不停有东西从大门口运进去，一大堆的琴谱、书架、椅子，还有装着一只猫的笼子，有只狗瞎了眼，可它和其他的狗一样在一旁吠得异常兴奋。

画家一看到他们，就喜欢上了这古怪的一大家子，特别是那盲犬和姑娘。那姑娘虽然还是个少女，但看上去却风韵十足——于是画家黯然离开了这里，因为他知道他永远不可能在法庭上要求把这家人赶出去。或许正是因此，骗子阿迪克才会转手把公寓卖给这一家子。

第二天早上，沮丧的画家重新开始作画。他确实作画了，只不过是用双眼。就像战场上的将军，他站在最好的角度打量着这个世界，把每一处风景都收入眼底：低矮的老屋子；银色穹顶的小教堂；羽毛般轻盈的白云；吐出新芽的大树；拿着法式长棍从面包店走出的丰满女顾客……停滞、定格，一切都那么美好！在他的脑海中，一幅画缓缓铺开，色彩鲜明而闪亮：天空是绿松石的透亮；新鲜的面包和教堂的外墙晕开一层模糊的金光；女顾客宽大的蓬蓬裙也仿佛变成了一大簇紫丁香；最后再画一个穿着橘色法兰绒家居服的大婶，犹如童话里的巫婆，缓缓地走向面包房。

脑中的杰作画毕，画家长长地舒了口气。他双手颤抖着，眼中闪烁着幸福的泪光。假如脑中的画作能展示在世人面前，大概全世界都会为他感到高兴吧，他想。朦朦胧胧中，他像做梦一样游到街对面的面包房，大口呼吸着新鲜法式长棍的香味，还有乡村小面包的浓香，以及小蛋卷的清香。他绝不会请求施舍，也不会弯下腰去捡地上的面包屑，他只是静静地站在那里，闭着眼睛，享受这种暖洋洋的感觉。

接下来他要返回旁边那栋楼的走廊下面，返回他的栖身之处。那儿有他早早藏好的一堆碎砖块、水泥渣和焦黑的木炭条。他出发找寻街道上的空地，最终一如往常地驻足于公园最偏僻的角落里。他四肢匍匐，双膝跪地，从天亮画到天黑，画了一只灰色的麻雀、一只白猫，还有砖红色的罂粟花长在人行道上。

他还在地上画了装在笼里的一只猫、笼边聚在一堆的五只狗，还有静静俯视着这一切的大钢琴，以及一位不苟言笑的年轻姑娘。他在作画的时候，有时有好心人路过，给他一点钱，他平日里就靠这些钱来维持生计。今天他的画吸引了一群人过来：吃冰激凌的孩子们、给孩子拿着

衣服和零食的奶奶们、穿戴整齐的退休工人们，还有不修边幅、面露痛苦的流浪汉们。当然这些人都是不会给画家钱的，给钱的往往都是中年妇女，就是一见到消瘦且无人照顾的单身汉就忍不住掉眼泪的那种。

可不是所有人都懂得欣赏他的画作。有人说总是这三种颜色，不好看，还不如自己画得好呢。不过，孩子们就很喜欢他的艺术作品了，大部分原因是这些画总能激发他们的创作欲望；他们对在画家的作品上再创作的兴趣可是远远超过了面对一张空白的画纸。更小一点的宝宝会在他的画上撒上沙子和泥土，再和上雨水，把它们变成沼泽，这还不算完，还要在上面一路踩过，印上脚印。画家从不抱怨。他非常理解，这同样也是一种艺术创作。可奶奶们就不这么认为了，她们从长椅上跳起来，把小孙子拎着拽走，大声数落着他们透湿的脚，还有湿漉漉的裤子，容易弄感冒。一大群熊孩子瞬间无影无踪，留下画家孤零零一个。他觉得这种用泥土、雨水和小脚丫作出的画，同样值得被博物馆收藏——地理博物馆，或者是后现代艺术博物馆。

这天，孩子们给他画的狗戴上了眼镜和犄角；给地上的罂粟花浇水，直到花朵模糊成一团；然后穿着糊满泥巴的运动鞋在大钢琴的琴键上跳踢踏舞。就是没有一个人给他钱。

然而命运终于冲他笑了。有个路人走过来，敦实的身体裹在皮夹克里，一双手脏得有些打眼。他嚼着口香糖，一口吐出去，正好吐到那只戴眼镜的长髯狗上。

"今晚你能把房子租给我吗？"他问道，"我给你钱。很多。"

"给了再说。"饥肠辘辘的画家回答道。他盘算着今天周六，管事大爷明天早上不会来，他对那间小黑屋有一晚上的处置权。这男的递来一卷揉得皱巴巴的零钞，要画家马上就带他去上床睡觉。这男的一到公寓楼下小黑屋旁，就拿了钥匙，马上关门，倒地就睡，迅速归于沉寂。不一会儿，画家听到一声窒息声，接着一长串嘟哝，再又是一声悲伤的叹息。画家觉得自己的租客快要被闷死在这个没有新鲜空气的小黑屋里了，于是他想使劲把门打开，可那男的斜躺着的身体占据了所有空间，怎么推门都纹丝不动。他甚至想到了要把门从铰链上整个卸下来，这时，窒息声、嘟哝声、呻吟声反反复复地响起来。画家这才意识到，他的租客只不过是酣睡过去了而已。

画家把那人留在里边，自己来到了面包店。他买了一条廉价面包，几个蛋卷，还有一瓶苏打水。他肚子饱饱的，在街上晃悠了一整天，一直到天黑，他才回到自己的楼道里。他想敲开小黑屋的门，可是失败了。里面有人在大声争吵着，压根听不到他的敲门声。

深夜，门开了一次，进去了一个拎着两个大塑料袋的胖女人。画家想尽力跟在她后面挤进去，却被人七手八脚地推了出来。他觉得小黑屋里至少塞了五个人，还有大包小包堆成小山一直顶到天花板。

画家在自己的门外凄惨地躺下，冻得直发抖。门里面，两个人打着呼噜，另外两个在吵架，还有一个小婴儿哭闹着——听起来像是才出生的。

第二天一早，又进来了三个拎着大包小包的女人，大概也是亲戚——她们旁若无人地从画家身上跨过，躲进了小黑屋。不一会儿，走道里满是面包和蒜香肠的味道。画家敲敲门，想找他们再收点房钱，可回应他的却是重重的一拳。拳头朝他脸的方向胡乱挥舞着，画家终于陷入了绝望的境地。让他更绝望的是，又来了一批新客人，他们带来的大包和被褥把走道都塞满了。小孩们在画家的口袋上欢快地跳来跳去，有些扯着他的外套。还有什么人在用力撕扯他的外衣。一天前还安安稳稳住在小黑屋里的他，现在唯一能做的，就是从人堆里挤出去，赶紧逃走。

只好这样。这天的安排，貌似和平日里一样。首先，虚拟作画，然后，虚拟吃早餐之类的——这是穷光蛋的快乐。然而，这穷光蛋一通宵

没睡，精疲力竭，实在快乐不起来，他懊恼着，大骂自己是太容易上当的笨蛋，一再犯同样的错误。

熹微的晨光将整个城市笼罩在淡紫色的迷雾中，散射出一道道小彩虹，使得远方的景物显得神秘而富有魔力。他从前很爱画这样的街景：只需要把水彩画纸浸入水洼中，在昏暗的小巷上方用厚厚的一笔涂抹出金色的天空；给方方正正的房屋着上绚丽的色彩；在整个构图的前方，画上一辆世间没有的翡翠绿色的小汽车，再画上一个闪耀着纯净绿色的小水洼。然而此时此刻，饥肠辘辘又湿漉漉的他无家可归，只能拖着沉重的身子沿街而行，完全忽略了身边的迷雾与彩虹色的湿墙。他现在连一个容身之地都没有，那些曾经支撑他的梦想，如今都变得遥不可及了：不可能打赢和阿迪克的官司，也无法把画卖到博物馆去……他再也无法假装成不是失败者的模样，除了艺术，他一无所有。

他跌跌撞撞，一屁股坐到台阶上，然后偷偷地缩进超市以获得一点温暖，最后，他觉得浑身力气都用完了，准备倒下来等死的时候，最后一点本能把他带回到以前住的那栋老楼。他倒在了从前的公寓门前，昏睡过去。第二天早上醒来的时候，公寓里的狗已经叫开了，清新的咖啡香味弥漫到整个楼梯间。有人在大钢琴上弹奏着美妙的乐曲。他勉强睁开沉重的双眼，却发现身边有一罐热咖啡、用棕色袋子装着的满满一袋炸薯条、一条热狗、一把塑料叉子，还有厚厚的一大片面包。

天啊，这可怜的人是多么期盼、多么快乐地拥有这些礼物啊！他又是怎样蹲在墙角为这不堪的生活而痛哭啊！他下定决心，要克服一切困难都要再见这家好人一面，给他们送上一幅自己的画作，就是他在人行道上画的那幅，和公园里的孩子们共同创作的那幅！

我们无家可归的英雄吃完早餐的那一刹那，门锁转动了。画家迅速抓起袋子冲下楼梯，以免和这家好心人打照面。他觉得很尴尬，因为接受了他们的施舍。

夜幕降临的时候，在街上游荡了一整天的穷光蛋，浑身几乎冻僵了，终于蜷缩到雨棚下。雨还在不停地下着；他还是无处可去。他再也不会回到那间旧房了，尽管狗在欢叫，钢琴声声。回到小黑屋也没什么意义，那些新来的租户只怕会把他最后仅剩的一点东西——身上的外套都给抢走。

他坐着，闭着双眼，做好了随时被踢出雨棚的准备；毕竟，每一个屋顶都是有主人的。果不其然，很快就有人拍了拍他的肩膀。穷光蛋睁开眼睛，看到了一个陌生的男人，胖胖的，乐呵呵的。他自称是画家在美院的老朋友，自从赚钱以后就不再画画了。画家没认出他来，但他却还记得画家的名字。"伊戈尔！"他说，"你愿意要我以前的画具吗？我都忘记怎么作画了——有些还挺新的呢，我可不想糟蹋它们。你看起来好像还用得上。"

"画具？有颜料和画笔？"

"当然有啊，伊戈尔。什么都有。"

"还有画布？"

"当然。还有好多好多！你现在就跟我一起去吧！"

画家暗暗高兴，终于有人要邀请他去哪里了。那里可能又暖和又干爽，这个被他忘记的老同学或许会给他点东西吃，甚至没准还能让他借宿一夜。"可是这个人能从我这得到什么好处呢？"画家凄惨地想着。刹那间，他就为自己答应跟头一回邀请自己的陌生人回家而感到羞耻了。于是，他模糊地答道："我不知道去不去得了，真的。我有点赶时间。"

"你要赶着去哪儿呀？"这个老同学开始怒吼了，甚至手舞足蹈，"你哪也去不了！你不记得我啦？我是伊兹弗西亚，以前总是抢你午饭钱的那个啊！"画家这时终于记起来了，就是这个伊兹弗西亚，少见的恶棍！比自己大两岁，老是抢走他的钱、他的橡皮擦，还有蜡笔！

"看来是对的：你没地方去了。我去了你以前的房子那里，去找你。阿迪克把你这个大傻帽儿给骗了，是吧？还有楼下的你的那个小黑屋，也塞满了人。"一团团的白气从伊兹弗西亚的嘴里冒出来，毕竟，这是一个又冷又潮的夜晚。

"对不起，我赶时间。"画家小声嘟哝着。

伊兹弗西亚的脸仿佛要在深夜的雾里融化了。"这就走吧，"画家心想，"我一定是饿疯了才会这么说。"

"行啊你，那您继续待着吧！"伊兹弗西亚对他大吼，仿佛隔着很远的距离一般，"自掘坟墓！"然后，他就消失在茫茫的夜色中。

我一定是疯了，画家心想。他站起身，仔细地打量起身后的那栋楼。窗户和门都不见了，楼下大厅里，一株小树苗从崩坏的地板裂缝里钻了出来。可怜的画家在角落里看到了一张破烂的沙发，于是一头倒上去，他已经好久没有在这么软的地方睡过了。

早上，他的瞌睡被巨大的噪声吵醒。推土机在外面轰隆着，准备粉碎这栋楼。画家刚冲出大门，屋顶就轰然倒下。清晨的寒冷令他发抖，他打算走开，却被一名推土机司机叫住了，急忙地问他："请问一下，这是你的吗？"手上拿着一块绷好的空白画布，"这是这栋楼里的，在你的房间里。"画家耸了耸肩，诚实地答道："不，这不是我的，这房子也不是我的。"接着就走开了。但是他又情不自禁，转过身去。他看到了那张孤零零的白画布和一只折叠着的画架靠在混凝土墙上，像是就要倒下的样子。趁着还没有失去勇气，他赶紧冲回去收起了那些宝贝。他还记得从前上学的时候因为恶棍伊兹弗西亚的缘故而天天挨饿的日子，那时候他就发誓永远不要占有他人的财物，可是这种情况下，他不过是抢救即将被损毁的东西罢了。他拖拽着沉重的画架，把画布夹在腋下，决定去找个失物招领的地方。

不过，他还没走几步，一位欢快的老太太走过他面前。画家问她认不认识以前住在那栋被推倒的楼里的人，她毫不犹豫地告诉他，"是个画家，他本来答应了给他的老同学画肖像，也画得差不多了，可是突然死掉了。也没个继承人。哦，天哪，跟着都发生些什么乱七八糟的事啊！这群流氓开着坦克，带着兵，抢光了所有。可怜的乡亲们可是啥都没有，跟平常一样。"

"那拿着这个吧。"画家把手上的宝贝给她。

"唔，"老太太嘲笑着，"我捡了一堆破烂了：画笔啊、颜料啊，还有两卷画布。拿到市场上，没人愿意掏一个子儿给我买下那些。于是我把它们都扔了。画家现在都不用画笔了，他们用什么东西喷的。我听说，还有些画家用颜料灌肠，然后直接拉在画布上。你敢相信吗？"

这个见多识广的怪老太太像是跳着快步舞，就像伊兹弗西亚一样，迅速地消失在了街角。

很快，画家跑到他最喜欢的地方，对面就是面包店。金色的法式长棍躺在人们的臂弯里或是购物袋里；雨已经停了，绿松石色的天空清澈明亮；粉红色和黄色的房子一幢接一幢，围绕着窄窄的街道里的那座小教堂；一个古时候的巫婆样的妇人穿着橘色家居服一瘸一拐地向面包房走去。

画家支起画板，赶紧接着画，他如此迅速，动作都快看不清了。画笔在他的手中飞舞，很快画布上就五彩缤纷了。路人们被惊呆了，纷纷停下，发出了友善的评论："这个天空画错了吧"，"这个面包不对吧"，等等。画家早就听过诸如此类的话，他也不在意。话说回来，那个叫阿迪克的骗子就跟这些路人完全不同。他们第一次见面时，阿迪克就不遗余力地夸赞画家才勾勒寥寥数笔的一幅素描。自然，画家的虚荣心得到了极大的满足，他直觉自己的天才终于遇到了伯乐，于是他邀请阿迪克到自己家里去看看其他的画作。一番赞不绝口后，阿迪克说要帮这个穷画家卖掉公寓，赚上一笔钱，再买个便宜点的。当天，画家便将

自己所有财产的委托权交给了阿迪克。再后来的事，我们都已经知道了。

他很快就画完了。突然，他很想去问问他的律师跟阿迪克的官司打得怎么样了。他拿着画，向律师事务所的方向走去，走了几步后他回头看看，和他钟爱的这个地方道别。然而，不知道为什么那里消失了。一团浓雾降落在路口，让它看不见了。天气变化快得让人发笑，画家漫不经心地想着，继续往前走。

"哦，你是权利人——现在的情况比以前好多了。"

令他惊讶的是，坐在办公桌后面的律师刚一见面就告诉了他一个令人难以置信的消息："你的官司已经打赢了，被告阿迪克今天就会被赶出你家。您欠了我本案价值10%的诉讼费。赶紧回去吧。别拖欠了费用，不然每拖延一天，欠费都会增加。"

画家马上回家，但他又在路上停下了脚步。今天要被赶出去的不是阿迪克，而是那家人！是那个女孩和她的父母，他们的五只狗，还有猫。画家赶紧转身朝着律师事务所方向奔跑，可是律师已经走了。事务所下班了。

他在公寓里遭遇了疯人院一般的场景，让人心碎。楼上，狗在狂吠；公寓门大敞着，他看到那家租客正在收拾。画家看到那女孩正费劲地把猫推进笼子。"嘿，"他跟她说，"你们不用走。你们可以住这里！"

"你到底是什么意思？"

"我是说，我是这公寓合法的主人，但你们可以继续住在这里。"

"我明白了，"女孩漠然地答道，"所以你就是那个抢走我们可怜的阿迪克房子的人了？抢走了他所有的财产，把他送进监狱，然后大发慈悲地还回其中的一个公寓？就是你吗？"

"阿迪克是个骗子！"一头雾水的画家惊呼道。

"阿迪克不是骗子，"女人冷冷地宣布，这时她终于把猫塞进了笼子里，"他是我的丈夫。"她说这话的时候语气不卑不亢，却带着一种坚定的力量，仿佛要回应人家对这桩婚姻的质疑似的。

女孩把猫笼提出去，这时候看得很明显，她的脚一瘸一拐。

"让我帮你吧，"画家伸手，"你的腿受伤了。"

"我的腿根本没受伤。"

"但它确实有伤啊——我能看到。"画家说着，真的很沮丧。

"没有，它没事！"女孩强装不跛的样子，提着猫笼下了楼。

与此同时，搬运工也用绳子把大钢琴捆住往外拖。画家决定，至少帮着这家人一起收拾，于是，趁着女孩的父亲走进去和搬运工人交代什么事情的时候，他就打捆起书来。他们很快就走了，丢下了大钢琴、书架，还有房子中间的那张桌子。

外面，卡车车轮滚滚而去。透过窗户，画家看得到那家人全都坐在行李箱上。猫笼放在女孩的腿上；狗狗们像迷恋者一样围绕在她身边。这家人也许正等着阿迪克，等那个也许根本就不打算来的人。画家看到女孩从行李包里拿出了宠物们的碗，倒进食物，把猫从笼子里放出来。

那年春天的天气真糟糕。老是下雨，此刻的城市被厚重得几乎要垮下来的乌云笼罩着。可是画家却不敢下楼去帮忙。他甚至害怕在窗户边露脸。他内心满是负疚，双手却仿佛被捆绑了一般。阿迪克一定是抢光了妻子的财产，然后再抛弃了她。他也许用帮她找更好的房子的承诺卖掉了她的公寓，同时，让她搬进了画家的小房子里。而他那可怜的妻子甚至不愿听到半句关于她家好男人的坏话。画家正陷入沉思的时候，突然听到身后传来了阿迪克的声音。

"我拿到钥匙了，"阿迪克宣布，"我向高一级的法院提出了上诉，现在这是我的房子。我有白纸黑字能证明你欠我一大笔钱，这公寓就是你的抵押。我还有你的授权书。如果你不滚出去，我就雇些人揍

你，只揍一回——，第二回他们就会直接往你的棺材上钉钉子。可你，你不会被埋葬的。你会被喂狗，或者是丢进池塘喂鱼。听到了吗？"

"你老婆说你把她的房子卖了。是真的吗？"

"什么老婆？"

"就是带狗的那个，她腿脚有伤。"

"你说瘸子薇拉？"阿迪克大笑，"像她这样的老婆我有一操场。所以你可以滚蛋了。我已经把这房子又卖了，卖给了一伙新俄罗斯人。"

外面，楼梯上，画家听到了熟悉的声音：嘶叫声、打架声、小孩的哀号声。

"等一下，这伙新俄罗斯人，他们付钱给你了吗？"

"你管这个干吗？"

"我会告诉你为什么：他们的钱是假的，懂了吗？只要拿出去用一张，你就会被抓起来。"画家低下头，"看，阿迪克，我把房子租给过这些人，他们预付了租金。当我拿着他们的钱去买面包的时候，收银员拿起就尖叫了。我差点没跑掉。"

阿迪克低头朝胸前的口袋里瞟了瞟，口袋鼓囊囊地在衬衫上突出来，就像屋子里突出去的阳台一样。"我知道了，"他说，脑子飞快地转着，"你待在这，好吗？不要让他们进来。守住这里。我不能守在这，你懂吗？"

"给我钥匙，我把门锁了。"——他马上照办。

听到外面传来可怕的捶门声，还有此起彼伏的喊叫声与低语声，阿迪克脸色苍白，流着汗，害怕极了，"我该怎么办啊？"

"我会守住这房子，但是你必须让薇拉和她们一家赶紧离开，不然他们会通过她找到你。"

"可是我要怎么出去呢？"

"消防通道直通阁楼。从那里，你可以上到楼顶。"

阿迪克爬出窗户，边爬边说："我在窗户上安了铁插销，我一出去你就插上，不然他们会爬进来。"

在新俄国佬的猛攻下，门开始摇晃了，不过幸好阿迪克装的是扇铁门。

画家闩紧了窗户，冲向他拖回房子来的画架：因为再没有画布了，他开始在前面画过面包店的画作上继续画。很快，他勾画出了那个女孩、她的狗，还有她父母，然后他打开窗户查看外面的情况：屋子前面的路面空空如也。

画家留在自己的公寓里。他吃了在厨房里找到的燕麦粥和荞麦，贴墙听听外面楼梯上疯人院的动静。一个庞大的移民家庭似乎要在外面安营扎寨了，占据了每一级楼梯。他听见唱歌的声音；跺着小脚的声音，像是一群小马驹跑过；楼下租户的抱怨声清晰地拉开了宏大的场面。从他们的尖叫声里可以判断，电梯也被占了——被一家之长自己占了。其他人不时地向着这里指路："罗玛在电梯里！在垫子上！去跟他说！"画家想象得出楼梯间这群居民的生动图景——沿着楼梯一排排坐卧交横，就像在剧院里一样；穿着皮夹克的罗玛，坐在电梯里的垫子上，像是舞台上的独奏家。

不过这些都没有让他觉得很烦恼。他全神贯注于他的画作。这才让他感觉薇拉一家都属于他。一整天，他反复修饰着这幅肖像。他修改了女孩的表情：有时她温柔地望着他，有时又有些嘲讽的意味。他给那条盲犬画了只眼睛；又把猫笼画得宽敞了一些；等等，等等。

终于，这天早上他煮完了最后一把米，打开了最后一罐闻起来有肉香的猫粮。就在这时，铁插销后面的窗户上，露出了阿迪克的脸。他耐心地在消防通道里等着，像只鸽子一样敲着窗玻璃。画家走到窗户边，摇了摇头。

"让我进去，求你了！"

"提都不要提。"

"说说你的条件吧。"阿迪克央求着说。

"你得娶薇拉。"

"你疯了吗，哥们？"

"你瞧瞧，这里有足够我吃三年的粮食。我有水，有煤气，还有暖气，而且这公寓的合法主人是我。"画家用铁一般刚硬的声音说。

"如果我娶了她，你会放弃房子？"阿迪克问。

"当然。"

"那我明天就娶她——不管怎样。那个瘸傻子在哪儿？"

"除了这个地方属于并且仅仅只属于她之外，你还要答应你没有再出卖这房子的权利。"

阿迪克迅速地消失在消防通道了。

这段对话，让画家陷入了沮丧中，因为薇拉和她的家人没有和阿迪克住在一起，并且不知所终。

忘记了所有的一切，他冲出房门去找他们，可是，他还没来得及锁上门，那伙楼梯间的侵略者就像决堤的洪水一般，掠过他身旁倾泻而入。其中一股人潮立马填满了整个门厅，然后分成若干的支流，灌满了所有的房间。大包小包、皮毛坐垫、子子孙孙、水杯枕头，充斥了整个屋子。这些入侵者并没有庆祝，相反为了争抢地盘而互相咆哮着、争吵着、殴打着。顶里面那间房里的大钢琴发飙了一般：一定是有人跳进了钢琴里面，其他的人就使劲击打着琴键。大块头的罗玛穿着牛仔裤、白色耐克鞋和皮夹克，抱着自己的坐垫，脸颊上还粘着根羽毛跟着人潮驶入了，他是队伍里的最后一个。他左看右看，最后进了洗手间，不知为啥，那里还没有被占领。

就在一分钟前，这里还是个饥饿的空屋子。现在却满屋到处都有人在打盹，孩子们从俯卧的身体上爬过，妇人们在厨房里吵吵嚷嚷，锅碗瓢盆在碰撞……

"你饿吗？"一个裹着大披肩、看着有些浮夸的妇人问可怜的画家。

画家答道："不饿，谢谢。"他费了好大力气挤回到画板边。一群熊孩子早就围在那里了。有人已经研究出了怎么拧开颜料管的盖子，把里面的颜料挤得画布上到处都是，画作上覆盖了厚厚的一层深红色，像染了血一样。

珍贵的薇拉一家的肖像画全毁了。

画家叹了口气，开始在被弄坏的肖像画上直接画起来。在红色背景的映衬下，画面上出现了很多双眼睛：有小孩子的，生动活泼并且充满了好奇；有乡间老人的，呆滞无趣地半睁半闭；还有女人们的，大而狡黠。接着，画家又画了大包小包、羽绒被、花裙子和披肩、锅碗瓢盆、烧得滚烫的红铜茶炊、白色的桌布铺在地上，上面摆了一圈猩红色的瓷杯，还画了金面包圈，一碟覆盆子糖果，切片的黑面包以及一个巨大的茶壶。

一张简单的小画布不知道是如何容纳下了这个游牧部落的所有并不复杂的生活。"我也要！我也要！"孩子们尖叫着，于是画家十分慷慨地把每个人都一一画下。他忘记了时间。眼看画作马上就要完成了，他听见背后传来的轻轻的抽泣声。他环顾四周，发现房里几乎空空如也；只剩下远处角落里坐着个小女孩，怀里抱着个小婴儿。画家明白了，她也想要在这幅画上拥有一个属于她的地方。他勾画出她的裙子、她的珠子、她的眼泪、她环抱着小婴儿的纤细手臂，再画上小婴儿的粉红脸颊和乌黑浓密的眼睫毛，还有投射在这洋娃娃般的头上的阴影。

当画家把这对孩子搬上画布的那一刹那，整个公寓就立刻被一种寂静填满了。女孩和婴儿都不见了。他看到有个茶炊被一块杂色披肩包

着；精疲力竭的他把这个再添进了画中。

现在他总算能歇口气了。他把目光从画上抬起，发现茶炊也不见了。一定是那家人收回去了吧。他们为什么走了呢？可是他们为什么要走呢？是因为害怕被画下来吗？画家把门闩上，以防万一，这时他听到一阵鼾声从洗手间传来。大块头罗玛在浴缸里睡着了，躺在羽绒被上。"我怎么能把这头闯进瓷器店的大象给忘了呢！"画家自言自语说，然后冲过去把罗玛加进了他家的肖像画里。他把他画在了堆放在大钢琴上面的大包小包的顶上。他画得出奇地快：只用了十笔，罗玛便位于他家族人之上了。画家进去洗手间对照下画得像不像。罗玛的宝座空了。门依然闩着。没有人离开过公寓。窗户的插销也还插着。

画家猛地倒在地上，被吓坏了。那帮人全部都爬进了他的画里面了吗？那如果真是这样的话，他作品里其他的人物——那个买法式长棍的顾客、那个穿橙色家居服的巫婆，又发生了些什么呢？还有那带着五条狗的一家子呢？

那张画布和那些颜料——原来是属于伊兹弗西亚，那个老同学的吗？在坏人的操纵下，最简单的东西也能变成毁灭性的凶器，但是当你用上复杂的诸如艺术之类的手段时……艺术家、创作者，也许沦落成一只丧家之犬，贫穷、耻辱、精神病，然而他有能力阻止时间本身。

还未从深深的惊恐中解脱出来，画家盯着自己的画作看，那个移民的大家庭也在画里盯着他，他们没准都已经被他谋杀了。

一把抓起画布、画架，还有颜料，画家朝着他最喜欢的街口、面包店那里飞奔而去。

一片大规模的建筑工地已经取而代之了。一个巨大的地基深坑里，满是泥土和挖掘机，已经吞噬掉了那条19世纪的街巷。画家颤抖着走过覆盖了他深爱之地的新坟，他终于懂得了伊兹弗西亚的礼物究竟意味着什么。只要在画布上出现过的东西，就再也不会回来了。世界末日要来了。天知道那个老同学还在艺术用品商店和街角放了多少张这样的画布？

他不能把这些死亡工具直接扔掉——那样会被其他人捡走。

画家跋涉过一条条马路，想找到他捡到这些东西的地方。处处他都能遇到新的废墟，它们之上横行着巨大的机器，像嗜血的恐龙一般。

画家想找到伊兹弗西亚，和他做一笔交易，说服他能收回他的"装备"，把那些被困在画里的人释放出来。他打算把自己的公寓给伊兹弗西亚；他反正也付不起律师的费用。或者伊兹弗西亚也可以拿走他的性命——他究竟要命做什么，如果说薇拉和她全家都殒命了的话？

终于，画家感觉到自己已经到了那个诅咒的地方（他的视觉记忆是无可挑剔的）。这就是街道的尽头；这里曾经耸立着废弃的楼房和水泥墙。

直到现在，取而代之的是一栋崭新的豪宅：五层楼高，有一个塔楼，一排阳台，一片红瓦屋顶和一堵加了铁丝网的厚石墙。画家按下墙上的门铃，但回答他的只有里面传来一阵令人毛骨悚然的狗叫声，仿佛它们正被电击着一般。豪宅保持着沉默。

纯粹出于习惯，画家拿起了画架，支起来，挤出颜料，把那张邪恶的画布夹好，然后在之前的画作上开始作画。

他迅速地勾勒出豪宅和厚墙的轮廓，画上些酷蓝色的阴影和温暖的光斑、即将绽放的第一片新绿和窗帘上的斑点。除了屋顶边栖息着的一只乌鸦外，他把所有的一切都照搬入画。他不想杀死一只无辜的小鸟。突然，有扇窗户的窗帘被拉开，露出了一张惨白的圆脸，张着大嘴。画家很快地画了个白色的圆圈和一个黑色的逗号，于是那张脸就消失了。另一扇窗户上，一个乌黑发亮的东西晃了一下——很像是一把手枪——但画家准确的一笔落下，那个黑点就不见了。

画家用心画着，豪宅开始逐步消失，就像热茶中融化的方糖一样。

塔楼变得透明——他甚至能看见大梁——乌鸦惊恐地从正消失着的屋顶上飞走。接着，装饰精美的外墙也不见了，这时画家一眼瞥到一个穿着锦缎长袍的肥胖身影，手里牵着两只发泡狗的皮绳。两秒钟——两只画好的狗便在画布上愁眉不展了。

自然，画家没有画天空、地平线上的森林、周边的房屋，以及附近山丘上的一小群山羊。

"你！"一个依然穿着锦袍和丝绒鞋的无头人惊呼道，"伊戈尔，哥们，我们商量下吧。"

"等着吧。"画家迅速地把无头人的身形照着画下来，于是虚幻空洞的声音在虚无之中怒吼着：

"你到底想干什么？没有了身体，我帮不了你。我就只能毁灭你。把我从画上擦掉；那样我可以给你要的一切。"

"很好。只要你放了其他人，我就放了你。我要他们现在就回来。"

"就这么说定了，"那个声音说，"我知道你是个诚实的小伙子。你总是一声不吭地就把午饭钱交出来。现在我要回报你。这就是你要说的：'嗨，嗨，宝贝。再见，小宝宝。'你画的最后一个人就会第一个活过来。他们都会这样逐渐回到你离开他们的地方，我以我的荣誉发誓。"

"嗨，嗨，宝贝。"画家很快地说。画布立马就变成了空白。首先，豪宅回来了，接着就是那欢乐而肮脏的大家族，在罗玛的带领下，即刻就从混凝土墙里拱了出来，他们拖着茶炊、羽绒被和孩子们。他们的脸闪现在窗户里，一会儿又到了屋顶上，尖叫着："我要杀了这浑蛋！"复活过来的房主穿着锦袍冲进大门，要放出重新活过来的那两只狗，不过，画家飞快地把他和狗搬上了画布。

透过豪宅的窗户，看到有满屋子的枕头和床单。炊烟从烟囱里袅袅升起；孩子们在院子里打闹，压倒了丁香灌木。这个大家族又重新开始了正常的生活。

虚幻空洞的声音苦苦地哀求着："求你了，再说一遍吧！说'嗨，嗨，宝贝'，要不然我会一辈子都缠着你说话。"

"随你的便！我去买对耳塞。"画家回答。他把那套装备扔出墙外，准备回家。身后传来画布被撕裂的声音，还有熊孩子们跳着把木画架踩烂后胜利的号叫。

半个小时后，出现在他面前的是熟悉的场景：自家公寓楼前面的人行道上，猫猫狗狗正在吃光碗里的粮食，一家人仍然坐在行李箱上，等着。画家走过去，手里拿着钥匙。"公寓是免费的，"他说，"你们现在就可以搬回去了。"他说完就提起了一捆书。父母拎起了行李箱，薇拉牵着狗狗们走进电梯，每个人都跟着上楼。

接下来，似乎，对画家来说一切都进展顺利。他终于娶到了薇拉——婚前他跟她说好，首先，他只能画抽象画，也许挣不了很多钱；然后，他会不时地听到有责骂的声音围着他。什么都不用担心——就当是他的小俏皮话吧。"那是因为你是个傻瓜，"薇拉告诉他，"一直都是，也一直都会是。"

陈瑛

70后，翻译有大量《纽约客》小说以及毕晓普等人诗歌，出版有译著《银冰鞋》。现居深圳。

艺术

沃尔科特诗集《白鹭》中的生态系统与审美系统

◎程一身

德里克·沃尔科特的晚期诗集《白鹭》展现了一个相当完整的生态系统，并由此体现出客观性、象征性与审美性等多重艺术功能。本文从自然与风景两个层面对此略加讨论。

一　作为自然的生态系统

首先，沃尔科特诗集《白鹭》中的白鹭意象具有客观性，或者说白鹭是一种客观存在。沃尔科特是一个注重写作客观性的诗人，其诗中的白鹭首先是一种客观性的存在。除了白鹭，诗中还写到白鹭家族中的苍鹭、雪鹭、大白鹭、朱鹭等，诗中还写了黑鹂、海鸥、鹦鹉、麻鸦、八哥、燕子、鸽子、鸭子、麻雀、斑鸠、渡鸦、白嘴鸦、乌鸦、云雀、天鹅、夜莺、军舰鸟、蜂鸟、猫头鹰、鹰和鹳等不同的鸟，以及萤火虫、蝙蝠、蛾子、蝴蝶、蜻蜓等飞行动物。这些构成了沃尔科特诗中鸟的世界，一个轻盈飞翔的世界。诗中刻画白鹭的句子有"这些浑身洁白、鸟喙橙黄的白鹭多么优雅"，"橙黄的喙，粉红的腿，尖尖的头"等。

其次，白鹭具有象征性，或者说是情感的对应物。诗人把白鹭视为提问者（可以说，沃尔科特的诗就是为了"应对白鹭尖利的提问"）、抚慰者（劝慰诗人超越欲望摆脱悔恨进入平静）、教导者（教导诗人在写作时加以严格选择）等多重角色。至于白鹭的对应物有如下几种：六翼天使（《白鹭》之四），突临的天使与已逝的诗友（《白鹭》之六），死神的幽灵与美丽的灵魂（《白鹭》之八），褪色的遗憾（《在乡村》之二），破碎的诗篇（《在悬崖上》）等。

再次，白鹭具有贯穿性，或者说是结构诗集的核心因素。它以洁白美丽的形体、飞翔舞动的姿态、神出鬼没的方式结构了全书，并将生命与死亡、友爱与遗憾、现实与艺术、清晰与神秘融为一体。可以说，白鹭如同一个美丽的天使贯穿了这部飞翔之书。

最后，《白鹭》艺术性的源头无疑是细察式写作。"如果仔细观察……/你会发现……"，这是《金合欢树》之二中的句子。不妨把"仔细观察"压缩为"细察"，可以说，细察是发现的前提。众所周知，细读是新批评的重要方法。我认为细察应成为当代汉诗写作的重要方法。因为它能让诗获得一定的客观性，而不至沦为"美学的空洞"（希尼语）。在《白鹭》中，"细察"共出现两次：

细察时间的光，看它经过多久
让清晨的影子拉长在草地上……
（《白鹭》之一）

细察那些迟缓的、驼背旅客是我唯一的嗜好……
（《在意大利》之九）

在某种程度上，这两处"细察"集中体现了沃尔科特的创作方法。

这个兼为画家的诗人已把细察作为"唯一的嗜好",他看见的对象未必美丽,甚至往往被常人视而不见,有几个人能看到时间的光呢?如果说"驼背"凸显了形体的话,那么,"迟缓"则是对速度的暗示,这两个词的并置自然会使读者意识到诗人所写的是个老人。事实上,细察的意义更在于写出抽象物的具象性,或通过奇妙的组合将抽象转化为具象,"时间的光"就是如此。当抽象的时间与具象的光一起进入诗人以至读者的视野,可见的便不仅是光,连时间也是可见的了。这正是细察的魅力。

《白鹭》艺术的完美源于其技术的综合性与复杂的清晰性。技术的综合性对应于其剧作家身份,复杂的清晰性对应于其画家身份。

> 如果所有这些词语是不同颜色的卵石,
> 点缀着那只忧郁的苍鹭可能从中饮水的小池塘,
> 一幅镶嵌画被浅滩碎裂的水泡,
> 和涌向大海的鼓的整齐波浪覆盖并上光,
> 如果它们不只是白纸上的黑点,
> 和我们的眼睛与它们相遇的声音,
> 那么它们都会成为你的,因为你是瞬间奇想的
> 赋形者,你的词语是对树丛中斑鸠的
> 持续问候,是被投掷在
> 水湾颤动的石床上的网,
> 而且你的词语是贝壳,其中蜷缩着一只耳朵
> 或一个祈祷的胎儿,预言和遗憾。
> 这里正值下午酷热的时刻,疲惫的
> 心是快乐的,滚烫的大海泛起锡似的波纹,
> 在潮水过后留下的水洼里,黑岩石常常激起

鲻鱼在清澈河湾中成群出动；

这是隐秘之地的安静与热烈，

在此地一个岩石潭里，为它自身赋形的是一张少女的脸。

　　这是《在意大利》的第11首，表面上看这是一首写景诗，其实是一首元诗，是在诗句的展开中揭示如何写诗的诗。从状物的层面看，它具有复杂的清晰性，可以说画面感很强，笔触极细，如"滚烫的大海泛起锡似的波纹"。一般的诗人会写"大海泛起波纹"，至多加个"滚烫的"体现灼热感，"锡似的"别人很难写出来，这就是沃尔科特技术的综合性：把液质的波纹和固体的锡组合在一起，将流动之物凝固下来，可以说是截取了无穷时间中的一个瞬间，这促成了画面的清晰性。此外，"一幅镶嵌画被浅滩碎裂的水泡，和涌向大海的鼓的整齐波浪覆盖并上光""被投掷在水湾颤动的石床上的网"这两句中的物虽然兼具喻体的功用，但同样具有复杂的清晰性。前一句是说小池塘像一幅镶嵌画，其中不断从浅滩冒出水泡又碎掉，这时整齐的波浪从池塘表面涌向大海，像鼓槌连续敲击着鼓。而且，这幅画（本是喻体又变成实体）又被波浪覆盖并赋予光泽。后一句的本体是词语，诗人的意思是词语是网，"被投掷在石床上"，强调其坚硬静止，却又被"水湾颤动的"修饰，这就把静止的物摇动起来。诗人的词语就有这种摇动静物的魔力，用诗人的话说，就是赋形能力，将万物的动静呈现于诗中而不失其本相。从这个角度来说，可以把"这是隐秘之地的安静与热烈"视为写作的隐喻。

随着政府这永久的钴蓝色的转变，

这种许诺我们将信将疑，

随着政府这永久的海蓝色的转变，

用改组的内阁这永久的紫罗兰色，

这暗礁上永久的丁香紫，这赭色浅滩的

永久漫流，这潮水似的撕裂的彩旗

和这浪花似的远去的横幅。

随着政府转变，没有转变的是蟋蟀的唧唧声，

公牛低沉、滑稽的吼叫声，或

甩头的马的惊人对称。

随着政府转变，你开始听到

宽阔的雨的烟雾，就像统治者听到聚集

在阳台下的群众，那位领袖已经许诺

政府的转变这永久的钴蓝色

用他的内阁转变的丁香紫和紫罗兰色。

《一次巨变》这首诗以自然景物写社会政治，抽象与具象并举、写实与反讽交融。其意为政府向民众承诺转变其实并未转变，而蟋蟀、公牛和马虽然没有转变但它们不曾承诺转变。对照之下，政府承诺的转变分明是骗局，但一届届政府就这样声明转而永不变下去。这首诗运用了大量视觉化词语，如将政府喻为"永久的海蓝色"，将内阁喻为"永久的紫罗兰色"，当这些颜色与自然物的颜色，如"这暗礁上永久的丁香紫"并置时，便获得了另外的意味：暗礁的丁香紫可以永久下去，政府的海蓝色是否能一直永久下去呢？与其说这是质疑，不如说是反讽。

二　作为风景的审美系统

在我看来，沃尔科特的晚期代表作《白鹭》是一部纯粹的风景诗集，是对万物的普遍美化。对中国当代诗歌来说，这完全是个"另类"。因为中国当代诗早已舍弃或"超越"了借景抒情的古诗传统。

没有谁还在诗中如此老套地集中写景。事实上，《白鹭》中的风景既是一个完整而有机的生态系统，也是自然现实、感觉现实与社会现实的统一体。也就是说，沃尔科特把一切现实都风景化了。自然现实不用多说，书名多次出现的"白鹭"就属此类。此外还有大量的动物、植物和静物。如果说《白鹭》呈现了一个丰富的景物世界的话，这并非夸张之词。以《白鹭》第3首为例，这首写雷雨之夜的诗可谓是力度千钧、惊心动魄，这一切都源于诗中呈现的强烈动感，但它并非通常所说的化静为动，而是对自然物在特定条件下自身变化的忠实记录。换句话说，赋予事物运动的力量并非作者，而是其他自然物，即狂风。在诗中，无形的狂风在众多事物上显形：它摇晃巨树、吹弯竹林、撕下黄叶、驱动天空。值得注意的是，在写这一系列物体及其运动时，作者借助其他自然物强化了它们的运动：把狂风摇晃的巨树比成没有浪峰的起伏的大海，把被吹弯的竹林比成垂下脖子的马，把撕下的黄叶比成雪崩，把天空比成航行的帆布。这就使得诗中所写的物象虚实交织，它给人的印象是，一种近乎毁灭性的巨大力量撼动着尘世一切稳定之物，所有曾经给人安全感的东西无不处于威胁当中。雷雨降临之后，作者写了一组强烈的对比，整首诗也聚焦于此：自己躲在一间黑屋里，但自然界中的鹰、白鹭、苍鹭、鹦鹉此时在哪里呢，它们是否找到了避雨的地方？或许风雨大作的时刻更能显示一个人的胸襟。当年杜甫在风雨之夜里祈愿天下寒士安居于"广厦千万间"，这时沃尔科特并不关心人类，而是系念自然界的众多生灵。在我看来，这是一种更细微而广大的情感倾向和生命关怀。就像那道炸裂黑夜的闪电，这样的关怀陡然照亮了世界：在这种类似世界末日的时刻，诗人关心的绝不只是自己的安全。可以说，沃尔科特书写的这个充满动感、光影交织的高密度物世界既是对客观现实的还原，也是诗人刻意营造的艺术空间，它承载了作者博大厚重的情感世界。

现代派诗歌的创始人波德莱尔在《应和》中把自然万物视为"象征

的森林"，由于自然物激发了诗人的感觉，因而在诗中自然物就成了感
觉的对应物。沃尔科特诗中的许多自然物其实都源于他对自己感觉流动
的忠实记录。就此而言，这些诗也呈现了沃尔科特的感觉现实。如《在
阿姆斯特丹》第1首，诗人极力以外界景物的静书写内在感觉的静：在
运河上航行的游船是"安静"的，树叶是"平静"的，房子门脸是"寂
静"的，河心是"宁静"的。正是在这种极静的氛围中，诗人轻轻道出
"我静静地沉思我还能活多久"。很显然，这里的"静静"是内在感
觉，它与诗中一系列外在景物的安静、平静、寂静、宁静形成了呼应关
系。也就是说，是外物的静生成并强化了诗人内心的静，足以让诗人静
静地应对剩余的生命。

至于沃尔科特诗中景物呈现的社会现实，可以看成人活动于景物
中的风景画，即风俗画。在这类作品中，自然现实与社会现实往往融为
一体。如《喜歌：雨季》，诗人对婚礼的描绘处于雨水的笼罩中，可以
说，雨水伴着新郎新娘全程"参与"了这场婚礼。从表面看它制造了麻
烦（"这对被隔开的恋人/接受雨的统治"），其实它强化了新郎与新
娘对婚礼的渴望（"当疯狂的暴风雨震响天空的天花板/她的身体……
像一条船/驶向你，她的港口……"），可以说正是雨赋予了这场婚礼
一种独特的戏剧性效果。

> 当城市终结，树篱和树木开始出现，
>
> 我们从火车上看见这个充满活力的乡村
>
> 到处是草垛、鸭塘和渡鸦，它们停在
>
> 为一个市议员的葬礼准备的篱笆上。恭顺的雨
>
> 合乎礼仪地落在咖啡馆和卵石上，
>
> 雨伞开花，一阵得体的薄雾
>
> 给街道上光……

又是雨，这次却落在葬礼上。市议员的葬礼在乡村举行，乡村显然是他的出生地。如果说他生前奋斗的方向是向城市进发，那么他的葬礼正相反，返回乡村。在这种肃穆的场合，雨是"恭顺的""合乎礼仪地"，薄雾是"得体的"，自然物统统被人化了，确切地说是被社会化、文明化、秩序化了。

沃尔科特在诗中不仅将物与人融为一体，而且将城市与自然融为一体。乡村就更不用说了，它本质上更接近自然。沃尔科特笔下的乡村与自然景物似乎超过了城市。从情感倾向来说，他写到城市时往往流露出否定语气，描绘自然乡村时则多倾向于赞美。如《在乡村》第1首写大都市，其中有一句"鸟群已经放弃了我们的城市"，这显然暗示了大都市的困境与现代人的危机。

沃尔科特此类风俗画作品应和了布罗茨基的观点"风景毕竟是让人栖息的"。借用王国维的观点可以说，在有我之境中，人是风景的灵魂；在无我之境中，人是风景的观察者。丹纳在《艺术哲学》中提出影响艺术的三要素是种族、环境与时代。因此沃尔科特诗中的风景可以视为物性与人性的统一。所谓物性对应着艺术三要素中的环境即地方，而人性则对应于种族，它是人的个性与共性的统一体。沃尔科特有一句诗"我体内拥有荷兰人、黑人和英国人的血统"，交代了他的复杂出身。前者指的是他的母系，后两者指的是父系。游历阿姆斯特丹时，他一方面向后想，由朋友的死想到自身的死；一方面向前想，由母亲想到她声称自己的祖先是荷兰人时的自豪感。尽管沃尔科特游历了欧洲许多地方，甚至像布罗茨基一样特别喜欢意大利，但荷兰在他心中的位置异常独特，正如他说的，那是"我半个祖先的国度"：

凡·高一幅画中行列不齐的柳树，

带状的农家庭院，桥梁，运河，飞舞的白嘴鸦，

一位脚穿木屐、手推独轮车的男子，码头里的驳船；

咖啡茶几上摆设的画册里我半个祖先的国度；

和一次印象模糊的游览，风车和堤坝……

　　这首诗同样沿袭了沃尔科特诗歌景物密集、立体交织的特点。在这几行诗里，"行列不齐的柳树"造型别致，"飞舞的白嘴鸦"动态十足，这是纯粹的自然景物；"带状的农家庭院""码头里的驳船""风车和堤坝"，这些属于当地有代表性的社会景观；更主要的是风景中的人："一位脚穿木屐、手推独轮车的男子。"为了描绘荷兰的风景，沃尔科特动用了三种手段：一是借助凡·高的绘画呈现持续不变的景物，或者说借助艺术作品表达延伸到现实中的历史；二是借助当地的宣传画册了解其母亲的国度，体现出从现实回溯历史的维度；三是更有现场感的实地游览。可以说这首诗中的风景不仅融合了地方景物和人性，还融合了诗人的寻根意识。在我看来，《白鹭》中的风景诗就像一块块鸣响的六棱柱状水晶，它们透明、方正、厚重，而且持续发出韵律和谐的响声。

程一身

　　本名肖学周。河南人。著有诗集《北大十四行》，专著《朱光潜诗歌美学引论》《为新诗赋形》。译著《白鹭》《坐在你身边看云》。主编"新诗经典"丛书。组诗《北大十四行》获北京大学第一届"我们"文学奖。

《蝴蝶梦》：浮生梦

◎李颖超

这本小说陪我度过了许多雨雾迷蒙的旅途。它让我在雨雾中凝视窗外朦朦胧胧的山谷时，都忍不住会想起那美丽得让人迷乱的曼陀丽庄园。

许多年过去，我依然记得，曼陀丽的石楠是那样高耸密集，它是火红色的，像血一样。

跟随着作者神奇的笔触，仿佛进入了"慢镜头"。从第一句话开始，我就置身于一个梦境之中，大段的文字细腻地描述着曼陀丽庄园的广阔幽深，每片树林，每条被浓荫遮住的小路，每种花的颜色和味道，甚至乌云缓缓游走的模样，都勾画出令人目眩神迷的曼陀丽……丛林如缎、灌木茂盛，有花园小径、海滨沙滩，那里陈设豪华、仆人成群，是几乎全英国人都知道的贵族之地。

那么美的曼陀丽，印在明信片上，在每个人的嘴里、心里，走进了曼陀丽，就如同跟着刘姥姥走进大观园一样。会情不自禁地被作者笔下那个世上唯一的曼陀丽吸引着，记住它满墙艳丽的石楠花，静谧的幸福谷，摇曳的玫瑰园，栗子树下的午茶……

拥有这座庄园的主人是一个丧妻的中年男子，富有，英俊，忧郁，具备吸引女性读者的一切品质。他邂逅了一位被贵族老太太雇用做旅途伴侣的年轻姑娘，在贫穷的姑娘眼中，这个男人是发着光的。

姑娘纯洁，顺从，隐忍，谦卑，是一个标准的灰姑娘。当然，灰姑娘必须是一枚文艺女青年，爱文学，爱幻想，喜欢冒险，喜欢画画。他们闪恋闪婚后，女文青被富豪丈夫带回曼陀丽庄园，然而，他们从此并没有过上童话中描述的幸福生活。

回到曼陀丽，这个故事才缓缓展开……

她一头平直的短发，稚嫩而不施粉黛的脸蛋，朴素的衣裙套着自己裁制的短裤，像个羞怯的小妞儿。站在成群的仆人面前，管家丹弗斯太太替她捡起惊慌失措掉落的手套时，眼神中的不屑将她整个人击溃。从此，她每天都战战兢兢、如履薄冰地过着日子。

"吕蓓卡是个风情万种的大美人儿。""吕蓓卡总是能将家务料理得井井有条，举办大型舞会，仆人们都对她崇拜得五体投地。""吕蓓卡，曼陀丽庄园的女主人，简直是一个美貌、智慧、教养集一身的妻子，德温特先生多么幸福，他们多么恩爱。"

从客人们看她时惊讶的眼神与只言片语，丹弗斯太太高傲藐视的神态，甚至丈夫对前妻保有的一些禁忌，使转变命运的灰姑娘开始怀疑自己。

吕蓓卡美艳不可方物，又八面玲珑会做人。

她的脑海处处都是这样的声音——你，不如吕蓓卡。

很多事情她都没有能力去处理，连应付都心力交瘁。更为重要的是，灰姑娘坚信丈夫深爱着前妻，那个大家心目中完美的女人。

她没有想到自己会毫无选择地被笼罩在一个死人的阴影中。丈夫的前妻已经死了，可是始终有神秘抑郁的氛围笼罩在庄园上空。吕蓓卡好

似从未离开过曼陀丽一般，她卧室里的一切都是以前的样子，仿佛在等着她回来；信笺上，甚至不经意从雨衣口袋掏出的手帕上，都是她名字的大写字母，苍劲有力又任性张狂，仿佛在宣示着主权，让灰姑娘的内心备受煎熬。

进入豪门的灰姑娘等来的不是新婚燕尔的甜蜜与期待，也不是出入豪宅的兴奋与好奇，时时刻刻，她都处在被拿来和吕蓓卡相比较的恐惧中。她的存在仿佛就是为了衬托第一任夫人的光芒。吕蓓卡成为一个永远无法跨越的高度。

在这里我甚至无法告诉你这个无助的灰姑娘的名字，因为在书中，这位女主角根本就没有被作者赋予特殊称呼，她只是德温特·迈克西姆的夫人，在已故的，完美的，吕蓓卡德温特夫人之后。

灰姑娘拼命想要得到别人的喜欢和尊重，想要取悦包括仆人在内的任何人。对自己的丈夫也一直是仰视的姿态。

就在灰姑娘日复一日重复羞愧难当、紧张惶恐的情绪时，故事大反转，真相藏在一艘恰巧打捞上来的沉船中。

灰姑娘长久以来的臆想都是一种错觉。吕蓓卡的死因不是出海发生了意外，而是死于谋杀！

原来，吕蓓卡是个表里不一的荡妇；原来，吕蓓卡和迈克西姆之间达成过某种契约；原来，迈克西姆所忍耐的一切只是为了维护家族及曼陀丽庄园的名誉，直到他忍受不了屈辱扣下扳机的那一天！

秘密慢慢揭开，灰姑娘的心结也打开了。"我认识到，我不再害怕吕蓓卡，也不再恨她"。

丈夫不爱吕蓓卡，这让灰姑娘如释重负。自信，哪怕是从悲剧、真相中获得的，也是一种爱的力量。由此可见，幸福是一种思想状态，一种心境。

最后，曼陀丽庄园被熊熊烈火吞噬了。灰姑娘和丈夫在一个普通平凡的小镇，告别了奢华热闹，过起安静平淡的生活。

曼陀丽、聚会、舞会，于迈克西姆而言，遥远得像上辈子的事。毕竟，仪式都是给外人看的，只有关起门来的日子，才是过给自己的。至此，灰姑娘与她的爱人幸福地生活在一起了。

小说中最重要的女性有三位，先说说没有名字的女主角"我"。

初读时总是替她着急，但是读着读着，却觉得她是那样真实。她承认自己自卑、低微、失败、恐惧，她一紧张就咬手指甲，对陌生人恐惧，对爱情猜疑，这样一个弱势的"我"，藏在很多人心底，我们都不陌生。

进入婚姻之后，她需要的是一份关怀，一份依靠，可是她却不由自主地开始与自己的假想敌较劲，她想要效仿，又频频失败。所以她经常处于惶恐不安的状态下。总觉得自己的一举一动都会受到别人的取笑，不小心摔坏了一件名贵的物品都像是下人一样提心吊胆，慌忙藏起来。

用作者的话说就是，"一个人如果过于敏感和涉世不深，有许多话其实并没有恶意，而她听起来就像含沙射影、指桑骂槐"。

我们不得不承认，很多时候我们感受到世界与他人的恶意，源于自卑作祟，自卑可以激发嫉妒、狭隘等不良情绪，也会使人对外在环境与他人做出错误的解读。

那座美得像宫殿似的家，并不能给女主人带来幸福温暖的感觉，反而有种令人窒息的压抑。像是"我"从来就不属于它一样。还有德温特先生也开始让"我"感到陌生，"我"需要察言观色、百依百顺，否则他会随时变脸，咆哮或愤怒……

根据这本书改编的电影是非常好的，琼·芳登就是活生生的灰姑娘，她把那份紧张演绎得逼真极了。那颤巍巍的，勉强的，感伤的，不自信的，拼命在强颜欢笑的脸，让人不由得心痛。就是这样一个不起眼的小女人，要置身在一个神秘无助的环境，而且要拯救一个忧悒的男

人，她真正是有着无尽的惶恐。整个片子看下来，她的肩膀几乎都是蜷着的，有点稍稍的驼背。我觉得相当经典的一个镜头是，仆人打电话来问夫人在不在，书桌前的她在紧张之际居然回答，德温特夫人已经过世了。

这一段心理历程向读者展示了贫穷对生命的局限。

有钱才敢做最真实的自己，没钱只能做别人喜欢的自己。

这种局限需要通过后天的学习与成长一点一滴地去瓦解。因为曾经的贫穷，会让人不时产生自己不配拥有幸福的自卑感。

灰头土脸的姑娘，望着高高在上的完美镜像无比羡慕，忽略了自己的美好。

一个活人被一个素不相识的死人折磨着，多么可笑，却那么真实。因为这是别人的故事，我们可以尽情地笑话女主角的无知，甚至鄙视她不自信，不能坚持本色。可细想想，我们有谁不是女主角的翻版，为了种种原因，在种种不得已中变成了别人。

真相浮出水面后，"我"陷入了"情与法的选择"。"我"选择和迈克西姆封存真相追求幸福，迈克西姆和"我"心意相通，在上天、庄园总理事、当地行政官、医生等人的帮助下，迈克西姆获得了法庭上的胜利。虽然庄园最后付之一炬，而迈克西姆和"我"终究收获了爱情与自由。

"自信是我十分珍视的品格，当然在这一生中，我的自信心来得未免太晚一点。"

曼陀丽不存在了，富豪丈夫没落了，身体也开始走下坡路了，而这一切却成了"我一扫怯懦的因素，是他毕竟依靠着我了"。爱，什么时候变成了靠着对方的没落来成全的呢？

一个人要经历多少磨难才能明白：好的婚姻就是可以非常舒服地做自己。

透过书籍，我看见那个胆怯却有着可贵品质的灰姑娘在慢慢地成长，最后在曼陀丽的大火中得到重生。如同所有拥有善良真诚品格的女子那样，容颜、繁华即使都逝去，而生命中最珍贵的品质会带着我们通向幸福美好。

年少时很喜欢看女主角认识男主角后嫁入豪门的那一幕，因为太单纯了，以为那就是幸福生活的开端，完美人生的意义所在。

现在我会用另一种角度去读这部小说，我觉得灰姑娘最幸福的一幕就是和丈夫离开曼陀丽庄园，过着属于他们两个人的新生活，一种可以令两个人都感到轻松的生活。

执子之手与子偕老，是对于这对患难与共的夫妻最好的馈赠。

书中已经去世的吕蓓卡，是一个聪明、美丽、能干、懂艺术、擅长交际的极具魅力的女人，几乎见过她的男人都会为之迷惑，还有管家丹弗斯太太对她变态的崇拜，可见她的魅力非同一般。

这个叫吕蓓卡的女人，受过良好的教育。她高贵优雅，能够轻易地征服所有人的心。德温特·迈克西姆娶她的时候，别人都说他是世上最幸运的男人。奶奶对他说："一个妻子得有三种美德：教养、头脑和姿色，她三样皆备。"

在别人眼中，吕蓓卡是一个完美无缺的女人，将作为她"继任"的女主角比得一无是处。庄园里到处是她留下的痕迹；人们的口中总是谈论着她；甚至于整个故事也围绕着她展开。

吕蓓卡从小便能降服最暴戾的马，将其鞭打得伤痕累累，烈马自那以后再不敢不听话。读到这一段时，相信很多人都会脑补武则天的画面；她酷爱航海，常常一个人深夜出海，从未出过事故；她拥有绝世的容貌，颠倒众生；她聪慧能干，有着卓越的艺术鉴赏力，使曼陀丽庄园在短时间里声名鹊起，远近闻名。

就是这样一个尤物，在丈夫眼中却是个十足的恶魔！新婚蜜月期

间，在悬崖的边沿，她无比随意地与丈夫做交易："我替你治家，只要你愿意，我可以使这所宅子成为全国首屈一指的闻名去处，人们会跑来做客，羡慕我们，在背地议论说我们是全英国最幸运、最美满的郎才女貌的一对。多大的愚弄，麦克斯，同时又是多大的成功！"她要交换的，是放荡不羁的自由。她坐在山腰狂笑，把一朵鲜花撕成碎片。

她知道以绅士闻名的迈克西姆不会也不敢抛弃她、拆穿她，他太在乎自己的名誉了。所以只能愤怒而无奈地遵守她定下的规则。她用这个规则嘲讽这个世界原本的规则。

她无所畏惧，玩弄算计着一切。从刻板的庄园管家，大姑姐的丈夫，到她那个粗鄙无赖的表哥，她都可以不费力地征服，然后当成笑话讲给忠心的丹弗斯太太听。

她享受各种男人，甚至在海边有一间只属于自己的小屋。任何她想要的男人都可以在这里过夜，却没有居住权。天一亮，就得走人。

她肆意地践踏着世俗规矩和道德标准，一边藐视婚姻，淫乱不堪；一边又在众人面前扮演才貌双全、甜美聪慧的贤内助形象。最讽刺的是她的名字在英文中居然是"忠实的妻子"之意。

吕蓓卡像宝贵的瓷器般由作者小心翼翼地捧着出场，然后一松手，摔得粉身碎骨。

这是一个梦想征服大海的女人，这样的女人，都有一颗拴不住的心。她太自信，旁人的吹捧不过是为她美丽的光环锦上添花。她不在乎丈夫是爱自己还是厌恶自己，因为她不需要依靠别人的肯定来增添信心。

她或许只是希望，可以一直这样放荡下去，她讥笑着那些伏倒在她石榴裙下的、自高自大的男人，她瞧不起所有对她俯首称臣的男人。她向往的是属于她自己的、绝对的自由。

上帝看不下去了，收回她做母亲的权利，还让她得了绝症。

知道真相的她应该是绝望的，然后顺着自然的规律，慢慢地病倒在床，再慢慢地耗尽生命。

然而她从来没有想过要遵守规则。

在海边的小屋，她对自己的丈夫说："假如我有个孩子，不管是你本人还是世上随便哪一个人的，都将无法证明孩子不是你生的。小家伙将在曼陀丽长大成人，姓你的姓，等你死了，曼陀丽将归这孩子所有，你根本没法防止这样的事情发生。看着我的儿子躺在栗子树下的童车里，在草坪上玩跳蛙游戏，在幸福谷抓蝴蝶，你不高兴吗？看着我的儿子一天天长大，心里明白一旦你死了，这一切将归他所有，这难道不是你一生中最大的幸福吗？麦克斯？"

如她所愿，暴怒的丈夫开枪杀死了她。子弹正中心脏，她盯着丈夫，脸上慢慢绽开笑容……

这个女人，就是死，也要搭上迈克西姆。

读到这里的时候，几乎所有人都会暗暗希望迈克西姆最后逃脱法律的惩罚，并为这个男人的遭遇悬着一颗心。

吕蓓卡对整个循规蹈矩的社会尽情嘲弄，她知道放浪不忠的开放式婚姻不会成为真正刺激丈夫的导火索，只有当她用并不是丈夫血脉的子嗣威胁到他将来的继承权，才会让他真正痛下杀手。

吕蓓卡这个形象，有人认为她邪恶，有人认为她出色，有人认为她虚伪冷血，有人认为她是天才，有人认为她是生活的勇者。她虽然死了，但是在整个故事里，她强大到让人窒息，她无处不在。死后仍可以使她的气息笼罩在曼陀丽庄园和认识她的所有人心中。

如果吕蓓卡从小所受的教养不是成为一个贵妇，掌握治家的能力，也许会是完全不一样的故事。她或许会被写进历史，然后所有的暴戾和狠辣都被后人当作轶事传颂。

吕蓓卡真正致命的弱点，并不是因为她颠覆了传统的女性道德，而

是因为她冰冷的心缺乏人性的光辉。她与所有的男人几乎都能建立亲密关系，她可以在公共场合自如交际、博得他人的青睐，但她的内心却是荒凉的。到死为止，她都没有一个真正的爱人与朋友。

"人间对她而言不过是一场游戏。" 这盛大的戏台，也终是她的祭台。

明明可以活成一个传奇，为什么要选择这样一种生活方式？小说没有给出答案。吕蓓卡始终是个谜一样的女子，她的喜怒哀乐，她的心路历程，从不曾向任何人打开过。

读完小说的人，看着封面上那个斜体的大大的名字，或许都会如书中女主角第一次在某本书的扉页看到这个一挥而就的签名那样，感到一种淡淡的残留的暗影，藏在这个看似普通的名字后面，久久不散。

《蝴蝶梦》的原名是《吕蓓卡》。相比而言，我更喜欢《蝴蝶梦》这个名字，女主角所经历的一切何尝不像是场梦呢，如蝴蝶般美丽，而这美丽也如同蝴蝶般短暂，却幽灵般栖息在每个人的心里。

我原本期待在电影中可以看到吕蓓卡的出镜——即使只是转瞬即逝的一个倩影，我希望可以看到希区柯克这样的大师会选择怎样一个人去诠释这样一个风情万种的女子，但最终没有，吕蓓卡永远只停留在读者和观影者的想象中。大师毕竟是大师，他不会破坏这份想象——她只能留在想象中，每个读者脑中都有一个美到极致的吕蓓卡，但一定各有风姿。

整本书中，还有一个女人，是让人无法遗忘的，她就是吕蓓卡忠实的仆人——终日一袭黑色长裙，不苟言笑的丹弗斯太太。

不幸福的人，脸上是挂着相的，没有笑容，没有宽容。

吕蓓卡去世后，她每天依然会亲自打理吕蓓卡的卧房，经常去那里换上芬芳的鲜花。按照吕蓓卡平日的样子归置着她的梳妆台，精心叠放着她的睡衣、拖鞋，仿佛她只是出门了，晚饭后就要回来就寝。不仅如此，整个曼陀丽庄园，丹弗斯太太都为她的女主人保留着生前的习惯。

这样忠心耿耿的仆人，当然憎恨新的女主人，新夫人的到来破坏了丹弗斯太太悉心维持的庄园。在她眼里，曼陀丽是吕蓓卡亲自布置的，石楠花是吕蓓卡亲自挑选的，那么曼陀丽就应该属于吕蓓卡。丹弗斯太太不能容忍任何人占据吕蓓卡的位置，因此全然不把新夫人视为庄园的女主人，在灰姑娘般的新夫人面前盛气凌人，对她百般刁难，暗中算计，处处设置障碍。

她强迫灰姑娘按照吕蓓卡的习惯摆放玫瑰的位置；向灰姑娘炫耀吕蓓卡的闺房、首饰、缎面拖鞋和银白色曳地晚礼服；怂恿灰姑娘在舞会时穿着和吕蓓卡一模一样的礼服激怒迈克西姆；故意告诉灰姑娘，你住的房间是东厢，吕蓓卡住西厢，而西厢，面朝大海；每次与灰姑娘对话必有"从前的德温特夫人"这样的句式……

她像维护女神一样维护着她的吕蓓卡，不容他人一点点的冒犯。她要让吕蓓卡活在曼陀丽庄园中写着"R"的每个角落里。

"你妄想占有德温特夫人的位置。"这是她一直在欺负女主人的原因所在。

的确，在丹弗斯太太心中，吕蓓卡就是一个能驯服一切，不害怕一切的神。她不是为了男女情爱而生的。

丹弗斯太太最大的享受就是为吕蓓卡奉献，她的幸福就是服侍吕蓓卡，永远陪伴在她身后，以一个奴仆和记录者的身份，伴随并记录吕蓓卡的"丰功伟绩"。记得她谈起吕蓓卡幼年如何残忍地去征服一匹烈马时，那样的骄傲里，有着如同母亲对女儿一般的自豪。吕蓓卡不在了，她的幸福也被葬送了。

所以，丹弗斯太太似乎比吕蓓卡更加担心女主人的形象被遗忘，在丹弗斯太太的心中，吕蓓卡没有死，她在心中一直逃避着吕蓓卡的死亡，她几乎疯狂地留存吕蓓卡的痕迹，想用这种方式让吕蓓卡永远

活着。

丹弗斯太太很明白吕蓓卡根本不在乎丈夫的感情，然而她依旧要帮着吕蓓卡来折磨迈克西姆。

丹弗斯太太对主人的忠诚到了极致，她唯一的寄托和骄傲都是吕蓓卡，这一切，吕蓓卡真的理解吗？或者，她真的在意吗？书中没有交代。

丹弗斯太太一生没有恋爱，吕蓓卡就是她的目标和信仰，是她的一切。她是吕蓓卡最好的代言人，她是最了解吕蓓卡的人，也是最崇拜吕蓓卡的人。丹弗斯太太很可恶，但是也很可怜，对吕蓓卡这种近乎变态的崇拜，使她对世界没有任何留恋。

这样深刻的爱，超越了男女之爱。

在明白自己心心念念的女主人终将会被人替代、吕蓓卡的生活痕迹只会一点点地消逝，丹弗斯太太教唆灰姑娘跳楼自杀，那孤注一掷的狠毒令人齿寒。

整个故事的高潮，是绝望的丹弗斯太太一把火烧掉了曼陀丽，在黑夜里将曼陀丽送入了火焰，她亲手毁了这幢豪苑。她所做的，是用自己的生命来烙下吕蓓卡的灵魂。

小说的结尾，是迈克西姆在解决完所有问题之后，带着妻子一路开车回家，看到火光冲天的曼陀丽庄园，傻掉！

电影里，是迈克西姆匆匆赶回庄园，看到平安无事的妻子后松了口气，然后透过窗子，瞥见丹弗斯太太在大火之中疯狂的、变形的脸，丹弗斯太太是想带着整个庄园去地下陪伴吕蓓卡吧。

然后，镜头定格在绣着"R"的枕头慢慢被烧掉。

达芙妮·杜穆里埃。作为著名的英国女作家，被誉为"打破通俗小说与纯文学界限"的大师级作家，她的成名作《蝴蝶梦》获赞颇多，甚至影响了一个时代情感小说的走向。

这部小说曾获得"20世纪最佳小说"——悬疑小说最高殊荣安东尼奖。

作者驾驭文字的能力着实让读者惊叹。以惊人的不动声色的把控力，写出一颗颗滚烫灵魂在苍茫人世中的哭泣。无论是写曼陀丽庄园的景致，男女主人公在英国小镇的"邂逅"，梦幻般的大海，一个个形态各异的人物，都能使人体会到人性的无知无助无解。这样的文字终会触动、打动和感动每一个读它的人。

可以看出来，作者深受《简·爱》的影响，在这本书里，她送给女文青们的鸡汤是这样的：你们要努力让自己变得更好、更优秀，这样，在将来遇到喜欢的人，才可以有机会平等地站在他的身旁，让他看到自己，不因自己的不优秀而错失机会，错失爱情。

一直以来，读者对灰姑娘有着各种各样的质疑，许多人认为，迈克西姆那样一个内心骄傲又心如死灰的男人，如何看得上楚楚可怜的灰姑娘。我却深信，越是一个千帆过尽、风景看透的男人越是会被简单的灵魂吸引。

年轻的迈克西姆和大多数男人一样，喜欢美女，于是，娶了个美丽迷人的聪明老婆回家，结果她控制了曼陀丽的一切，控制财政，跟各种男人乱搞。他眼睁睁地看着却无能为力。强大的吕蓓卡让男人喘不过气，让男人动了杀机。所以他再次选择时，自然会抛开那种令人目眩神迷的美人。

他喜欢小女人的单纯幼稚、年轻迷惘的美好，她不会算计，她很直接、很善良。

小女人心思简单，而他的阅历足以一眼看穿她。最重要的，在经历了吕蓓卡这样的女人之后，他需要的是一个女人随遇而安、任人摆布的本分，和这样的女人在一起，既轻松又舒服。

最可贵的是，在小女人眼中，丈夫便是她的天和全部的世界。

那么，只想一心一意得到丈夫疼爱的小女人，当然是伤痕累累的迈克西姆最中意的人选了。由此他才会在结识短短几周之后就娶灰姑娘为妻。

曼陀丽的那场化装舞会，不是灰姑娘打扮成吕蓓卡的样子让他生气，而是她第一次违背了他的意愿：没有打扮成他希望的——小仙女爱丽丝的样子。

记得灰姑娘嫁给迈克西姆后，憧憬着有一天穿一袭黑缎子裙、戴着耀眼珠宝，像个真正的贵妇人那样映衬着丈夫。迈克西姆听了对她说，永远不要打扮成那个样子。但小女人是听不懂的，她以为这是丈夫对她的品位缺乏信心。

每次看到迈克西姆一言不发的时候，她总是会低头认错，苦苦央求，这和吕蓓卡截然相反，麦克西姆喜欢这样的女人，乖巧听话，把自己的男人视为神，他完全有能力驾驭这样的女人。但灰姑娘却一直想把自己变成吕蓓卡。

卡夫卡曾经说过："不是所有人都能看见真相，但所有人都能成为真相。"

我们看到的都是自己愿意相信的，迈克西姆一听到吕蓓卡的名字就会沉下脸来，大家都认为这是他又陷入思念之苦了，却不知是他失手杀人后的惊惶。

迈克西姆看到灰姑娘穿上吕蓓卡曾经穿过的裙子袅袅站在他面前震怒的样子，使灰姑娘以为他念念不忘吕蓓卡，却不知这副模样又让他想起吕蓓卡的斑斑劣迹。

吕蓓卡漂亮，却像披了一层画皮，她纵情释放自己的欲望，贪念。大多数人以貌取人的天性，于她们最合适不过。所以，漂亮，永远是男人对女人最高的赞美。而温柔和善良，其实是男人对普通女人无可奈何的恭维。

年轻时，美丽妖娆的女人是男人的梦。迈克西姆年轻时痴迷吕蓓卡，那个充满诱惑又性格不羁的妻子却背叛了他，让他无法得到爱和尊重，他的自尊因为世俗的舆论和家族的声望被深深掩藏、压抑。

有了吕蓓卡这杯酒垫底，他才明白，光环其实是一种表演。太完美的人都是虚假的，有缺陷的人，才是真实的、活生生的人，因此他才会对灰姑娘的单纯更加欣赏看重。

而血气方刚的男人们内心仍渴望有一位像吕蓓卡那样，风情万种，像蛇一样神秘的女人，可以满足自己一切的虚荣心。但他们更害怕，女人得到的尊敬赞誉比他们多，自己的光芒被她掩盖。

"你知道我爱你甚于世上的一切。除了你，我什么亲人也没有。你是我的父亲，我的兄长，我的儿子。你是我的一切。"这是灰姑娘小女人式的告白。能被人这样爱着，真是一件奢侈而幸福的事。

男人大概要在经历过"精得像魔鬼一样"的吕蓓卡之后，才懂得青藤样的小女子的美好。往往都是这样，猜不透的人最后都变成了回忆，陪我们到最后的都是那些能够温暖我们的人。

灰姑娘的爱情也许是盲目的，但也是坚定的。片头和片尾的她简直判若两人，正如迈克西姆所说，初见她时青涩稚嫩的样子已经再也不会回来了。

每一个懂事的淡定的现在，都有一个很傻很天真的过去；每一个温暖而淡然的如今，都有一个悲伤而不安的曾经。

如果说人人都喜欢吕蓓卡的耀眼夺目，我更喜欢的是灰姑娘的细腻和深情。

有一句话说得真好：迟些遇见吧，你刚好成熟，我刚好温柔。

合上书页，我也在午夜梦回之时到了曼陀丽庄园：月光下的曼陀丽幽深神秘，精心修剪过的树枝在窗棂下投下细碎的剪影；繁复华丽的窗帷掀开一角，月光轻巧地透过去，一起都是静谧的，飘荡着古老年代

的气息：东厢房外芳菲的玫瑰园，华丽而富贵的起居室，冬暖夏凉的藏书室。哦，对了，曼陀丽还有独具特色的茶点，滴着油汁的烤面包，小块尖角吐司，塞满了果皮蜜饯和葡萄干的蛋糕……还有色彩、芬芳、声音、雨水、浪涛的拍击……

《蝴蝶梦》是裹着毯子、揣着热水袋，捧着一杯热茶时的标配；是下雨天的窗台上陪伴你的老友；是一盏彻夜长明的台灯；还是一股直窜脊髓的阴冷；它就是这样一本独特的书。

不得不说，影片的改编很完美，尤其是结尾。

前半生拥有的，后半生都得放下。

前半生不甘心的，后半生都得妥协。

一场大火结束了《蝴蝶梦》，从《蝴蝶梦》中醒来，每个人都从奢华中走出来了，真正是"荣华花间露，富贵草上霜"，到头来，落了个"白茫茫大地真干净"。

李颖超

20世纪70年代出生于新疆伊犁，中国作家协会会员、编审。已出版小说、散文、剧本十二部。作品收入多个年度选本，获首届西部文学奖。鲁迅文学院十八届高研班学员。现居乌鲁木齐。

特稿

当代生态文学的虐食批判

◎汪树东

　　华夏文化中存在着鲜明的天人合一式的生态伦理倾向。无论是儒家的民胞物与式的哲学训导，还是道家的万物一体式的诗意启蒙，抑或是佛教的戒杀护生的宗教戒律，都旨在培养人们尊重自然、敬畏生命的生态伦理。而要赓续华夏文化中的生态伦理，自然需要反思中华饮食文化。古语有言：民以食为天。此语非常生动地反映了食物对于中国人而言具有宗教般的终极功能。这与其他民族迥然相异，例如《圣经·新约·马太福音》就记录了耶稣受洗后在旷野里禁食，受到魔鬼的第一个考验就是关于食物的考验。魔鬼对他说，你若是神的儿子，可以吩咐这些石头变成食物。但是耶稣却回答说，经上记着说，人活着，不是单靠食物，乃是靠神口里所出的一切话。对于耶稣而言，食物是食物，神是神，绝对不能说民以食为天，更不能把食物和神言混为一谈。然而，对于汉族这个农耕民族而言，食物的确性命攸关，一部华夏历史在某种程度上也可以看作是一部不同民族之间、不同阶层之间、不同职业之间乃至不同地域之间的食物开发史、攫取史和分配史。老子曾说："治大国

若烹小鲜。"把国家治理和烹饪小鱼相比，显示的也是食物的重要性。孔子也曾说："食不厌精，脍不厌细。食饐而餲，鱼馁而肉败，不食。色恶，不食。恶臭，不食。失饪，不食。割不正，不食。不得其酱，不食。肉虽多，不使胜食气。"（《论语·乡党》）由此可知，孔子也非常讲究食物和吃法，讲究肉食的新鲜。几千年来，华夏饮食文化一路发展，早已蔚为大观，香飘四海。但若从生态伦理角度来审视，其中值得反思的问题所在多有，最关键的就是虐食倾向。

所谓虐食，主要是指过度地食用各种动物，在制作食物的过程和食用的过程中不考虑动物的需要和福利，没有尽可能地减少动物的痛苦。对于人对动物的虐杀，许多古代中国人曾屡屡表达了抗议，在佛教伦理的影响下，无数有良知的人倡导弃荤茹素。宋朝诗人陆游曾写道："血肉淋漓味足珍，一般痛苦怨难伸；设身处地扪心想，谁肯将刀割自身？"宋代愿云禅师的戒杀诗则说："千百年来碗里羹，怨深似海恨难平；欲知世上刀兵劫，但听屠门夜半声。"明朝人陶望龄则说："物我同来本一真，幻形分处不分神；如何共嚼娘生肉，大地哀号惨煞人。"对于戒杀者而言，杀生食肉，实在是没有必要地积聚怨恨，毒化生命，人需要将自己放在动物的立场上来体验一下动物的痛苦，断除肉食，少给动物施加没有必要的痛苦。

一

其实，古典作家早就对华夏大地不时出现的虐食文化持严厉的批判态度。唐朝小说家张鷟在《朝野佥载》中曾写过张易之等人的虐食："周张易之为控鹤监，弟昌宗为秘书监，昌仪为洛阳令，竞为豪侈。易之为大铁笼，置鹅鸭于其内，当中取起炭火，铜盆贮五味汁，鹅鸭绕火走，渴即饮汁，火炙痛即回，表里皆熟，毛尽落，肉赤烘烘乃死。昌宗活拦驴于小室内，起炭火，置五味汁如前法。昌仪取铁橛钉入地，缚狗四足于檬上，放鹰鹃活按其肉食，肉尽而狗未死，号叫酸楚，不复可听。易之曾过昌仪，忆马肠，取从骑破胁取肠，良久乃死。后诛易之、昌宗等，百姓脔割其肉，肥白如猪肪，煎炙而食。昌仪打双脚折，抉取心肝而后死，斩其首送都。谚云'走马报'。"此处的张易之、张昌宗就是唐朝武则天的宠臣，曾经把持过武则天晚年时期的朝政，权势倾天，他们活烹鹅鸭、活烤驴肉、活吃马肠等虐食表演令人厌恶。他们虐食动物，给动物造成极其可怕的痛苦而又无动于衷，鲜明地表现了他们心灵的冷漠、人性的扭曲。最终他们受到活报应，自己也被残杀，肉被人割去吃掉。

明朝作家王同轨曾在《耳谈类增》中记述了虐食的恐怖。"万历初，滁阳琅琊寺僧月溪者，好于涧中捞小蟹，蒸令汁出而食之，岁以为常。后病剧，微见小蟹潮涌满身，手拂之去，而涌益急，竟死。滁客谈。座上有长倩，又谓金陵贵珰茄公食料，日以鹅十只置烧炕上，任其跳跃，即时掌肿肥大，乃截掌入馔，馀悉投弃。炮烙之刑，亦何其惨！尝在北都见百十乞儿，裸体叫雪，极可哀悯。人为皆其中暴殄所轮转，其或然。"无论是琅琊寺僧月溪蒸食小蟹，还是金陵贵珰茄公为了吃鹅掌让活鹅受炮烙之刑，都是极为残酷的做法，都没有考虑到动物的福利和痛苦，因此叙述者为了表达对这种反生态的丑陋行为的愤怒和憎恶，竟然让他们或者受到活报应，或者转世受报应。

清朝作家李渔在《闲情偶寄·饮馔部》中针对烹制鹅掌过程中鹅所遭受的折磨也表示强烈不满：

有告予"食鹅之法"者，曰："昔有一人，善制鹅掌。每奉肥鹅将杀，先熬沸油一盂，投以鹅足，鹅痛欲绝，则纵之池中，任其跳跃。已而复禽复纵，炮瀹如初。若是者数四，则其为掌也，丰美甘甜，厚可径寸，是食中异品也。"

予曰："惨哉斯言！予不愿听之矣。物不幸而为人所畜，食人之食，死人之事。偿之以死亦足矣。奈何未死之先，又加若是之惨刑乎？二掌虽美，入口即消，其受痛楚之时，则有百倍于此者。以生物多时之痛楚，易我片刻之甘甜，忍人不为，况稍具婆心者乎？地狱之设，正为此人，其死后炮烙之刑，必有过于此者。"

好个"以生物多时之痛楚，易我片刻之甘甜"！李渔具有非常清醒的生态意识，他同情鹅，反对人为了一点口腹之欲就无节制地施加痛苦给动物。他认为为了吃鹅掌让鹅受炮烙之刑的人下地狱后也自身也要遭受炮烙之刑，可以想见，他对这种反生态的恶行是多么愤怒和厌恶。

现代作家中也有人对华夏虐食文化持严厉的批判态度的。鲁迅曾在《答有恒先生》的信中提到"醉虾"，"中国的筵席上有一种'醉虾'，虾越鲜活，吃的人便越高兴，越畅快。我就是做这醉虾的帮手，弄清了老实而不幸的青年的脑子和弄敏了他的感觉，使他万一遭灾时来尝加倍的苦痛，同时给憎恶他的人们赏玩这较灵的苦痛，得到格外的享乐。"鲁迅害怕自己启蒙了青年人，结果无非是吃"醉虾"者的帮手。鲁迅在批判社会黑暗的同时，其实也对那种"醉虾"吃法表达了厌恶之情。吃"醉虾"者，只考虑到人的一点口腹畅快，却没有也不愿意去关注虾的痛苦，实在是一种心灵的昏聩。

梁实秋也曾在《炸活鱼》中谈到虐食问题。该文写道："报载一段新闻：新加坡禁止餐厅制卖一道中国佳肴'炸活鱼'。据云：这道用北平秘方烹调出来的佳肴，是一位前来的中国大陆厨师引进新加坡的。即把一条活鲤，去鳞后，把两鳃以下部分放到油锅中去炸。炸好的鱼在盘中上桌时，鱼还会喘气。"梁实秋由炸活鱼的吃法，引申到炸活虾、吃活蟹、吃活的黄河鲤、日本人活吃龙虾、罗马人圆形剧场中纵狮食人、天主教会火烧活人、西班牙人斗牛，并指出这些无非是深植在人性中的野蛮残酷的习性。"野蛮残酷的习性深植在人性里面，经过多年文化陶冶，有时尚不免暴露出来。荀子主性恶，有他一面的道理。他说'纵性情，安姿睢，而违礼义者为小人'。炸活鱼者，小人哉！"梁实秋骂炸活鱼的人是小人，可见他对这种虐食者的丑陋行径是何等愤慨。

二

随着现代文明把人和自然生命日益隔绝，现代人往往只能在餐桌上遭遇动物了，正如《动物解放》的作者辛格所言，"大部分的现代人，尤其是住在城中和市郊的人，跟人以外的动物最直接的接触就是在饭桌上：我们吃它们。这一个无可否认的事实，是我们对其他动物的态度之关键，但同时也是我们改变这方面的态度的关键。为了吃动物，人类在对动物的利用与滥用纯以数目来说，远远超过了因其他目的而行的动物虐待。"的确，因为要食用，现代人对动物的虐待是非常可怕的。尤其是素来相信"民以食为天"，在饮食方面几乎没有任何宗教、民俗方面的禁忌的绝大部分中国人，更是给动物带去了无法估量的痛苦。因此，当代生态作家郭雪波借短篇小说《沙葬》中的云灯喇嘛对现代人的虐食倾向表达了质疑："……人是个太残忍太霸道的食肉动物，你看看你们这些不信佛的人，啥不吃？天上飞的，地上跑的，水里游的，……，就说吃鸡吧，腿、鸡翅、鸡肚、鸡肠、鸡冠、鸡头、鸡皮、鸡爪、鸡肝、鸡脖、鸡胗，除了鸡毛鸡屎外，鸡身上哪样都不落地全吃够！野狼吃鸡都没有这么细。人啊，早晚把这个地球吃个干净吃个光！唉，你说说，人这玩意儿还有救吗？"没有饮食禁忌的中国人的确可以把地球上所有的野生动物都吃光。

叶广芩也反感中国人的味觉取向，她在散文集《老县城》中曾说："中国人的特点是，遇到任何物种，首先被刺激的就是食欲，这实在是一种陋习，我们应该更改的陋习。""人的嘴，是万恶之源。人的嘴，

是动物的坟墓。"人食肉时享受着一点的快感，是需要动物以无限的痛苦来补偿的，这真是令人细思极恐的事情。周晓枫在散文《鸟群》中也曾说："人在动物界有着一致的恶劣口碑，也许正因此，才被开除出动物籍。乌鸦可以吃数百种食物，数字和人对比相形见绌。人这个不加选择的杂食家伙，胃袋和脑袋一样发达，就像一只随身携带的垃圾袋。并且，人类还有一个可鄙的习惯，以吃过食物的种类和价钱，来体现他的身份。如果说原始捕猎过程存在很多危险，先民吃掉猎物还可以表现征服中的力量、勇气和智慧，那么现在，那些'见多识广'的饕餮，只剩下无知可供展览了。"话虽如此尖锐，但是现实中，以见多识广为荣的饕餮却不计其数，那一副副拍着肚皮、剔着牙齿的颟顸之相令人鄙夷。

当代文学中，阿成的短篇小说《小菜驴》就专门描绘虐食给人带来的欢愉体验而对之没有任何反省意识。该小说叙述阿成到山西某城，因该地交通不便，便花十五块钱买了一头小菜驴代步。这种小菜驴身条秀气，毛色极好，叫声也极为动听。阿成骑着小菜驴到达目的地后，便以十块钱的价格把小菜驴出售给路边野店，还心安理得地吃一顿生剐驴肉。可怕的就是作者如何书写这次吃活驴的经历：

老板取来一瓢沸水，鸭步过来，朝驴之臀部缓缓地浇泼下去。然后，扔瓢在草地上。草地上，野花遍是，姹紫嫣红，一律楚楚动人。只见老板将烫过的地方，用手别样地一刮，毛全下来了。再然后，取一柄锋利尖刀，迅雷不及掩耳，唰！片下一片儿厚厚的驴肉。驴便开嘴大唱。驴肉被老板托在掌中，奔下的两极，活活地，吃力地往上跷，跷，终于力竭疲软下去，叫人愉快。

从生态学意义上一般地反对人吃肉食，恐怕是解释不通的。佛教的素食教规乃是基于伟大的悲悯情怀和人生轮回教义。但是人如何吃肉食，尤其是如何对待动物的死亡，却是需要人加以生态伦理的反思和相关习俗规范的倡导。在确实有必要伤及某个生命时，尽可能地减少不必要的痛苦，恐怕是人对任何生命的最低伦理底线。但该小说所展示的生剐活驴，就违背了最基本的生态伦理，而作者对这一行为的欣赏和享受就更让人痛惜人心的坚硬和昏聩。那是一个活生生的生命，仅仅为了一个人口腹之欲，就必须忍受活剐之痛苦！当然，阿成也许可以振振有词地说道："那不就是一条'小菜驴'吗！"居心叵测的命名就这样掩盖了对别一种生命的内在价值的置若罔闻。这种命名与鲁迅在杂文中所揭露的灾难年代里把人命名为"两脚羊"并大肆饕餮何其相似乃尔！阿成不看被活剐的驴之痛苦，却注目于那块活活跳动的驴肉，并说"叫人愉快"，这种价值盲视的确是让人冷汗淌背！更为可怕的还是下文，这个颇有君子之风的阿成吃驴肉极为惬意，一边还喝着汾酒，"无奈木桩中的小菜驴唱得正猛，亢奋的嘶鸣声，搅了阿成好端端一个记忆"。被活剐的小驴还在痛苦地哭诉，绝望地哀啼，而它的一块肉已经落入一个人类中极有教养的作家口中！而这个作家还怪小驴濒死的嘶鸣声搅扰了他吃肉喝酒的好心情！如此咄咄怪事，恐怕稍有恻隐之心的人都不会相信。与"亚圣"孟子对语的齐宣王仅仅看到将被拉去杀掉祭祀的牛而不忍见其觳觫之惨状，就起了恻隐之心，但是现在他们的子孙中居然还有吃着生剐驴肉还嗔怪小驴的哀鸣声的人！这里显示出了在中华饮食文化的掩盖下几近无耻的颟顸和残酷！而这一切似乎还没有把那副饕餮嘴脸的麻木、愚蠢和颟顸加以最充分的展示，因此阿成还写道："走出二里路，犹闻那小菜驴儿的唱，只是愈加柔了，轻轻，轻轻，充满仁慈与好意地与大自然喃喃诀别着。阿成不觉一笑。"那种被人活剐、痛不欲生的绝叫竟然被这个饕餮的文人听成了歌唱！那只小驴似乎全然地只是为了人类才来到这个世界上，被人活剐了还不够，还要"充满仁慈与好意地与大自然喃喃诀别着"。人自大到如此地步，麻木到如此地步，虚伪

到如此地步，夫复何言！在模仿汪曾祺和贾平凹式的精神旨趣底下竟然掩藏着对待动物的如此态度，这的确让人备感荒诞。

　　需要提及的是，像这种活剐驴肉的吃法在古代中国也曾经出现。清朝人钱泳的笔记《履园丛话》卷十七《报应·残忍》中就记录了一则活剐驴肉的笔记：

　　山西省城外有晋祠，地方人烟辐辏，商贾云集。其地有酒馆，所烹驴肉最香美，远近闻名，来饮者日以千计，群呼曰"鲈香馆"，盖借"鲈"为"驴"也。其法以草驴一头，养得极肥，先醉以酒，满身排打。欲割其肉，先钉四桩，将足捆住，而以木一根横于背，系其头尾，使不得动。初以百滚汤沃其身，将毛刮净，再以快刀零割。要食前后腿、或肚当、或背脊、或头尾肉，各随客便。当客下箸时，其驴尚未死绝也。此馆相沿已十余年。至乾隆辛丑（1781年）岁，长白巴公延三为山西方伯，闻其事，遂命地方官查拿。始知业是者十余人，送按司治其狱，引谋财害命例，将为首者论斩，其余俱边远充军，勒石永禁。张味石大令为余言。

　　清朝时期山西就有吃活剐驴肉的虐食事件！令人尊敬的是，地方官员对此事件的查处，居然把为首者论斩，其余充军，可见他对此事件的看重。但当今中国，活剐驴肉的事情居然被作家当成一次美妙的味觉体验之旅，没有人反对，没有人反思，也没有司法机关出面惩处恶行，由此可见当代国人对待动物的生态伦理早已经发生了大面积的历史倒退。

三

　　不过，幸好我们还有生态意识已经觉醒的作家，他们对当今中国人的虐食行为做了及时的描述和严厉的批判，至少部分挽回了国人的生态尊严。哈尼族作家洛捷1996年发表了名为《独霸猴》的生态短篇小说。该小说提出了畸形的消费方式对动物、对生态系统的巨大破坏。"独霸猴"是中越老三国交界处深山中的一只猴子。由于人类乱砍滥伐森林，再加上把野生动物作为野味大肆捕杀，结果猴子的领地和数目越来越少，猴子于是开始报复人类。猎手夸有受命去消灭带头的"独霸猴"。"独霸猴"很聪明，夸有费尽心机才将它杀掉。但从此以后，夸有却丧魂失魄，精神失常。该小说有一段触目惊心的描写，揭示了畸形的消费主义是如何残害动物、扭曲人性的。那些发了财的大款对猴子干巴（菜名）、红烧小炒（猴子肉）已经失去兴趣，于是山珍餐馆老板发明了一道"活猴顶豆腐"的名菜：

> 伙计牵来一只体大肉肥的母猴，把猴的半个头夹在预备好的桌子上，服务小姐端上酱油辣子、芫荽花椒、姜蒜佐料。大款们手持汤勺、酒杯吞咽着口水围桌而坐。老板娘扭着腰来，吩咐伙计动手。伙计的剃刀从猴头自上而下"唰唰"地剃毛，猴子睁着双眼"吱吱唔唔"叫唤，反抗着。伙计用湿毛巾抹抹光光的猴头，操起长刀，手拇指试试锋利刀刃，然后抢起长刀"唰"地把猴头盖骨平削而去。顿时，"呼呼"跳动的猴脑冒着热气，洁白如同水豆腐似的显露出来。"嗬嗬！"包工头及大款们趁热把猴脑舀出，往佐料里一蘸，就着三鞭"咕咚"咽到肚里，他们边吃边谈，边观赏猴子的挣扎，若无其事地和陪酒女郎们打情骂俏……

也许任何稍有恻隐之心的人看到这段文字，想象着这个场景，都会肌肉痉挛，甚至干呕不止，然后怒不可遏，大声詈骂，甚至恶毒诅咒。但是那些当场吃猴脑的人怎么会没有些许恻隐之心呢？他们怎么会对另一种自然生命的痛苦和死亡完全无动于衷呢？怎么就如此沉湎于一时的

口腹之欲呢？

同样是写猴脑筵，我们也可以读读杨振林的诗集《水焚》中的《猴脑筵》这首诗歌："温顺的小灵猴／端起酒壶／斟一桌幽默和生趣／为客助兴／／蹦跳　蛰伏／白亮亮的眼波斜送／等待赏赐与赞美的目光／／师傅轻轻拨弄机关／小脑瓜　卡在板心／操起榔头钢管对准天灵盖／一声闷响／／舀起一小勺血红雪白／叫一声　干／小猴最后一次努力地摇头／奶声奶气的呻吟／短促　微弱"。如此温顺的小灵猴竟然被食客活吃猴脑，正是令天地变色的生态悲剧啊！如果有上帝，肯定不能只是人的上帝，而应该是所有生灵的上帝；在这所有生灵的上帝面前，被活吃脑子的小灵猴该如何控诉那些人类的食客呢？如果有拔舌地狱，正该为这些贪图口腹之欲而去虐杀其他生灵的人类食客而设！

贾平凹的长篇小说《怀念狼》中则写到秦岭山区野店里活吃牛肉的虐食场面。记者高子明跟着舅舅还有烂头去寻访秦岭地区残存的狼时，经过一个叫英雄砭的地方，那里就有一个"英雄砭牛肉店"卖活牛肉：

我绕过一摊猩红的污水，进了后院，后院非常大，堆着无数的牛完整的骨骼架，一个粗糙的木架子里固定着一条肥而不大的小牛，牛的一条后胯已见骨骼，肉全没有了，血在地上流着，而木架上垂吊着两串香草绳，点燃了冒着青烟，使嗡嗡飞来的苍蝇蚊虫不能靠近。那位小伙计高挽了袖子，口里叼着柳叶刀，提一桶水过来了，桶水放下，却弯腰打开木架旁的碌碡上的收音机，《二泉映月》胡琴声便弥漫在空中，像吸烟人口鼻里飘出的烟雾，像悄然飞来的蝴蝶，我看见小伙计突然提起了那桶水，哗地泼向牛的右前腿，牛没有叫，却张大了嘴，浑身抖动。牛的四肢完全是没有了力气，但木架子固定了它，使它不得屈跪下腿去，而那一对眼睛却流着泪水，是黏稠的泛黄的液体，从脸颊上滑下去。小伙计似乎看也没看，柳叶刀在牛背上备了备，问道："要牛舌吗？"

"不，要红烧的牛尾！"舅舅说。

刀一起落，牛尾就断了，快捷得好像牛尾是安接上去的。牛尾在地上动着，扑上来的苍蝇蚊虫被它扇远。

"我得要牛鞭！"

烂头弯下身去，用手摩搓着牛的生殖器，一根东西就长出来，他的后脖子里便爬上了一只八脚蚊虫，小伙计一掌按下去，后脖上没有血，是一摊黑墨的东西。

"从根来割，从根割！"

刀尖没有伸向牛的胯下，而是在牛的肛门下扎进去，用力一搅，小伙计说："从前边拽吧！"烂头再次弯下身去，将牛鞭抽了出来，足足有一尺长。

真是令人心惊肉跳的残忍虐食！一头牛被活剐，没有人去看它的眼泪，去听它的哀号，那些食客根本就意识不到这头牛也是一个生命！这是何等昏聩啊！小说中的记者"我"看不惯这种残忍的吃法，就没有在该店吃牛肉，无疑也表示了作者对这种虐食文化的彻底否定。更有意味的是，这个英雄砭牛肉店旁边紧靠着红石崖，上有刻文说明这里正是李自成部下与明朝官兵搏杀的地方，当初就杀了很多人。无论是历史上人对人的残杀，还是现实中人对动物的残杀，都是极其残酷的，人性之光正是在种种杀戮中日趋湮灭的。

四

虐食文化进入当今时代在都市里和消费主义相伴生时，会绽放出更为恐怖的恶之花。城市里高楼林立，酒店鳞次栉比，现代人日益和大自然隔离后，蜕变成心灵麻木的消费者和耽于口腹之欲的饕餮者。当他们日益追求食材的美味、新鲜和奇特时，他们就会成为各式各样的虐食

者。对于消费主义时代的虐食文化，莫言的长篇小说《酒国》以天马行空般的想象力、魔幻现实主义式的艺术表现力做了令人触目惊心的全面展示。乐钢曾说："以'吃'或大众消费论社会–生态污染，《酒国》的双叙事之一（即酒博士李一斗写的'故事中的故事'）从极度饥饿和产生的幻觉写起，通过'肉孩'的生产、加工和消费，到以后的全驴宴与燕窝的滥采绝迹，完成了一个对整体生态系统的暴殄自食的灾难寓(预)言。"的确，莫言的《酒国》就是消费主义时代里关于虐食文化的生态寓言。

《酒国》以省人民检察院的特级侦查员丁钩儿奉命到酒国市去侦查吃婴儿的大案为线索，展示了酒国市沉湎于虐食文化的种种荒诞现实。莫言笔下的酒国市简直是当代虐食文化的集大成之地。首先是当地人吃的动物种类极多，没有任何禁忌。"他们为什么要吃小孩呢？道理很简单，因为他们吃腻了牛、羊、猪、狗、骡子、兔子、鸡、鸭、鸽子、驴、骆驼、马驹、刺猬、麻雀、燕子、雁、鹅、猫、老鼠、黄鼬、猞猁，所以他们要吃小孩，因为我们的肉比牛肉嫩，比羊肉鲜，比猪肉香，比狗肉肥，比骡子肉软，比兔子肉硬，比鸡肉滑，比鸭肉滋，比鸽子肉正派，比驴肉生动，比骆驼肉娇贵，比马驹肉有弹性，比雁肉少青苗气，比鹅肉少糟糠味，比猫肉严肃，比老鼠肉有营养，比黄鼬肉少鬼气，比猞猁肉通俗。我们的肉是人间第一美味。"其实，小说里还写到酒国市人吃鸭嘴兽、燕窝、蟋蟀，等等。"举凡山珍海味飞禽走兽鱼鳞虫豸，地球上能吃的东西在咱酒国都能吃到。外地有的咱有，外地没有的咱还有。"面对如此驳杂的食谱，真的让人感到酒国市人的虐食记录已经达到令人发指的地步。当然，不但是吃的动物种类繁多，即使吃一种动物，例如吃驴，在酒国市的"一尺酒店"（即侏儒酒店）里居然发展出全驴宴。"先是十二个冷盘上来，拼成一朵莲花：驴肚、驴肝、驴心、驴肠、驴肺、驴舌、驴唇……全是驴身上的零件。"红烧驴耳，珍珠驴目，酒煮驴肋，盐水驴舌，红烧驴筋，梨藕驴喉，金鞭驴尾，走油驴肠，参煨驴蹄，五味驴肝，"龙凤呈祥"（公驴和母驴的生殖器）……吃驴，吃到这种地步，恐怕不能称为美食文化，而是令人发指的虐食文化了。

当然，最为可怕的是吃婴儿，而为了让虐食者心理平安，他们居然反复强调婴儿不是人，只是肉孩，只是像鸭嘴兽一样的小野兽。烹饪教师在教授学员做红烧婴儿的时候，就反复强调："厨师是铁打的心肠，不允许滥用感情。我们即将宰杀、烹制的婴儿其实并不是人，它们仅仅是一些根据严格的、两相情愿的合同，为满足发展经济、繁荣酒国的特殊需要而生产出来的人形小兽。它们在本质上与这些游弋在水柜里待宰的鸭嘴兽是一样的，大家请放宽心，不要胡思乱想，你们要在心里一千遍、一万遍地念叨着：它们不是人，它们是人形小兽。"鲁迅关于"传统吃人"的启蒙寓言在莫言的《酒国》里终于演变为实实在在的虐食文化实践。

该小说曾描绘过酒国市最有名的一道菜"麒麟送子"："那男孩儿盘腿坐在镀金的大盘里，周身金黄，流着香喷喷的油，脸上挂着傻乎乎的笑容，憨态可掬。他的身体周围装饰着碧绿的菜叶和鲜红的萝卜花。侦查员丢魂落魄般望着男孩，吞咽着翻卷而上的胃中液体。男孩水灵灵的眼睛回望着，鼻孔里喷出热气，嘴唇翕动，好像要开口说话。"生态伦理更关注人和自然之间的伦理关系，关注人施加给动物的痛苦，关注人造成的生态危机；但是当《酒国》展示出酒国市人开始吃婴儿时，这已经彻底突破了人际伦理的底线，更不要说能否坚守生态伦理的底线了。

其次，酒国市人的虐食文化还表现于吃动物时根本不考虑动物的合理需要，无限制地施加痛苦给动物。小说里曾写到一个恐怖的情节：一匹拉煤的骡子不幸被石条夹断了一条后腿。罗山煤矿矿长次日要接待市

领导参观，给招待所厨师下死命令要他们准备好菜招待，厨师就找车夫买骡蹄，要做红烧骡蹄招待领导，结果骡子被活活劈死，仅取走四只蹄子：

　　车夫一手攥着四只骡蹄钱，另只手把那只微微颤抖的骡蹄递给白衣女人。她接了蹄，小心翼翼地放到蜡条篓中。另一位白衣女人从柳条包里摸出钢刀利斧截骨锯，气昂昂站着，口里出高声，催促年轻车夫赶快把小黑骡子解放出来。车夫罗圈着腿、弓着腰、哆嗦着手，解脱了小黑骡子。说时迟那时快，白衣女人举起利斧对准骡子宽阔的脑门猝然一击，斧刃挤进了骡头，怎么拔也拔不出来，但她还是拔，在她拔斧头的过程中，小黑骡子前腿猛然跪地，然后，缓缓地将整个身躯平摊在凸凸凹凹的地面上。

　　丁钩儿长长地舒出了一口气。

　　小骡子还没有彻底死亡，粗重的呼吸还在它脖子里响着，柔弱无力的淡薄血液从斧刃的两边洇出来，浸湿了它的睫毛、鼻梁和嘴唇。

　　还是那个斧劈骡子的白衣女人，操起那柄蓝色的短刀跳到骡子身边，一手攥住骡蹄——黑色的大骡蹄白色的小嫩手——一手握刀沿着骡蹄与骡腿之间弯曲的接合部，轻快地一转，轻快地又一转——攥蹄的小白手往下一按——骡蹄与骡腿分开，中间只连着一根白色的筋络。短刀一挑，骡蹄与骡腿彻底告别。白手一扬，骡蹄飞到另一个白衣女人手里。

　　面对人如此残暴地对待一头骡子，真的不知道人心到底何在？人性到底何在？

　　而且，《酒国》中，莫言也提到活剐驴肉的虐食问题。"清末这驴街上有一家驴肉馆，烹炒的驴肉最香，他们的方法是：在地上挖一个长方形的坑，上边盖一块厚木板，木板的四角上各有一圆洞，把驴子的四条腿下到圆洞里，驴子就无法挣脱。然后用滚水浇驴，刮尽驴毛。食客们要吃驴身上哪块肉可随意选，选定后即下刀割取。有时把驴肉卖光了，驴还在苟延残喘。你说残酷不残酷？"虐食到如此地步，夫复何言。

非常有意味的是，莫言在《酒国》中特别关注酒店这一消费主义时代的特定场所对虐食文化恶风的助长。无论是小说开篇丁钩儿要暗访的罗山煤矿地下豪华餐厅，还是侏儒余一尺的"一尺酒店"，都既是虐食文化的推行者，也是虐食文化的演绎场。酒店里，所有虐食的血腥场面和生态后果都被遮掩了起来，饕餮者可以享受到最到位的服务，可以看到最光鲜的场景，可以完全沉湎于美味而不用去想象虐食造成的良心问题。例如小说写到罗山煤矿地下豪华餐和丁钩儿吃的豪华大餐的景况：

这是一间豪华的餐厅，无论色彩还是光线，都柔和得让人想到爱情和幸福，唯一破坏爱情和幸福的，是一缕缕隐隐约约的、十分古怪的味道。丁钩儿眼睛里闪着贼光，迅速地打量着餐厅里的一切：从橘红色的真皮沙发到浅黄的真丝窗纱，从洁白的雕花天花板到餐桌上洁白的台布。一盏枝形大吊灯悬挂在天花板正中，玻璃水晶，玲珑剔透，流光溢彩，宛若串串珠玑。地板光洁如镜，一定刚刚上蜡。墙角上的大屏幕彩电里放映着卡拉OK伴唱带，音乐甜蜜缠绵，一个泳装女郎在里边搔首弄姿。……

丁钩儿继续观察：圆形大餐桌分成三层，第一层摆着矮墩墩的玻璃啤酒杯、高脚玻璃葡萄酒杯、更高脚白酒杯，青瓷有益茶杯，装在套里的仿象牙筷子，形形色色的碟子，大大小小的碗，不锈钢刀叉，中华牌香烟，极品云烟，美国产万宝路，英国产555，菲律宾大雪茄，特制彩盒大红头火柴，镀金气体打火机，孔雀开屏形状假水晶烟灰缸。第二层

已摆上八个凉盘：一个粉丝蛋丝拌海米，一个麻辣牛肉片，一个咖喱菜花，一个黄瓜条，一个鸭掌冻，一个白糖拌藕，一个芹心，一个油炸蝎子。丁钩儿是见过世面的人，觉得这八个凉盘平平常常，并无什么惊人之处。圆盘的第三层上，摆着一盆生满硬刺的仙人掌。这只仙人掌让丁钩儿刺痒痒地不愉快，他想为什么不摆上一盆鲜花呢？……

现在他有劝必饮，一杯接一杯，仿佛倒进无底深渊，连半点回音也没有。在他们豪饮的过程中，一道道热气腾腾、色彩鲜艳的大菜车轮一般端上来，三位红色服务小姐，像三团燃烧的火苗，像三个球状闪电呼啦啦滚来滚去。他恍惚记得吃过巴掌大的红螃蟹，挂着红油、像擀面杖那般粗的大对虾，浮在绿色芹叶汤里的青盖大鳖像身披伪装的新型坦克，遗体金黄、眯缝着眼睛的黄焖鸡，周身油响、嘴巴翕动的红鲤鱼，垒成一座玲珑宝塔形状的清蒸鲜贝，还有一盘栩栩如生、像刚从菜畦里拔出来的红皮小萝卜……

可以想见，在这样的酒店里，任何饕餮者都无法把自己的一顿豪华大餐和无数惨遭不幸的动物、被敲骨吸髓式地掠夺得破产的大自然联系起来，更不知道自己行为的反生态实质。莫言以魔幻现实主义的笔法把酒国市的种种虐食畸趣一一揭露，无疑让我们可以对镜自照，反思我们的饮食文化，反思消费文化的野蛮之处，从而能够萌生尊重动物的生态意识，节制口腹之欲，为自然生态的健康发展做出力所能及的贡献。

与莫言一样，叶广芩也对华夏大地上的虐食文化深恶痛绝。她的生态短篇小说《狗熊淑娟》中那只狗熊的遭遇就揭示了人类的动物园制度和中华饮食文化的残忍。狗熊淑娟小时遭母熊丢弃，被地质队捡到，抚养了一段时间后，又转交给动物园。在动物园里，狗熊淑娟一待就是二十几年，衰老时就被动物园卖给了马戏团。饲养员林尧是个心地善良之人，几十年与动物打交道，心地还没有磨出老茧，得知狗熊淑娟被卖后，就四处寻找它。最后找到时，它已经被疾病和人的各种残忍行为（例如马戏班班主仅为了证明铁笼中的黑熊还是活着的，就用烧红的铁条烙它）折磨得奄奄一息，也认不出饲养员了。在林尧接近它时，它一时性起，挥掌击死了他，自己也被杀，而熊掌成了要领养它的企业家餐桌上的一道美味。小说特别写到那只熊掌："被扔回盆内的已经半熟的熊掌将那惨白的趾爪触目惊心地指向苍天，掌心弯曲，画出一个惊异的问号。这只脚爪曾与一个通人性的生灵相连着，它无数次地由栏内伸出，向人们传达着它的温情，它的喜悦和它对人的无限依赖与情爱……它何曾料到，它的掌爪还会以另一种形式出现在滚热的汤锅中，被拆骨拔毛，成为佳肴送入它所爱的人的口中。"狗熊淑娟的悲剧典型地反映了现代人对动物的残酷。首先现代人的动物园制度就给野生动物造成无尽苦难。动物园是生活在城市里远离大自然的人们才会设想出来的囚禁自然生命以自娱的场所。这种场所几乎仅为人类利益考虑，是典型的人类中心主义。从动物的眼光来打量动物园，那无疑是人类最残暴的体现。狗熊淑娟在年轻时曾给动物园带来可观的收入，给游人带来快乐，但是到年老时，却得不到最基本的待遇，食不果腹，疾病缠身，最终竟然被卖给马戏团。其次，中华饮食文化更是惨无人道。中国人只要有点钱，就追求"食不厌精，脍不厌细"。这种饮食文化若仅是在常规食物范围内，没有什么可指责，至多是看出我们这个民族长期以来在专制制度下没有什么精神追求的兴趣而已。但是当人的口腹之欲肆意地指向各种野生动植物时，这种饮食文化导致的生态灾难就极为可怕了。小说中由陆家二大大那精绝的厨艺支撑起来的饮食文化表面上看无论多么文雅，实质上却是极端愚蠢与野蛮。

生态作家哲夫在《世纪之痒——中国生态报告》中还曾提到另一种虐食，那就是从动物身体里提取药物。他写到东北林区中有人养熊抽取胆汁，其中竟然有一头不堪忍受痛苦，趁人不备一把掏出心脏自杀，

他站在熊的立场上愤怒地斥问："难道自然界还有比人类更残忍更万恶的生物吗？！……如果被一头熊这样诅咒，人类的末日就真的不远了。比豺狼更残忍的不该是人，而事实上却恰恰是人。熊不会把人告上法庭，森林和草原也不会把人告上法庭，被弄脏的河流和水土流失的大地更不会把人类告上法庭。唯有人类自我毁灭才能彻底改变和解放万类万物皆备于人类巧取豪夺的悲惨命运。人类爱护万类万物是在延长自己的口中食、身上衣以及各种吃穿用度的有效时间。它们不想提醒人类。如果人类肯与一头熊换位思考，肯与一匹骆驼、一头牛、一只蝴蝶换位思考，肯与一条河流、一片森林、一块土地换位思考，那人类就真的有福了！"其实，中医常常以动物入药，结果给动物造成无法估量的伤害，这是需要加以生态反思的。抽取活熊的胆汁，给黑熊造成如此可怕的痛苦，确实是突破了生态伦理底线的残忍之举，需要政府立法加以禁止。

诗人雷平阳的《杀狗的过程》则提到人为了吃狗肉残忍地虐杀狗的恐怖场景：

这应该是杀狗的

唯一方式。今天早上10点25分

在金鼎山农贸市场3单元

靠南的最后一个铺面前的空地上

一条狗依偎在主人的脚边，它抬着头

望着繁忙的交易区。偶尔，伸出

长长的舌头，舔一下主人的裤管

主人也用手抚摸着它的头

仿佛在为远行的孩子理顺衣领

可是，这温暖的场景并没有持续多久

主人将它的头揽进怀里

一张长长的刀叶就送进了
它的脖子。它叫着，脖子上
像系上了一条红领巾，迅速地
蹿到了店铺旁的柴堆里……
主人向它招了招手，它又爬了回来
继续依偎在主人的脚边，身体
有些抖。主人又摸了摸它的头
仿佛为受伤的孩子，清洗疤痕
但是，这也是一瞬而逝的温情
主人的刀，再一次戳进了它的脖子
力道和位置，与前次毫无区别
它叫着，脖子上像插上了
一杆红颜色的小旗子，力不从心地
蹿到了店铺旁的柴堆里
主人向它招了招手，它又爬了回来
——如此重复了5次，它才死在
爬向主人的路上。它的血迹
让它体味到了消亡的魔力
11点20分，主人开始叫卖
因为等待，许多围观的人
还在谈论着它一次比一次减少
的抖，和它那痉挛的脊背
说它像一个回家奔丧的游子

　　狗是重感情、有灵性的动物，与人朝夕相处，不知道给人带去过多少情感的慰藉，但是人还是忍不住虐杀它、吃它的肉，人的残忍实在罄

竹难书。该诗中，那个杀狗的主人是那么冷酷，那条被杀的狗又是那么忠诚，两者判若霄壤的对比，使我们不由得对人性齿冷，而将一捧热泪献给那条死在爬向主人的路上的狗。

五

当我们详细地审察当代生态文学中出现的这些虐食场面时，我们也许不得不思考人食用动物时需要注意的相关生态伦理问题。美国动物保护主义者雷根曾说："曾有多少次（而且这种事情经常发生），当我看到人类掌握着其生杀大权的动物身陷苦境，或读到或听到这类报道时，我的眼泪就止不住地流下来。它们的痛苦、它们的不幸、它们的孤独、它们的无辜、它们的死亡，这些都令我感到生气、愤怒、可怜、遗憾、愤慨。整个造物界都在我们人类施加给这些沉默而孤弱无助的动物的罪恶的重负下呻吟。是我们的心灵，而不是我们的大脑，要求结束这一切，要求我们为了它们而扫除那些支持我们对它们的全面压迫的习惯和力量。"的确，当我们在当代生态文学中看到人类的虐食给其他动物带去的无尽痛苦时，我们的心灵也会要求我们去结束这一切，要求我们禁绝所有对动物的虐食。

哲学家康德曾说："就动物而言，我们不负有任何直接的义务。动物不具有自我意识，仅仅是实现外在目的的工具。这个目的就是人。动物本性类似于人的本性，我们可以通过对动物的义务来证明我们的本性，表达对人的间接的义务。"也不知道康德是从哪里获得如此肯定自信的人类中心主义的立场，也许他从来不曾和动物的清澈眼睛对视过一次，也许他从来未曾目睹过动物在人类的残酷虐待下绝望无助的神情，否则一个人怎么会如此大言不惭地说人才是目的，动物只是实现外在目的的工具呢？相比较而言，我们更愿意相信诺贝尔和平奖获得者史怀泽的话，"只有当人认为所有生命，包括人的生命和一切生物的生命都是神圣的时候，他才是伦理的。"的确，无论是人还是其他生物的生命都是神圣的，即使人为了生存不得不伤害其他生物尤其是动物时，人也必须考虑尽可能少给它们带去痛苦，虐食文化则是绝对不能接受的。

当今生态伦理学者认为，纯粹的素食也许很难推广，食用动物很难避免，不过，"为我们提供食物的动物虽然还无法避免被宰杀的命运，但我们有责任减轻它们在生命过程中所经受的痛苦，要满足动物福利的三个需要：维持生命的需要、维持健康的需要及维持舒适的需要。……要改善动物的饲养、运输、屠宰条件，反对残忍和野蛮对待动物的方式，如活吃动物的肢体和器官，或者以火烧活烤、慢炖慢煮的方式来折磨动物，这样的行为超过了生物在自然状态下所遭受的痛苦，违背了不增加痛苦的环境道德要求。"（余谋昌、王耀先主编《环境伦理学》）即使不能做到断荤茹素，人也不能不考虑动物的痛苦问题。这绝对不是虚伪，生态伦理就是在对待动物的不同态度中萌芽生长的。我们还应该确立这样的"饮食伦理"：不浪费食物（特别是动物肉），不大吃大喝；若非健康所需，尽量不吃或少吃肉；不吃野生动物，绝不吃濒危动物；不加入虐食的行列。

其实，虐食的危害极多。尤其是食用野生动物，对人类的身体健康和生命安全构成极大的潜在威胁。曾有学者认为，野生动物是自然疫源地中各种病原体的巨大天然储藏库，已经发现的许多重大的人类疾病和畜禽疾病都源于野生动物。缺乏检疫的野生动物，通常携带不明病毒，不啻"生物炸弹"，一旦食用会在疫病传播方面埋下巨大的隐患。例如2003年危害全国的非典病毒最初就来自果子狸，是人吃了果子狸才感染上的，结果成为致命的传染病。而艾滋病毒，据说最初也是非洲人猎杀黑猩猩，吃了"丛林肉"，感染后才在人际传播的。

即使不考虑虐食的健康危害，也应该考虑虐食的人性危害。当人那么残忍地对待动物，虐杀虐食动物，岂不进一步使人性扭曲，使人心陷

入黑暗吗？而扭曲的人性、黑暗的人心最终会对人类社会产生彻骨的腐蚀作用。英国哲学家洛克曾指出，"那些在低等动物的痛苦和毁灭中寻求乐趣的人，将会对他们自己的同胞也缺乏怜悯心和仁爱心。"洛克认为，对动物的残酷行为带来了对人的恶劣影响，他注意到许多小孩子折磨动物，粗暴地对待落在他们手里的小鸟、蝴蝶和其他小动物，这种对待其他生物的残酷行为，如果不及时加以纠正，孩子们幼小的心灵就会逐渐地染上狠毒心，甚至把这种狠毒心转而指向人类。因此人类正当的行为应该减轻动物的痛苦，减少对动物的迫害，更不要说像活吃牛肉、猴脑等虐食行为了，这是必须无条件地立法禁止的。

明朝大儒王阳明曾在《大学问》中说："大人之能以天地万物为一体也，非意之也，其心之仁本若是，其与天地万物而为一也，岂惟大人，虽小人亦莫不然，彼顾自小之耳。是故见孺子之入井而必有怵惕恻隐之心焉，是其仁与孺子而为一体也。孺子犹同类也者也，见鸟兽之哀鸣觳觫而必有不忍之性焉，是其仁之与鸟兽而为一体也。鸟兽犹有知觉者也，见草木之摧折而必有悯恤之心焉，是其仁之与草木而为一体也。见瓦石之毁坏而必有顾惜之心焉，是其仁之与瓦石而为一体也。是其一体之仁也，虽小人之心，亦必有之，是乃根于天命之性而自然灵昭不昧者也。"天地万物本为一体，人必须从人类中心主义的狭隘束缚中超越出来，自觉地认同于天地万物，节制欲望，尊重自然，敬畏生命，感悟日月经天、天风驰荡、鸢飞鱼跃、花红柳绿的勃勃生机，体会上下与天地同流的生态境界。那样的诗意生活远比躲在餐厅里活吃牛肉、沉湎于口腹之欲的消费生活更欢乐更幸福！

汪树东

1974年出生，江西上饶人，现为武汉大学文学院教授，博士生导师，主要从事中外文学、生态文学研究。已经出版学术专著《生态意识与中国当代文学》《超越的追寻：中国现代文学的价值分析》《中国现代文学中的自然精神研究》《黑土文学的人性风姿》等。

光明

空巢

◎佘巍巍

秀敏半夜在一阵剧烈的肚子疼痛中醒了过来，她翻过身，换了个侧卧的姿势，仍是没有缓减。小腹坠痛不已。没办法，她只好忍痛起床，开了灯，哆嗦着在梳妆台的抽屉里找了二片布洛芬缓释胶囊。杯子里的水早已冷了，她试着喝了一口，湘北的冬天，这一口水喝下去让她着实打了个寒战，强行把药咽下去后，她赶紧缩回温软的被窝里。

几分钟过后，疼痛又袭了上来，午夜的小城，一片静谧，连平时在晚上活跃的老鼠们也不知躲到哪里冬眠去了，秀敏几次拿出手机又颓然放下。

在这个天寒地冻的深夜里，她实在不想惊扰年迈的父母。

自从和曹辉离婚后，她就一个人搬到这个出租房里住了，其实父母家四室一厅的房子不是没有秀敏的容身之地，只是她住了不到一个月就烦了。仅仅只有一个月的时间，父母就发动亲戚朋友，给她说了三个对象。也许在父母看来，她的个人问题是当务之急，她的个人问题没有解决，父母心头上永远都有一个解不开的结。秀敏很无奈，她看得出父母

的担心。当初自己嫁给曹辉的时候，父母就不同意，父亲说这孩子看起来单单瘦瘦，只怕以后身体不好。母亲反对的理由却有些荒唐，她说曹辉来自一个离异的家庭，根基不好。

秀敏不知道"根基"不好是什么意思，凭着年轻气盛，父母越是反对她，越是要往一条路上走。

又一阵更加剧烈的疼痛袭来的时候，秀敏从往事中收回心事，一咬牙拨了那个烂记于心的号码，电话响过五声后她才听到父亲喘气的声音，家里的座机电话装在客厅里，秀敏能够想象得到父亲艰难地从床上起身，然后披衣走向客厅的样子。

谁呀？父亲从睡眠中醒来的声音含糊不清，还有一丝被吵醒的不快。

是我，爸。我肚子好痛。

哦，是敏儿呀？好好，我马上过来送你去医院。听到秀敏的请求，父亲忙不迭地答应了。电话挂断的时候，秀敏听得出母亲也起来了。

不到二十分钟，父亲就叫了出租车过来。秀敏早已自己胡乱地穿上了衣服，弓着腰。几乎是被父亲背下楼的，父亲患有慢性支气管炎，虽然身材高大，但秀敏感觉到父亲的喘息，如拉风箱似的咝呼咝呼。

出租车呼啸着开到医院，门诊室静悄悄的。值班的医生已经躲到休息室睡着了，那个瘦小的护士正靠在电烤炉边打盹，纷乱的脚步声惊醒了她。看到秀敏被扶了过来，她例行地问了几句后，就揉着惺忪的眼睛，马上跑到休息室把医生叫了过来。

值班医生是位三十多岁的男子，戴着眼镜，很斯文的样子。但秀敏从他伸出的手指可以判断他出身农民。秀敏看过不少描写外科医生的小说，那里面的男医生一律都有修长的手指，跟艺术家一样能弹钢琴。而这个医生的手指却骨节粗大。

简单问过情况，做了几个例行的检查后，医生就拿出放在上衣口袋里的水性笔，在处方单上唰唰地写下几排潦草的文字。然后对秀敏说，急性胰腺炎，幸好来得及时，这病可不能拖，先办好有关手续，需住院治疗。

秀敏看到医生眼镜后面一闪而过的关注。医生又补充说，先打着吊针消炎止痛，保守治疗一下。看情况再做下一步打算。

虽说到医院后肚子的疼痛没有在家那样明显，但秀敏仍是被"胰腺炎"三个字吓了一跳。前不久秀敏就听办公室的同事说，她一个朋友上高中的儿子，下晚自习回家后，吃过一碗蛋炒饭就死了，病因就是"胰腺炎"。

秀敏想不清自己为什么会得这样的一个病。她从不暴饮暴食，只是三餐不太正常罢了。

经过一番折腾，秀敏终于在护士的安排下，躺在护士室旁边的一间临时病床上打点滴。冰冷的液体一点一滴地流进她的体内，有些像时间的计数器。临时输液室此刻只有她一个病人，有些陈旧的病房里，灯光昏黄，她感到一种透骨的寒意。

父亲被她强行劝回家休息了。护士小美女临走时揉着眼睛说，你自己看着点儿，吊瓶里的药水快滴完，就按床边的开关提醒我来换药。

秀敏点了点头算是明白。

也许是药物的作用，没过多久，秀敏就感觉不到肚子的疼痛了，只是冷。医院的被子又薄又硬，她把身子缩成一团，但自屁股以下的一段还是无法发热。她感觉自己的下半身像是睡在冰水里。

秀敏往四周看了看，灰白色的墙壁上有一些不知是谁踩上去的脚印，另一面墙上布满不知名的污迹。这时候她感到一种莫名的孤单和恐惧，闭上眼睛却又无法睡着，人虽然觉得极端的疲惫，可一闭上眼睛，就似乎有千军万马在脑海里奔驰，扬起浓烟滚滚的尘土。她只好睁着眼，看吊瓶里的药水缓缓地滴下，简单而有序。没过多久，她就感到尿

急了，朝四处看了看，因为这是临时输液室，没有配备卫生间，她知道只有去房子最边上的公共卫生间解决了。可外面呼呼的风声让她止步，忍了一会儿，随着输进去的液体增多，她觉得实在无法支持，只好起身。

秀敏把脱在床边的棉衣顺手披上，一只手取下挂在床头的输液瓶，就这样拎着一个大瓶子打开了房门。

走廊里的灯光比房间要明亮一些。秀敏找准方向，一股穿堂而过的冷风让她浑身的鸡皮迅速凸起，她禁不住打了个哆嗦。

公用厕所没有明显的男女标记，秀敏已顾不得这些了。只是夜晚静得有些可怕，她故意踏出很响的步伐，以驱散心中的恐惧。哪个医院没有死过人啊！这是秀敏听朋友说过的一句话，虽然她没有亲眼遇到，可此刻这话却浮上脑海。突然就联想到在电影里看过发生在医院的谋杀案，秀敏看到自己被灯光一会儿拉长，一会儿拉短的影子，莫名的恐惧袭上心头。

她真有些后悔不该把父亲提前支回家。不管如何，要是他在的话，总是有个伴，她也不会如此害怕。

上完厕所，秀敏几乎是一路小跑回到病床上的。眼睛一刻也不敢往其他地方看，连自己的影子她也觉得藏有万种机密。

刚才好不容易有点热气的被窝这时又冷了。秀敏掩上房门，重新躺到床上。她抬头，看到瓶里的药水只滴了不到五分之一。

秀敏不知道自己是什么时候睡着的。她又做了那个奇怪的梦。她梦见自己在老家门前的那块地里看村里的虎爷翻红薯藤。那个时候村里每户都种有红薯，到秋天挖出来可以晒成红薯丝，有的农户用来喂猪，也可以在粮荒的时候加在米里面煮红薯丝饭。而洗过红薯丝的水里能沉淀出白白的红薯粉。红薯粉那个时候是农家宝，用开水可以冲出果冻一样的东西，加上一点白糖不但是可口的美味还可以清热解暑。有时候母亲也会别出心裁地把红薯粉加了鸭蛋一煎，黄黄嫩嫩的味道特别鲜美。那时正是黄昏太阳西下的时候，十二岁的秀敏蹲在沟边，看虎爷把长长的红薯藤翻往另一个方向。她好奇地问虎爷为什么要这样做，虎爷笑呵呵地说，亏你还是个进学校读书的人，这么简单的道理也不懂？因为红薯藤是生命力很强的植物，如果不把藤翻过来，那些藤就会生根发芽，影响红薯结果了。

秀敏明白了其中的道理，就觉得看虎爷翻红薯藤没啥趣味了。她转过头看地上有几只蚂蚁抬食物，它们费力地抬着一个小小的白色东西，秀敏想这么小的像头皮屑的一个东西，几只蚂蚁却那么费力。她故意找来一块石头拦在蚂蚁前面，有一只蚂蚁马上离开搬抬队伍围着石块四处转，寻找新的通路了。秀敏站了起来，觉得玩弄几只小蚂蚁有点残忍，这时她突然看到对面山坡上邻屋的喜姨和玉婶背着两个大筐往山下走来。喜姨和玉婶是妈妈的好朋友，农闲时总会聚到她家来纳鞋底，织毛衣。看到她们出现，秀敏欣喜地喊了喜姨——，玉婶——！听到声音，虎爷也抬起埋头翻红薯藤的身子。

这孩子瞎叫什么呀。虎爷嘀咕一句又接着忙活了。

秀敏定睛一看，怎么回事？刚才明明是看到喜姨和玉婶从山坡上走下来的，为什么一下子没影了？她擦了擦眼睛，仍是什么也没有。山坡上静悄悄的，一轮落日正在远处的山后，又红又大。

革命形势一片大好，大家千万不要忘记阶级斗争啊！今天在这里召开妇女大会，所有的女同志们都认真听着，这个计划生育工作要落到实处，上环不能上在嘴里，哎，到会的人今天都有饭吃，不要跑了……

秀敏在一阵叫嚷声中睁开眼睛。她的梦被吵醒了。发现有个五十多岁的女人披头散发地站在她的床边，正热情洋溢地对着她做激情的演讲。

她以为自己是在做梦，擦了一下眼睛。那女人看到秀敏醒过来了，

又走近了一步，叮嘱她说，你听清了没有？今天开会的人都有饭吃，在宏达宾馆，记得啊！我还要到别的地方开会，先走了。

秀敏目送着那个老女人弯腰离开了病房，才觉得恐惧之至，一身冷汗淋淋。刚才那个人肯定是神经有问题。天哪，她平时常听人说起，医院现在是怎样混乱，有医托，也有小偷专门趁着混乱偷取病人的钱物。

她看了看搭在床头的棉衣，好像没人动过，摸摸口袋里的手机还在，只是吊瓶里的药水不知道什么时候早已滴完，而导管里回满了暗红的血液。她手忙脚乱地按了床头的开关，一位护士急急地赶了过来，秀敏发现已经不是昨晚那位小巧玲珑的护士了。

这位护士显然才接班，她心怀不满地责备秀敏，你没家属陪同吗？怎么这样糊涂呢，看，血都回输液管里了，如果进了空气你就没命了！真是的！说完咚咚地跑回值班室拿来另外的药水替秀敏挂上。这位护士三十多岁，胖乎乎软绵绵的手指掠过秀敏的肌肤，让她感到一阵暖意。秀敏甚至觉得，她很期待这样的温暖。

面对护士责备的眼光，秀敏没做任何解释，眼泪不由自主地流了出来。她只好别过头，将脸朝着墙壁。

从昨晚到现在，她一直坚持着让自己坚强，她就不信没有男人活不了，可是一个人生活怎么有这么多的不便呢？

趁胖护士过来给她送口服药的时候，秀敏忍不住想问一下刚才那位妇女是怎么回事，是不是神经有问题？胖护士漫不经心地说，你是说那个瘦瘦的老太婆吗？她子宫肌瘤住院，开完刀就成这个样子了。伤口还没拆线就得了神经，天天跑到各病室演讲，说要请客吃饭，医生都给她重新缝合两次了！

秀敏不寒而栗，幸好她得的是胰腺炎，不然要是哪种要开刀的病，也出现这种后遗症那可完蛋了。心里默默祈祷着，希望通过医生妙手回春的保守治疗，早日恢复健康。

还好，不久父母一大早就双双赶了过来。母亲煲好了一锅热气腾腾的鸡汤，一口一口地喂给秀敏喝。秀敏不敢给父母提早上的事和自己心里的害怕。父母都六十多了，寒冬腊月却要反过来照顾生病的女儿。想到这些秀敏就认为自己生病真是一种罪过，她太不孝了。

秀敏口里喝着鸡汤，心里面却五味翻腾。离婚后她一直在单位的食堂应付一日三餐，具体地说是两餐。因为一般早餐她都省了，一是没胃口，再就是每次都匆匆赶去上班，似乎也没有时间。星期六去父母家看女儿，名正言顺地过两天正常的日子，但更多的时候是没有规律的生活。

入夏以来，秀敏和城关的几个老同学不时聚会，常常约了在晚上喝酒。

老同学里面，大林也是离了婚的，不过他离婚不离家，和老婆仍旧共同生活在以前的房子里，两室一厅的房子每人一间互不干涉。三岁的儿子归大林，他没时间管也带不好，他父母就接了过去。秀敏以前是滴酒不沾的，可离婚后与几个同学消夜，才发现她从前真是太落伍了。除了单位就是家和孩子，与外界几乎没有联系。三妹是个男孩子性格，抽烟喝酒样样俱到。起初秀敏是滴酒不沾，烟更是闻着也头晕。后来慢慢就爱上了那种淡黄色的液体，她觉得，喝了，漫长的夜晚变短，失眠就少了。刚开始喝啤酒的时候，秀敏感觉有一股馊味，经常喝就发现这东西能成为许多男人的最爱，一定是有理由的。比如她，晚上喝几杯，感觉身体轻飘飘的，不快的事情忘到九霄云外，确实是一种不错的选择。只是烟这个东西她总是学不会，有次在三妹的强力推荐下，也点了一支在手，看烟轻轻袅袅地飘散，却突然想到了另外一个男人，那是她大学时代的恋人孙蒙中。秀敏想那个时候她是多么地迷恋孙蒙中抽烟的样子啊，眼睛微眯着，烟从他的嘴里一圈一圈地吐出来。孙蒙中说，秀敏你

信不信，我可以用烟吹出一颗心给你？果然，他深深地吸了一口烟，一个个形似心样的烟圈就出现在秀敏惊喜的眼里。秀敏觉得他抽烟的样子真是酷得不得了。

要是嫁了孙蒙中，他们会不会离婚呢？秀敏不知道。其实曹辉也抽烟，并且抽得非常厉害。饭后抽，上班抽，裤子衣服不时被烫出一个个洞。最让她受不了的是在床上也抽，每次夫妻做完那事后，刚把裤子拎上，烟就点着了，让秀敏实在忍无可忍。刚结婚他还有所顾忌，会选择在阳台或是厕所喷云吐雾。后面孩子都有了，就目中无人了。秀敏有时候说他几句，他就反驳，还让不让人活了？男人总得有些爱好的吧？有人好赌，有人喜嫖，有人爱抽有人好色，我就抽点烟你还这么多废话？没听说过男人如果不抽烟不喝酒，就像女人不会抛媚眼一样。

对于曹辉的这种歪理，秀敏无言，只好对着烟雾环绕的天花板发呆。

结婚前，闺蜜跟秀敏说，找男人，最好找个喜欢自己的，这样保险系数高。若是找个你自己喜欢的，要对别人千依百顺，总是觉得低人一等。遇上吵架，男人一句"当初是你找上门来的"，脸都要气歪。

秀敏没有实战经验。毕业后，跟孙蒙中没有分到一个城市，两个人都要听父母的话，回到原来的城市工作。这段大学恋爱就此而终。

曹辉是亲戚介绍的。秀敏回到父母身边后，在一家银行工作。她生活规律，不参加年轻人轰轰烈烈的各种活动，其实是有意跟父母赌气。等到过了二十六岁的生日，父母急了，逼着她一次次相亲。

秀敏心里有些期待，幻想某一天，孙蒙中想通了，说不好跑过来找她，他们毕竟有三年青春年华最无瑕的感情。在秀敏看来，那一段风花雪月，这辈子都不会再有了。

于是，在参加过N次相亲活动后，秀敏对于细细瘦瘦的曹辉点了头。父亲对这个结果保持沉默，母亲却不满意。唠叨说，你这个丫头是不是脑壳有问题？这么多优秀的男孩子不选，偏看中这个"丝瓜条"，并且他父母还是离婚的。

秀敏特别反感母亲的说教，她悠悠地说，到底是我结婚还是你找对象？要不，我把那边给回了，在家当老姑娘？

"老姑娘"可是母亲的大忌。平时，跟邻居的阿姨们聊起孩子的事，母亲最怕别人说"老姑娘"三个字。她的女儿，从小就是父母骄傲的资本。从幼儿园到大学，一直顺风而上，没让他们操过什么心。谁知道长大了，连隔壁高中没毕业就外出打工的小桃子都不如。人家十多岁出门打工，在深圳找了个当地人嫁了，现在孩子两个，有房有车，特别是结婚时脖子上、手臂中戴着无数金光闪闪的首饰，据说就值几十万呢。眼看着自己的女儿立马往"奔三"的路上跑，怎么能让她不着急。

最后，父母还是默许了曹辉和秀敏的婚事。秀敏也以为，曹辉出身单亲家庭，对自己也是一心一意，家里买菜做饭的事情都主动承包。这样平静如水的生活，不是许多女人向往的么？

谁知道，婚姻这个事，是没有规律和道理可讲的。刚结婚那阵，对于文化水平比自己高，家庭出身比自己强的老婆，曹辉确实是心满意足，百依百顺。可时间长了，视觉疲劳来了。某一天，当曹辉回到家，家里冷锅冷灶，而放假在家的秀敏正歪在沙发上，摆着舒适的"葛优躺"。心里的火气一下子就冒出来了。

你说你像个妻子的样子吗？菜不买饭不做，只知道衣来伸手饭来张口，找了你这样的老婆有什么用？

秀敏从感人的电视剧里收回神思，面对眼前这个面部扭曲变形的男人，简直不相信自己的眼睛。

她无比委屈地说，当初是你说不在乎我不会做饭，不会家务的！现在才多久就厌了？你……

她气得冲出大门，一把搂过床上睡得正香的女儿，跑进了雷风暴

雨中。

以往，别说是争吵，秀敏就是心情不好少说几句话，曹辉也是极尽哄人本事，直到她转怒为喜。这一次，秀敏抱着孩子，在外面晃悠了半天，曹辉连电话也没有一个。

不久，女儿饿了，先是小声哼哼，一会儿就大哭不止。秀敏再跟曹辉赌气，也不能不管不顾女儿。她只好灰溜溜地回到家。

那会儿，曹辉自顾着吃过饭睡了。桌上没收拾好的残羹冷炙似乎正嘲笑着秀敏：看见了吧，这就是那个婚前连早餐都要提前打好，用热水温在那里等你起床的男人。

从此，秀敏使用过苦肉计——故意不吃不喝好几天，也打过冷战——十天半月不跟曹辉说话。沉默久了，两个人也翻天覆地大吵过，把家里能摔的盆盆碗碗全砸了。最后换来的结果是四个字——感情破裂。

秀敏想到闺蜜从前传授的"找个自己喜欢的，不如找个喜欢自己的靠得住"，悔得肠子都冒绿烟。他们这段当初不被母亲看好的感情，终究连"七年之痒"都没有熬到，就火速结束。

离婚那天，秀敏抱着女儿，看着这段婚姻的"收获"，暗暗下定决心，一定要把女儿好好带大。婚姻这个东西，实在太微妙。如果让她选择，能够重来一次的话，她一定不会再听闺蜜的理论，一定要找个自己喜欢的人在一起。最起码，心甘情愿地接受自己的决定。

鸡汤喝过后，身上也开始有点热气了，秀敏的脸上渐渐显出点血色，打了电话去单位请假，电话是琳娜接的，她答应帮她向主任请假，然后问了具体的房间地址，说一会儿过去看她。

母亲收拾好东西还要去买菜，服侍一家大小的三餐。秀敏就催着他们先回家。

医生换过班了，这次换了一个女医生，四十多岁年纪，很和善的面孔，她检查完后对秀敏说，再输点药消消炎，住两天院就可以回去了，这种病最好采取保守治疗，以后生活要注意，不可暴饮暴食没有规律。秀敏频频点头。

三妹得了消息过来看望秀敏，拿着花，提着营养品。看到秀敏恹恹地躺在床上，有气无力的可怜样，劝她说，秀，跟你说个正经事，你这样老是一个人也不好。你看看，像现在有个病病痛痛的，连个照顾的人都没有，还要老人家跑上跑下。要不，你考虑考虑大林？我觉得这人也蛮不错的，又离了婚，年纪啊，家庭条件也跟你相当……

哈哈哈……秀敏突如其来的笑声，把三妹吓了一跳。

你别开这样的玩笑了，三妹。我跟大林，就是跟自己的兄弟一样，产生不了那种感情。秀敏平息情绪后，对三妹认真地说。

我知道，你看不上大林，嫌人家学历不高钱少，还在想着你原来大学的那个孙蒙中是吧？可现在人家虽然没结婚，但也没有主动找你啊？你真要送上门？何况，他家里知道你带着个女儿么，你不要你女儿了？

三妹的话，当头一棒打醒了秀敏埋在心里的美好。

她想起生病之前，与孙蒙中的几次交往。好像是刚离婚不久吧，孙蒙中得知了秀敏的事，立即打电话、发短信安慰她。也正是因为孙蒙中遥远的安慰，秀敏离婚时的伤心，才被未来的美好所掩盖。

从孙蒙中的语气中，好像也不在意秀敏离过婚，并且带着一个孩子的。每个无聊的夜晚，秀敏跟三妹几个消了夜，喝完酒回来，总要"例行公事"般地和孙蒙中聊一会儿天。他们激情重燃，说到曾经的美好，多少次总嫌"春宵太短"。

某次五一小长假，孙蒙中说好要来秀敏所在城市看她。秀敏推掉了和三妹几个结伴去韩国购物的旅游，收拾好自己，美美地在家里等着。

这次过来我是真的想去看你的，唉！没想到被这帮好久没见的朋友

拉着，一哥们几年不见，刚好从国外回来了。这不，饭一吃，酒一喝，就身不由己啦！长假的第二天晚上，孙蒙中跟等到花谢的秀敏说。

哦。

你猜猜昨晚我是什么时候回到家里的？三点半！我也不知道是怎么回去的，不过喝醉的不止我一个啦，还有一个哥们倒下了，我算不错的呢，能自己开车回到住的地方去，还没走错地方……嘿嘿。

以后要出去喝酒呢最好不要开车啦，别为偶然而得意，现在查酒后驾车可严呢！搞不好连公务员的工作都没了，你还打的士吧，这样安全。

出门的时候哪知道要喝酒呀？我又不是神仙！只是又不能抽空去看你了，挺遗憾的。

那也没什么啦，这么多年都过去了，不都是各自好好的么？其实也无所谓，我只是觉得这种情况下见面可能会影响情绪，所以……所以我们以后再找机会吧。我觉得我们的见面每次都应该是美好的。秀敏说这话的时候，心里的感觉是复杂的。

我就是喜欢听你说话，总是那么顺耳！到底是知根知底的！

听男人的口气，是想缓和一下关系，为昨天没过来见面找理由。秀敏乍听就觉得这种夸奖多少带了些讨好的味道。她暗暗想，时过境迁，她不再是当初那个啥也不懂的单纯女孩了。要真是嫁了孙蒙中这种，整天花天酒地不着家的人，也不一定会有她想要的生活呢。

对于孙蒙中的临时"失约"，秀敏心里一点也不觉得有什么，好像上天故意给了这样的结果，也是最好的安排。若孙蒙中过来了，他们再有些什么牵扯，对于男人来说可能没什么。可秀敏，觉得她真的伤不起了。这些年，她习惯了处事不惊。忧过愁过，爱过喜过，早已到了心如止水的境界。

他们仍然保持着夜晚的交流，只是对于秀敏来说，重新燃起的期待，慢慢地理智了许多。

晚上，父母给秀敏送营养粥，女儿跟了过来，抱着秀敏不肯松手。不停地问，妈妈你怎么了，打针疼不疼？

秀敏忍住夺眶而出的泪水，强笑着说，不疼不疼，宝宝打预防针都不哭，妈妈怎么怕痛呀。宝宝先跟外公外婆回家，过两天妈妈就好啦！

等父母带着女儿离开，病房立马就空空的了，气温也好像突然之间下降了好几摄氏度。秀敏有些后悔没有交代父亲从家里顺便帮她带床厚点的被子过来。

她只好找换吊瓶的护士，申请加了床被子。人困得不行，可有点不敢睡着。这个临时病房，白天还有人过来打了下针，可晚上旁边的人走了，护士进进出出，又不敢锁门。秀敏实在有些害怕。

她掏出手机，微信里，孙蒙中留了好几段话。问她在哪里，吃了没有？在干吗，怎么不回消息。

秀敏关掉微信，光着眼看天花板。

结果手机响了。

干吗呢？微信发消息都不回。孙蒙中问。

不好意思，刚从我妈家回来，搞卫生呢。秀敏不知道自己怎么撒了这样的一个谎。她居然不想告诉孙蒙中生病了在住院。白天，她还是那么渴望着，孙蒙中能够打电话来，说马上来看她，陪她。

那次五一"失约"后，孙蒙中曾热情地邀请秀敏去滨海市见面，说要给她一个意外的惊喜。秀敏猜想，这段时间，孙蒙中有意无意提到说想娶她的事，会不会是向她求婚？滨海市离秀敏上班的地方不远，虽然是两个城市，坐公交车才两个多小时，打的不过五十分钟。

那天，秀敏找了个理由，向单位领导请好了假，准备下午去滨海会一会他。

临到出发，她突然想捉弄一下男人。她给男人发短信说：我想还是

你过来我这边吧，你说过给我买钻戒，我还是觉得自己看中的这款好，就在离我单位不远的这间珠宝店，你开车过来，我请你吃饭。

男人没有回信息，很快打了电话过来说，真不巧，我这边有几个朋友约了谈事，只怕没时间过来了，只好下次去看你！对不起！

秀敏愣住了。他们恢复联系后，孙蒙中跟她说得最多的话，不是好想你，也不是我爱你，居然是"对不起"。这太好笑了！比如那次，她只不过是想开个玩笑而已，可男人连解释的机会都不给。秀敏想着某人说冷笑话，说完后没有一个人笑，她那会儿就是这种感觉。刚开始邀约她去滨海，孙蒙中可是接连打了三个电话，催了又催，请了再请，一会儿说要带她去哪里玩，一会儿说哪里的菜不错，带她去品美食。可后来……秀敏充分相信，现实和理想之间的距离，总是无法逾越的骨感和丰满之间的矛盾。

秀敏有些淡淡的失意，又有些为自己的小聪明而得意。略施小计，略施小计而已啦。心里暗笑，这世道，人可是真现实，现实到一个小小的玩笑也开不起。

秀敏静静地躺着，挂在床头吊瓶里的水，缓缓注入她的身体。还是那种彻骨的冷。

怎么不说话？你在干吗呢？孙蒙中的话把秀敏带回现实。

哦哦，不好意思啊！我这会儿有点儿事……秀敏觉得，当初与孙蒙中分手，或许并不是坏事。起码，保留了美好在心里，曾经相爱过。

秀敏觉得，她开始明明是想把生病的事情告诉孙蒙中，明明是很期待趁着生病的机会，获得他的照顾的。怎么突然就改变了主意，连聊天的兴趣都荡然无存呢？她居然用上了平时最可恶的搪塞"不好意思"……

是冬天太冷，还是夜太静？

不不，准确地说，应该是心太空。

余巍巍

网名新月如钩，原籍湖南岳阳，现供职光明新区凤凰办事处某部门，做着朝九晚六的文字工作，喜欢舞文弄墨。散文《路口的风景》获第十七届全国青年征文大赛佳作奖，已出版长篇小说《还乡桥》《嫁到深圳去》和作品集《散落红尘的眸》，有小说散文等各类文体散见于各报刊。目前系深圳市光明新区作家协会副主席。

清欢童年（组章）

◎刘 鹏

题记：读书的时候老师经常对我们说，文学不能养家。今天看来一点不假。尽管如此，工作之余还是会躲进书里或者用文字表达内心的情感。消耗着工作以外多余的时光。蓼茸蒿笋试春盘，人间有味是清欢。一年多来，写了一系列以《清欢童年》为题的短文。偶尔在报刊上发一两篇，也算是生活当中的一点点乐趣。从中也说明我那像机器一样运转的躯体还苟且存活。生活中的一切不如意事无法对人倾诉，躲在童年里哭泣，也是一种发泄之后的抚慰。

洗澡

每天傍晚洗澡后穿着一条短裤走进家门，母亲便会嗔怪地骂道：洗骨头、洗脑髓，洗了半天从头到脚还是泥浆。母亲说的是实情。儿时在村旁的池塘里洗澡，不是洗澡，而是在玩耍。村南面的一口大池塘里，夏天是男人洗澡的地方。它分为三个区域，村中出口正对面是浅水区，这里可谓是小孩的水上游乐场，几十个小孩把池塘底部的泥浆闹得沸腾。游到正对面的一般是年轻人，他们游几圈之后便坐在砌有石阶的码头上擦洗身子。成年男人收工后便在西面水域匆匆洗完就回家。我们不玩到天黑或者听到家里喊吃饭的声音是不会上岸的。尽管父母天天骂我们：现在才回来，我以为捞尸鬼（乡间传说的一种水鬼）把你们拖走了！可我们还是依然如故。

在那个年代里，家中喝的水都要从井里挑回来，所以早上洗脸都要到村旁池塘里去洗。因而，傍晚我们洗完澡回家吃饭，在父母看来是顺理成章的。而骂我们是由于没洗干净或者回来太晚的缘故。长辈们最为苦恼的是我们经常到外面池塘或水库中去洗澡。因为每年都有孩子下水后失去生命。有一个同伴中午去牵牛，鬼使神差地一个人下水库，家里等他回来吃中饭，等到的却是一具浮在水面上的尸体。因此，全村子里的大人只要看到小孩在野外洗澡，无论是不是自己的小孩，他们都会大声喊道:你们是不是吃饭吃到头了（找死的意思）。更为可怕的是他们直接把我们的短裤拿走，并交给我们的父母，这样的话，一顿毒打是难免的。于是，我们只好赤身裸体哭着追赶着他向他求饶。平时看牛或者锄草回来，父亲第一件事就是检验我有没有去外面洗澡，他用指甲轻轻地往腿上一刮，如果有明显的一条泥痕迹，那么我就要跪在家里的客厅里。有时他会点一炷香，等一炷香烧完才能起来。这种惩罚方式是最轻的。隔壁金狗的爸爸有一次捉到他洗澡，金狗慌慌张张地游到靠岸，他爸爸一声不吭地提起他，使劲地把他甩到池塘中间，并大声骂道:你想洗，我让你洗个够。等他爬到岸边，他爸爸又一次把他甩出去，连续三次后，七岁的金狗只能有气无力地哭着跟着他爸爸回家。

无论父母在对待洗澡这件事情上多么严厉，小伙伴们在"总统"的带领下还是身不由己地在水库里打水仗或游泳。否则你就会被孤立，会变成"地主崽"。不知是否受到大人的影响，连不懂事的小孩都把"阶级"划分得很清楚。每次我们在山上玩的时候，"地主崽"无奈地站在

一边羡慕地看着我们追逐打闹，看得出来，他很想融入到我们中间，可是，他一靠近我们就要骂他。"老秤砣"（指不会游泳者）则例外，我们会想尽一切办法拖他下水，教他游泳，甚至把他抬到深水区。让他在水中哭天喊地，没看到他呛几口水，我们是不会去救他的。我的游泳技术就是在这个时期磨炼出来的，钻水、蛙泳、仰泳等运用自如。

钓鱼

"鱼鳞进门三样败，吃掉油盐吃掉饭。"尽管在困难时期当地百姓把这句话当作曲子一样传诵，一旦有鱼进了家门，每个大人的心里一定会像锅铲的碰撞声一样欢快。因为这是每个人心中的一种对美好生活的向往。在每天面对着南瓜、冬瓜、茄子、萝卜、青菜、白菜、芋头的日子里；在一个月甚至半年见不到肉的岁月；在用红薯或者用米糠来填饱肚子的年代。偶尔有一尾鱼进门，左邻右舍要在小巷里用羡慕的语调重复地说一个星期——你家才好，又有鱼吃。从他们的话语中，听起来似乎过上了地主般的生活。

母亲常对我说，你是一个不沾腥味的人。也就是说我很少像其他男孩一样，有空就会到田里、池塘、水渠或者小沟里去摸鱼。母亲的话不无道理，因为我除了和小伙伴们一起合伙去捕鱼能分回来一斤或者几两之外，单独行动的话几乎是乘兴而去败兴而归。以致在和同伴一起捉鱼时，他们会用尖刻的语调讥讽我说，你笨手笨脚，只会碗上夹鱼的功夫，还是到岸上去捡鱼吧。这话丝毫不影响我去参与和他们一起搞鱼的活动，因为在童年时，我们无论做什么事情，几乎是一个团队，偷柚子、挖红薯、追黄鼠狼、到水库里洗澡等，都是以集体的方式出现。这可能和当时的人民公社政策有关，有福同享有难同当。

钓鱼则是例外，它完全属于一种个人的行为。即便是一起去，也是小孩子出于晚上的安全起见结伴前往，因为在夏天的夜晚，野草覆盖的田埂小路上，偶尔会发生踩到蛇之类的事，或者不慎掉入水中，哥俩之间有个照应。我是在大概八岁的时候跟着比我大一岁的堂哥开始学钓鱼的，工具很简单，买一卷黄麻绞成的细线回来，每隔八十厘米左右吊一个鱼钩，然后把鱼钩线有顺序地盘在一个木盒的上面。我和堂哥的木盒做工很精致，因为是我爷爷修族谱时用来装字的盒子，木盒长六十厘米，宽四十厘米，高八厘米左右。我们只须在边沿锯一些夹鱼钩的线即可。"文革"的时候，修谱被称为宗族思想残余被禁止，我家很多盒用木头雕刻的大大小小的字章被烧毁。剩下的盒子我们用来做小汽车的托盘和钓鱼线的托盘。每当下午放学回来，我们就拿着锄头到潮湿肥沃的土地里挖蚯蚓，翻开泥土，看着一条条圆嘟嘟的蚯蚓伸缩着从土里冒出来，心里就幻想着鱼看到美食时的一种贪婪的欲望。同时也幻想着鱼能一大口把蚯蚓和鱼钩一起吸进去。正因为有这种幻想，我们才有了无论酷夏寒冬坚持不懈晚出早起的决心。每天晚上，哥俩偷偷摸摸地出发，在池塘边下钩时也默不作声。因为被其他同伴发现了，他们就会很早起来坐收渔利。每天早上，急切的期待之心把我从睡梦中唤醒，几乎成了一种习惯，无论春天还是秋天，天刚蒙蒙亮，我们就要去把鱼钩收回来。如果看到细线拉得直直的，就要小心翼翼地把握好收放的力度，否则到了嘴上的鱼都有可能溜走。当然，也有徒劳而归的时候，就像我们的人生一样，努力不一定能得到相应的回报。

当然，也有一种瞬间能有收获的钓鱼方法，简单快捷，而且钓到的都是一斤以上的大草鱼。那就是到集体放养的池塘里去钓。特别在仲夏之时，草鱼经常探出头吃池塘边上毛豆嫩叶苗，经常把搭在水面的南瓜棚上的叶子和花吃掉，只要草鱼能吃到的，它一定吃得干干净净。我们把握好这个机会，先把南瓜花或者嫩叶苗揉成一小团，用很细的线捆鱼钩，再把鱼钩裹在南瓜花做成的诱饵之中，看准鱼来吃食时把它投入水中，每每都有收获。把"钓"来的鱼藏在衣服里面，每次回家的路上都

是提心吊胆的，怕遇到村干部，怕遇到村民，当然也怕面对父母。到家里后，姐姐把鱼做好，父母收工回来，吃饭的时候，父亲看到桌子上香喷喷的鱼肉时，没有意外的惊喜，而且会板着脸孔对我说，下次不能这么干了。

天花

在我们那里，人们都说，做天花是人生当中必须要过的一个坎。特别对小孩来说，由于抵抗能力差，稍有不慎便会夭折。因为在20世纪60年代，医疗服务比较差，再加上生活条件跟不上，别说吃肉，就连温饱都难以解决。在我们的同龄人中，就有少数人迈不过天花这道坎，他们在父母悲恸欲绝的哭声中弃世而去。

不记得当时几岁，天花像一阵风一样染遍乡野。绝大多数孩子都有此症状，大人似乎慌了神，染上天花的孩子用衣服从头到脚包得严严实实地端坐在家里，全身无力，眼睛微闭，手不时地在身上乱抓，透明的水疱似乎一碰就破。伴随着小孩低微的呻吟，大人只能成天守候。没染上的孩子，父母大呼小叫地不让出门。尽管如此，我们还是会偷偷地溜出家门，去寻找昔日的小伙伴。每每遇到患天花者，其父母就会把我们挡在门外，并说，他现在在做好事（当时把做天花说成做好事），你们以后再来找他玩。这段时间里，你们不能骂他，更不能动他。据说，骂了以后病情会恶化，甚至还会造成难以想象的后果。为此，还出现过双方父母大动干戈的举动。尽管村里的气氛紧张，大人的脸色凝重，小孩还是兴奋如初。因为这段时间里，中午可以接连不断地吃到绿豆粥。在乡村，谁家小孩做天花，都会在外面用土砖搭一个灶——当天灶。连续三天熬一锅大大的香喷喷的粥，中午时分就会把左邻右舍的孩子叫过来吃绿豆粥。据说，这种施舍的举动上天可鉴，病小孩就可以得到天神的庇佑。在这些日子里，我们早早地端着一只大碗，守候着当天灶，在那里添柴加火，摸摸锅铲，闻闻香气，巴不得马上就能吃到这可口的绿豆粥。因为它比家里早上的菜梗粥好吃多了。这场景就像村里打了一条蛇一样，同样是当天灶，同样是大大的锅，无论蛇的大小，满满的一锅水，村民们互相转告，每家每户都从家里把鸡蛋放到锅里。等到蛇肉煮熟之后，先分鸡蛋再分汤，大家边吃边说，这个夏天身上就不会长痱子了。村外场地这热闹的景象以及其乐融融的气氛至今还回味无穷。

写到这里，我至今还不清楚天花是一种怎样的症状，它对人类有着如此的危害。于是，我翻开词典，找到对"天花"的解释：天花，急性传染病，人和某些哺乳动物都能感染，病原体是天花病毒。症状是先发高热，全身出丘疹，最后变成脓疮，中心凹陷，十天左右结痂，痂脱落后的疤痕就是麻子。现在我才明白，原来我们的同龄人中有部分人就有麻子，脸上这些褐色的点就是天花的后遗症。后来，父母带我们去种牛痘。在这期间，小伙伴们相聚在一起，伸出瘦小的手臂，互相展示着手上这块不规则的牛痘疤痕。这些大大小小的疤痕，见证了我们苦难与快乐交集在一起的童年。

喊魂

五六岁的时候，乡村没有幼儿园。有时母亲带我去菜园，我就在菜园的池塘边草丛里捕青蛙，或者在菜叶上捉虫子。稍微走远一点，母亲就会喊我不要走远。有时带我去田里，他们在那里干农活，偶尔在田间也有小同伴，我们则在田里挖泥鳅。顺着手指大的小孔用小手钻下去，当手指触摸到滑溜的泥鳅时，便扒开泥把蜷缩成一团的泥鳅托在小手心。常常把自己弄得满身泥巴。总之，在那个年代，小孩没有人看管，父母尽可能把我们带在身边，不能离开他们的视线。我更喜欢的是跟着母亲去山上爬松茅，因为偶尔可以看到野鸡从荆棘丛里扑腾着翅膀飞出来，"咯咯咯咯"地把野草涌出一层波浪。有时还会碰到意外的惊

喜——野鸡蛋。当然，能摆脱母亲的约束和小伙伴一起去玩那就更为快乐了。因为我们可以在大自然中自由翱翔。

值得回味的是樟树下水库，这里可谓是我们儿时的游乐场所。水库坝有六十米长，由于水库没有完工（因旁边村庄不愿搬迁而废弃），坝顶宽有四十米。二千四百平方米的场地在山区是很少见的。大哥哥们在那里放牛，并成群结队奔向水库边洗澡。我们就在像足球场一样的草地上跌打滚爬。东面是绵延的高山，山上有浓密的松林，西面山坡边是水泥石阶，石阶旁分布着流水的涵洞。涵洞较大，小孩可以钻进去，有时把头钻出来，有时又把头缩进去，涵洞成了我们捉迷藏的好场所。水库出水口之处建了一个宽四米、高三米多的牌坊。记得牌坊两边写了一副对联，"宜将剩勇追穷寇，不可沽名学霸王"。我们嬉戏打闹，穷寇猛追，因而就常常闹出一些意外。不是摔破膝盖，就是碰伤额头。小孩子受此惊吓，因不适往往就要在家里哭闹几天，脸色苍白，无精打采。在当时的农村，遇到此类现象就以为是掉了魂。于是，喊魂这种现象就司空见惯。

有一次，我和小伙伴们在水库流水的出口处玩水，水的出口处有一块宽二米、长四米左右用水泥铺的流水槽，底部因长期积水长了一层毛茸茸的青苔。水刚过脚背，我们在这里打水仗。我一不小心就滑到下方的水潭里去了。我站在水潭里只露出头哇哇大哭。在小伙伴们的帮助下用手抓住水沟旁的芦苇爬了上来。回到家里，像落汤鸡一样站在客厅，经受着父母的数落。这段时间里，我神不守舍，常常在梦中惊醒后就哭起来。邻居婶婶对母亲说，他这萎靡不振的样子可能是掉魂了。于是在这几天里，母亲在傍晚时分偷偷地拿着我的衣服，跑到我掉进去的水潭旁边捡几个鹅卵石，包在我的衣服上，顺着回家的路边走边喊着：蒲根回来啰、蒲根回来啰……到家门口时，伯母则在门口接应并回答：回来啦、回来啦……这样喊魂持续了三天。说来也怪，不知不觉中，我又恢复了生龙活虎之态。在当时的农村，这种现象不仅仅发生在我的身上，其他小伙伴也有类似的经历。稍大一点，我们当着取笑别人的笑料，每当有小伙伴摔倒时，在他哭笑不得之际，我们便甩着衣服一路奔跑着说，某某回来啰、某某回来啰……于是，他就哭着追赶着我们回家。

儿时的乡村医疗条件比较差，除了喊魂外，还有摸惊。小孩受到惊吓后，就去找年长的奶奶摸惊，通常是拿一件衣服或者一块红布，包一些大米在你的额前反复转动，嘴里细声地念一些叽里咕噜的吃语。另外，感冒时一般情况下刮痧，或者拔一些草药熬水喝，等等。总之，不到万不得已是不会送到乡里医院的。

煤油灯

乡村的饭来得晚，父母收工回来几乎是从朦胧的夜色里撞着进门的。"去把煤油灯端过来。"每当晚饭前父亲就会端坐在客厅餐桌的首席位上使唤着我。我把煤油灯从房间里端出来，划着火柴点燃灯芯。此刻，豆大的煤油灯光点亮了家庭的活力。虽然桌子很小，灯光昏暗，但丝毫不影响兄弟姐妹七人的筷子撞击着碗盆的声音。这时，父亲便会板着脸孔一个个地数落着我们。"吃要有吃相，站要有站相。"随之而来的便是整套的规矩。每一盘菜要大人夹了才能动筷子，筷子夹菜时不能翻来翻去，不要一上桌就端起盆来倒菜汤，等等。特别注意的是客人来了不要围着桌子像班房里放出来的人狼吞虎咽的样子。现在想起这些细节，大概我斯斯文文的柔性就是从童年时接受父亲的训斥慢慢养成的。而父亲教育我们的时间基本上都在饭桌上泛黄的煤油灯光之下。

母亲似乎有永远做不完的针线活，每天晚上收拾好桌上的残局之后，便坐在煤油灯下的桌子旁，缝补着放在竹匾里的一大堆衣服。七个孩子的衣服，老大不能穿了补给老二穿，老二穿在身上紧巴巴时老三刚好合适。以此类推，直至不能补了。当时，我们常常吟诵着一首民谣：

新三年，旧三年，缝缝补补又三年……在困难时期，这种现象极为普遍。布票按人口发放，煤油拿户口本定量购买。于是，家里同时使用两盏煤油灯的情况不多见。我每天晚上写作业都是同母亲共用一盏煤油灯。母亲没有文化，没能力教我写作业，但她偶尔会停下针线静静地注视着我。每当我写的字东倒西歪时，她就会用手指着我写的字并要求我用橡皮擦了重写，直到她满意为止。有时还用针挑掉灯芯里的灯花，把煤油灯移到离作业本近一点的地方并把灯芯调高一点。让我眼前的灯光饱满透亮。整个小学阶段，无数个日日夜夜，我的作业都是在母亲的陪伴之下完成的。而一手工整的方块字，得益于母亲长期以来严谨的做事风格。就像她手上的针线活，从布的颜色到布的大小都极为讲究，再配上她一针一针细密均匀的手工，即便补了的衣服，让我们穿出去都干净体面。

小学毕业前夕，为了能够顺利地考上中学，学校要求我们自备煤油灯到校上晚自习。于是，大部分同学都自己做一盏煤油灯。我找了一个装补鞋油的铁壳空瓶子，因为它的盖子密封较严，上学路上晃动时煤油不容易溢出来。再用薄的铝片卷成插灯绳的管，在瓶盖中间钻一个合适的孔，把灯绳管插入瓶内，简陋的煤油灯做成了。晚上，教室歪歪斜斜的课桌上摆放着奇形怪状的煤油灯。那细小的火苗在微风中跳跃，像漆黑之夜的星星，点缀教室里每个角落。也点亮着我们渴望光明的童心。

今年清明节回家祭祖，弟弟说新农村改造要把村中的老房子拆掉。自从父母走了以后，闲置多年的老房子我似乎没去过几次。就像童年的往事，早已遁迹于脑海的深处。如今，老房子即将夷为平地，兄弟四人几乎异口同声地说，到老房子里去看看。只见房前屋后布满了绿幽幽的青苔，土砖墙面凹凸不平，墙缝里青草摇曳。屋里呈现破败不堪的景象。父亲常说，房子是靠人气来支撑的。父母去世后，兄弟姐妹终日劳碌，无暇打理热闹了几十年的老房子。岁月蒙尘，往日的光泽不见了。

墙上依然挂着几张发黄的旧照片，我把相册卸下来，捧在手里端倪沉思。此刻，二弟从房间里传来了声音，这里还有一盏煤油灯。我一看，居然是我和母亲共用的这盏灯……

碾房

"碾房"在我们那里又称为"碾间"或者"碾坊"。叫"碾间"是因为它是靠村旁的一个独立的单间。"碾坊"顾名思义，它是村里的一个原始的食品加工作坊。这个作坊除了碾米外，还配有石凼（打米粉用的一种器械，用石头做的圆锥形小坑）和榨酒槽。把它说成是乡村的一个工业加工基地一点都不过分。因为农民从田里收回来的黄澄澄的稻谷都要通过碾房的加工才能食用。碾间是村民们集资而建的公共设施，每家每户都可使用，为了不发生冲突，管理人员在靠西面的墙壁上用石灰刷了一块长方形的告示栏。告示栏中的内容大概是乡规民约，接下来或许是通过抓阄顺序写上全村各户当家人的名字。几岁的时候，童年的小伙伴经常到那里去玩耍。因为两个石磙的上方做了一个扇形的平整的碾盘。我们可以坐在碾盘上手拿细细竹竿抽打着牛屁股，让牛拖着石磙一圈一圈地顺着碾槽运转。有时还可以躺在碾盘上睡觉，优哉游哉地享受着童年的乐趣。运气好的时候，碰到榨酒的人家，还可以讨到几团酒糟吃。

"零工饭"一词七八岁时父亲常常在我耳边提起。木根帮人家碾米挣了一天的饭吃，秋平帮人家看牛吃了煎鸡蛋和黄豆，懒汉帮人家搬石头大块肥肉磨得唇光舌亮，等等。父亲说的这些菜家里除了客人来了之外，平时桌子上是看不到的。父亲的意思是要想吃好的就必须去劳动。有时姐姐去帮人家插秧，吃完饭回来我总要好奇地缠着她问，今天吃的是什么菜？孩提时面对着家里萝卜青菜，也经常羡慕着那些挣零工饭的小伙伴。终于有一天，门背岭爷爷家没有牛，要借我家的牛碾米，牛早

已成为了我的朋友，于是，赶牛的活非我莫属。爷爷把谷子倒在石槽里，用竹器套好牛嘴，预防牛吃掉谷子。绑好牛鞅子蒙住牛眼，把牛绳和长长细竹子交到我手上，牛便一圈圈地迈着步子拉着磨盘运转起来。起初还算顺利，赶一阵子便下来用扁担翻匀石槽里的谷子。时间久了，牛便越来越慢，不是拉尿就是拉屎，使劲骂它抽它后，它的犟脾气就来了，后退摇头直至牛鞅子掉了下来，就站在原地喘粗气流口水，让你束手无策无可奈何。等到爷爷提了一桶潲水和拿了一把稻草来，把牛牵出来吃一点东西并休息片刻，牛才消停下来。吃完中饭后接着碾，一担谷子从早磨到黑。即便是赶牛，也折腾得筋疲力尽。晚上回来后，父亲便会说，零工饭也不是那么好吃的，要轻松就得好好读书。童年时，父亲就是在这节骨眼上鼓励我发愤学习的。

农历二月十九日，听老辈人说，这天是观音娘娘的生日。这几天里每家都要做艾米果，碾房里日夜传来打米粉的一阵阵均匀的响声。这声音搅得我们这群孩子没能安稳地睡觉。因为圆圆软软的青色艾米果的香气似乎随声音沁入我们的鼻孔。于是，我们就会在碾房里转来转去。有时还会挤在大人中间伸出小脚去帮助妈妈和婶婶们出点力。可在她们看来我们是在添乱。此刻，妈妈就会半嗔半怒地说，快回去，少不了你们吃的。如今想起这些，感觉少年时期是一脸贪吃的相。就像邻居奶奶说的那样，你们这一代人是饿死鬼投胎的。

70年代，村里开始有了第一台柴油碎米机。荒废的碾坊逐渐变成了附近几家放牛的场所。由于长期无人检修，碾坊在80年代初倒塌。岁月流逝，现在的年轻人根本就没有"碾房"一词的概念。今晚提及，童年生活历历在目……

小木桥

每当读到马致远《天净沙·秋思》中的"枯藤老树昏鸦，小桥流水人家……"诗句时,我就会想到外婆家旁边的那座小木桥。这是我童年时走过的第一座小木桥。它只有六米长,高两米多,小溪中间竖起的桥脚和搭木板的横梁构成一个梯形。两块木板平整地铺在两岸之间,结实牢固。涓涓溪水自东往西蜿蜒而下,透过清澈的水可看到江底大小不一圆而光滑的鹅卵石,还有鹅卵石旁嬉戏的小鱼和石缝中爬行的螃蟹。溪流两岸树木繁茂,藤蔓缠绕于枝叶之间,颇有马致远曲中的意境。

外婆家就在小溪的南岸边。院墙和小溪只隔一条小路,走过小桥顺着小路往东走,不足三十米就是外婆家的院门。站在院门往东远眺,可以看到芎城山顶峰上的古庙。据外婆说,以前的庙里住着很多和尚和尼姑,当地的村民经常会到山上去朝拜祈福。破"四旧"时神像菩萨均已砸烂,三间土砖瓦房无人打理已经坍塌。

我出生时爷爷奶奶就不在人世了,爷爷在父亲十五岁那年病逝。母亲说,奶奶在二姐出生那年离去。这样,幼小的我是外婆家里的常客。人民公社时期,父母要去生产队开工,所以农忙时母亲经常把我送到外婆家里去,走过小桥,看着我踏进外婆家的院门,听到我喊外婆的声音和外婆的应答,她又马不停蹄返回到家里干活。几天之后,外婆又送我回家,她牵着我的小手过桥,跟在我后面走着弯曲的田埂小道,把我送到过了村口的大池塘,目送着我的身影钻进村中的小巷,她就转身回去。如此反复,真有"外甥狗,前门吃了后门走"这句话的味道。如今的脑海里还充斥着外婆和母亲送我时那匆匆的身影。记得那时外公在镇里的一家春饼加工坊上班,他每天去上班时都要从我们村旁经过。下班回来时就会到我家里,从口袋里拿出用纸包裹的春饼分给我们姐弟吃。如果他有几天假,就顺便带我过去玩。这样,我就可以尽情地和表哥他们在小溪边玩耍。光着小脚到小溪里摸鱼,搬开石头寻觅石缝里的螃蟹。顺着桥脚在小桥里爬上滑下。有时还到小溪对岸的竹林里,掰刚出土的小竹笋,要外婆炒一盘酸菜拌竹笋的下饭菜。

时光飞逝，几十年瞬间过去。春节期间去小舅家拜年，路过的小木桥早已由钢筋水泥板替代。小聚过后，我独自呆呆地站在小溪边的码头上，凝思良久。外婆、母亲还有许多亲人相继离我而去，但他们的身影却常常在我的脑海里浮现。就像我眼前的那座小桥，虽然不是童年时的小木桥，但它同样承载着一份难以言表的爱……

牛卵坨

每天吃完晚饭后，孤独散步已成为一种习惯。在云南的边陲小镇——麻栗坡县船头，因有了天宝口岸和越南的贸易往来，短时间内，把本该寂寞的贫穷小山村闹得沸腾起来。我素来喜欢清静，在那儿近两年的时间里，闲暇之际除了钻进河边的图书小木屋外，就是沿河漫步。特别是在夏天，河两边那浓密的芒果林，还有那垂吊而下触手可及的芒果，看到它我就想到了远隔千里的故乡——童年时深山老林里的牛卵坨。

家乡东面蜿蜒盘绕的原始森林里，珍藏着许多野果，野桃、野梨、野李子等。这些水果在称呼上带上一个野字，一方面是因为农家很多人家都会种植这些果树。另一方面，带上一个野字，也说明了比自家种植的要美味可口。不带野字的果子也很多，杨梅、牛卵坨还有许多叫不出名字的。而我酷爱的野果便是牛卵坨。

小时候，父亲每每从大山里回来，就会带上一些山里的野果。吃得最多的是杨梅。表面深红色酸酸甜甜，多吃一些的话，过后牙床有松动之感。有时吃完后就想，是否漫山遍野都是杨梅树。偶尔带一个野桃回来，比村边果园里结的桃子大得多，便要爱不释手地在村中小巷里炫耀一阵后才吃。邻居毛毛看了后不屑地说："这有什么稀奇，我爸昨天摘了几个牛卵坨回来，剥开软软的皮里面黄囊包裹黑籽粒。我用嘴一吸，连囊带黑籽粒一起吞进肚里，那股甜的劲儿，过几天嘴唇边还残留着甘甜之味。第二天拉屎时，籽粒还晶莹透亮呢！"有时我看到他那兴高采烈的模样，只好从喉咙里无奈地"咕咚"一声咽下口水。也难怪，因为我确实没有吃过。这样的果子要长期窝在深山里烧木炭或者斫扁担的人家才有的，而且带回来的也不多。这说明牛卵坨在附近的山上是没有的。有时听毛毛的父亲说，要翻多少座山，过多少江水，还要爬到深涧原始森林里才能找到。听后有一种望尘莫及之感，同时也产生一种进大山的欲望。

终于有一天，几个十多岁的小伙伴不约而同地从脑子里迸发出进山的冲动。那是农历九月的一个星期天，我们带着柴刀瞒着父母佯装进山砍柴。顺着山路无目标地向大山挺进。一路上不断地回忆着毛毛父亲所描述的情景，路边拐弯处做好标志，以防迷路。翻过一座座山，嘴里叨念着踏过了多少江水。阴森恐怖的树林里传来了鸟和动物迂回婉转清脆的尖叫声。有时在山涧小溪里还会碰到一些窜来窜去的小松鼠，更为寒心的是偶尔看到水里昂着头钻进水草里的大乌蛇。凭着多次进山的经验我们知道，碰到毒蛇只要不招惹它就相安无事。大概过了三十六江水，前方无路可走，两边山涧里藤条缠绕。曾经听毛毛的父亲说过，牛卵坨长在灌木林的藤条之上。于是，就顺着山涧往有藤条的方向攀爬寻觅。终于有一个小伙伴发出了惊喜的喊叫声：这里有牛卵坨！接着我们顺着声音一拥而上。密林里的牛卵坨藤苗就像葡萄架一样，我们像躺在结实舒适的摇篮里，四周伸手就是吊在藤条叶片之间的牛卵坨。我们细挑慢选，优哉游哉地品尝着曾经渴望已久的果实。这种快乐一直以来都在脑海里回旋。

20世纪70年代末，铲山造林运动席卷着这片原始森林。熊熊大火以及滚滚浓烟盘旋在山顶上空。几十年后，山上的杉树把山涧小溪填得满满的。偶尔回家，我会站在村旁的小山顶上，仰望着远处乌黑一片突兀森郁的大山。心中突发奇想，久未涉猎的山里，是否还有我散步时眼前

撞着额头的芒果样的牛卵坨，以及深藏脑海意犹未尽的清欢童年。

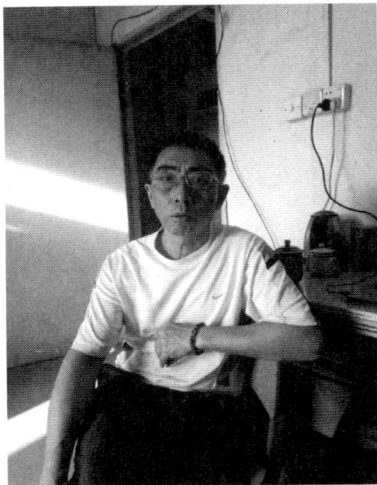

刘鹏

  江西吉安市青原区人，毕业于吉安师范。曾在《井冈山报》《深圳教育》《宝安日报》等报纸杂志发表诗歌、散文、随笔多篇。多次获深圳读书月征文奖。获第二届田青打工文学奖。系深圳光明新区作协会员，现供职于东莞锦程学校。

昨天的路上（组诗）

◎ 邓志刚

旧照片

我记得那是一个正午
夏日里阳光最灿烂的时候
我就坐在房前那株棕榈树下
留下了这辈子的第一张影

我仔细凝视着这张泛黄的旧照片
四十年前的时空骤然被唤醒
这方寸之间的黑白世界
瞬间被激活，洒满了蓝色的光

那时的我满脸欢乐！我还没有
走出过村子，还不知道
别的学校，有专职的老师讲课

别的孩子，不需要养牛喂猪干农活

我也还没有去到任何一个城市
还不知道有一种身份叫"户口"
还不知道生于农村而注定的命运
跟城镇的差异有什么大不了

那时候我三弟也还没有感冒
每天晚上睡在旁边，我还能
触摸到他粗壮有力的身体
赤脚医生的青霉素还没有把他治掉

假如时光就这么封存
我愿意永远停留在十岁那年
一切都好像还有希望，至少
那些彻骨铭心的苦难都还没有发生

闹钟

每一个凌晨六点三十分
这座白底蓝边闹钟都会将我叫醒
梦中的酒杯刚刚端起
表白的词句还没说出口
我不由得再次怒视它
细长的秒针在飞快转动
紧追它奔忙的影子
嘀嗒嘀嗒的一声声跳动

一如身体里奔腾的

鲜血，被一滴滴榨干

生命之火正加速耗尽

恐惧！我本该恐惧

为什么我竟然无动于衷？

那流淌的不是自己的血

流血的是除夕夜那只大阉鸡

我亲手用锋利的刀子

割断脖子，解除它的存在

我看到我的存在仍须继续

我仍须赶快爬起

穿上昨天的衣服

行走在昨天的路上

见昨天的那些人

寒暄昨天的那些话

完成昨天那些动作之后

精疲力竭地瘫在昨天的床上

调好昨天的时间

遇到一把刀子

我是一条黑鱼

我记起我是一条鱼

乌黑发亮的鳞，让我

在每一片区域自由游荡

圆滑地出没于每一个角落

就像巫师

借助火焰的力量到达任何地方

无须翻越堤坝，围墙

不必顾虑水底不同的层级

更无须担心触犯那不可言说的禁忌

只用那双圆溜溜的大眼睛

在黑暗的水底追寻若隐若现的星光

我来到那片大海

看到泡沫中诞生的维纳斯

正从贝壳上缓缓升腾

金色的红霞映照着那珍珠般的躯体

我来到大观园里的沁芳溪

黛玉担着花锄，沙囊在锄上荡起

宝玉手上捧着刚看一半的《会真记》

缤纷的桃花飞满天际

我试图跃出水面

与春天的布谷鸟一起欢唱

喉咙里却发不出任何声音

我突然发现自己

丧失了人类的所有能力

我不能在天空中肆意飞翔

我不能在草原上任性奔跑

我不能对着土地大声歌唱

我不能在空气里自由呼吸

我只能是一条鱼

活在无声的水里

再也无能为力

从海底深渊的暗黑里逃离

邓志刚

1968年出生于湖南攸县，现居深圳，在光明新区某央企从事管理工作，爱好摄影和文学。目前为光明新区作协会员，中国摄影家协会会员。

文本与绎读

忧伤的蓑羽鹤（组诗）

◎蒋志武

蓑羽鹤，那下垂的羽饰

在南方，工业的废气飘向远处
高颜值汽车喷出了雷火，我的生活
一直在我的怀抱中优柔寡断
忧伤的蓑羽鹤，这世间的事太多
都由不得你和我来评说，如果勇敢
就摘下面具，保持自己的模样

在南方，我迷恋于一次次翻身
这样可以调转方向，把心脏的血从左心房
倒入右心房，很多人跟我们一样经历了沧桑
但最后他们都忘记了什么
如果我不强烈地靠近，在南方，异乡
替生命呐喊，或者复述悲伤的人就将消失殆尽

寒冬，泪水沾湿了蓑羽鹤的眼眶

而它胸前下垂的羽饰，有时空寂，有时荒凉

忧伤的蓑羽鹤

当我回眸，天空变得湛蓝

像一场惊心动魄的宏大叙事，此时

忧伤的蓑羽鹤正展开力量的翅膀

飞过我的头顶，抵达它们黑暗的巢穴

这世间，没有什么比意念更强大

在一次次翻越高原和山峰之后

蓑羽鹤，作为人类的衔接者

高处和低处，藏有不被发现的灵魂

如我心，长久的失眠和不安

水草泛滥到了无人收拾的地步，一直以来

那些争先恐后，善于约束他人的事物

先后得到了发展和宽恕，是的

忧伤的蓑羽鹤，在人生的一波三折中

我所碰到的喜悦，受到的伤

都在慢慢地减退和消亡

谁会亲吻我的诗歌，谁会像蓑羽鹤一样

不紧不慢从我身边掠过？

那些争先恐后的事物仍在争先恐后

那优美的身姿是神的造化

我说，那优美的身姿是神的造化

飞越顶峰的瞬间，蓑羽鹤所信奉的神
他也在信奉你
俯下身子是一种绝望，在苍凉的高原之水
接近快要消亡的光束会找到身体的快感
而嫁接在高空的尘粒，如果蓑羽鹤掉下来
你们也将粉身碎骨

沿着孤独，沿着傍晚的灰烬
沿着生命的轨迹向上行走，蓑羽鹤，请不要停留
那些失意的脸谱会在朝圣之旅后得到抚平
我在路途中所遗失的梦幻、困顿，追逐
仍能够沿着你的路线抵达高原的神府
没有受到保护的世界，人人都是危险的
蓑羽鹤，你身边呼啸的风不止一次呼啸
可你，展开翅膀，并没有让飞翔的路线发生错误
只是那优美的身姿再一次征服了我
包括那些曾经俯身的事物，那些颤抖的死亡

这些高度，并不会让我畏惧

向上飞翔的翅膀会在接触云彩的时刻打开
蓑羽鹤以狂野的姿态飞临一座山峰
是的，天空开始闪耀
湖泊和河谷像幽深的暗盒
蓑羽鹤的到来，将掀起一阵风暴
而我的心悄悄转身，投靠另一侧的背景

这些高度，并不会让我畏惧

羽毛使我越过秋季的灰暗，时间和爱

如果同时到达，生活会是怎么一种情绪？

忧伤的，闺秀的蓑羽鹤

为了在黄昏的时刻与你相遇

我曾爬过二千米的高坡

带着微微颤抖的诗歌

昨夜，我停留在温度极低的旅馆里

凝重的空气中有你们喘息的气息

蓑羽鹤，不是为了替生命重复建造迷宫

你们所到达的高度，就会让我畏惧

你给我征服的信念，和爱

在蓑羽鹤栖息的地方，湖泊灌满了水

而我爱的女人经过了南方的大雨

是的，在南方的道路上，可以随意看到

漂泊者身穿红装，天桥变得拥挤

死却导致了很多人丧失了说话的能力

夜色吐出了它乖巧的一面，命运不需再次推测

蓑羽鹤，那些被窗户关闭的房间

藏有深不可测的秘密，如你哀号之后的表情

如一盏灯熄灭

斡旋，我兀自站在山坡的斜面

突然的风和雨，让人胆战，那轰隆的雷声

插入泥土的裂缝，蓑羽鹤，当你遇到暴风骤雨

你会躲藏在哪里？勇敢的蓑羽鹤

紧固在你颈下的诗篇是秋季献给天空

和大地的最好礼物，这是信念的诗篇

这是爱的前奏，在遇到一场风暴的时候

我没有躲藏，也没有恐惧，我活着

就是一场血和热的较量，一场爱和恨的比较

蓑羽鹤，我不会呼喊你的名字

谁没有敌人？在广袤的草原和天空

蓑羽鹤翻飞着娇小的身子，俯冲下去

微薄的湖光，像黑色面孔中粉绿的嘴唇

在傍晚来临的时刻，我不会放纵地爱你

也不会呼喊你的名字

那样会惊醒我远方的情敌，火燃烧起来

蓑羽鹤，在你翻飞的过程中

我不会触碰你的下颏

只有节制地去爱，世界才能趋于和平

当所有的记忆慢慢转化成自己的生活

名字将代替我行走，而时间会成为

我此生最伟大，最忧伤的诗人

遥远的喜马拉雅山脉

我猜想喜马拉雅山脉到处都是迷途者

漫天的雪花飞舞，覆盖了山最真实的意图

尸骨无法解释高度，喜马拉雅山

仿佛地狱的入口，我看见了亡灵求生的眼睛

我也看到了坠下的蓑羽鹤

在岩石上痛苦地滚落

喜马拉雅，黑夜的呜咽，空寂的背脊

蓑羽鹤，你摔断的腿正开始自愈

被风刮落的羽毛也从身体里长了出来

来，勇敢选择飞翔的道路

当一只蓑羽鹤紧靠着另一只

我写给地球之神的信会穿越夜空飞走

皓月当空，遥远的喜马拉雅，今夜

请你降低高度

让一群受伤的蓑羽鹤飞过

忧伤的蓑羽鹤，小夜情人

关于命运的演变，现在一无所知

只知道，当我老得只剩下影子，蓑羽鹤

这人就是世上最饱满的人，爱过，恨过

挥霍过，没有后悔过

昨夜，石头恰好穿过玻璃，车轮碾过街道

我弹奏夜曲，为路人制造气氛

小夜情人，你从那么长的距离来看我

并掩盖我的绯闻，这是闪亮的屈从

起舞吧，在善变的时间里舞动自己的身躯

忧伤的蓑羽鹤，你的爱情藏在何处
是高空中的舞蹈，还是陆地上的交配？
一个诗人喜爱的花朵，空寂上尖锐的忧伤
我抛掷仇恨，如抛掷在风中的水渍
爱，如果经过名义的束缚，经过地域的捆绑
蓑羽鹤，你的飞翔将是一个美丽的错误

天空，一扇打开的门

云彩浩浩荡荡，使我的旅行产生了眩晕
工作过度的飞行员是个神秘的动物
向上仰望一群蓑羽鹤，它们与天空融为一体
并尝试在大地粗糙的墙上做好永生的标记
人们已沉睡，小偷从窗口向内挥手
天空静谧，并没有放纵一粒灰尘的坠落
只有疲倦的蓑羽鹤，收拢了翅膀

影子，一个接着一个挣脱了束缚
天空下，疾驰的公牛遇到了可怕的狮子
生者向死者敬礼，亡灵回旋后得到了纵情
深夜，是天空打开了一扇门
让死者们带着姓氏出逃
只有蓑羽鹤，在活着的时候翱翔天空
死后却埋在了潮湿的高地

催眠曲

当空间呈现黑色，大地发出叹息

蓑羽鹤占领的湿地如黄金一般闪烁

位置是荣耀与苦难的分界线

当梦幻长出了翅膀，伟大的音乐就在腐朽

那越过了珠穆朗玛峰的蓑羽鹤唱着胜利的歌

我就要在南方标新立异

鼓动的宣言已在酝酿之中

睡吧，听黑夜之歌，镜子已经收回它的魔咒

伟大的音乐开始没落，秃头的火堆

草木已燃尽，昏暗的高楼

我将顺着透明的下水道爬行

今夜，蓑羽鹤蜷缩的旧巢和一把钢刀

划分了时间，睡吧，关上内心的门

睡吧，闭上眼睛才算完整

虚度的时光

在蓑羽鹤下垂的羽饰中，我可以找到

那些虚度的时光，它们藏在羽毛的深处

不说话，也不躁动，它们所有承担的风险都被

蓑羽鹤所承担，在这险峻的喜马拉雅山

没有比时光更为安全的事物

没有比虚度更为舒心的事情

在白天，我不辞劳苦地打点命运

而在晚上打开一扇窗，看万家灯火

我迷恋这些窗外虚度的时光

它们与黑暗交织在一起

它们在少女的指甲上尽情地舞蹈

又可以轻易就被蓑羽鹤带往更高的地方

时光，色彩，一匹南方劣马惨烈的嘶鸣

一首诗中的蓑羽鹤

今夜，置身于南方的雨水里

那些雨水中的面颊如同坚硬的石头

我是一个沉默的重物，在南方经历着真理的颠覆

亲爱的蓑羽鹤请别触碰着我

你的忧伤正在我所写的一首诗中消融

你给我的力量让我漫步人群

在一首诗中，我们要表达什么才能完整诠释爱恨？

当蓑羽鹤黑色的脚抓紧了土地

当一首诗跨越了我对生活肤浅的理解

蓑羽鹤，我的身体和灵魂将从压抑中醒来

我的爱和血液，迷茫和警觉

将再度连接在一起

在一首诗中，蓑羽鹤，我接受了你的诚恳和爱

我翻阅了一本诗集，再次深情凝视你

我错过的，并没有还给我

广袤无边的生活，一根巨大的冰柱在北方生长

南下的火车无法解释它的行程

只有乡愁穿透我的诗篇和身体的内部

蓑羽鹤，当你勇敢地展翅，飞越高峰

我曾经错过的，命运并没有还给我

从童年出发，到现在烟雾弥漫的成年

孤寂、愤慨，冷清，每天都将手掌并拢

接受世俗，和人类精确的测算方法

是的，我错过的都随时间消失，不在人世

当蓑羽鹤羽毛的颜色占据这一块草地

绿色将成为陪衬，错误的事情将从

正确的事情里分辨出来

当生活中充满了我热爱的被丢弃的怪物

在一只蓑羽鹤的鸣叫里，我的命运将重新浮起

那错过的事情，我不允许它们再回头

在蓑羽鹤旁，我惊诧于每一个活着的人

今夜，就这样匆匆过了，梦似乎还没成熟

但善于奔走的人类，已从大洋彼岸回来

集市上，喧嚣的脚步替我洞悉了一场人类

最美的集体舞，我惊诧于每一个活着的人

他们行走、抽烟、喝酒，生气、祈祷，赚钱养家

他们千方百计与现实保持恰当的距离

但又无法脱离现实

在蓑羽鹤旁，我惊诧于每一个活着的人

活着可以不打草稿，可以听雷声

也可以在深处的剧院看另外一个人的表演

直到梦醒过来

哭泣吧，如果活着不是你最舒展的时刻

当一只忧伤的蓑羽鹤走过我身边

我们曾经孜孜不倦，努力想得到的

正是此生在不停化解的东西

水边，蓑羽鹤

水，再次活着回来，带着蓑羽鹤的使命

从高坡一路滚了下来，一块石头夹在其中

我听到了它不够快活的声音，只有蓑羽鹤

以主人的姿态，激起水面浪花

并将一只衰老的蓑羽鹤推入了水中

水啊，喂养了蓑羽鹤的喉咙，又将它埋葬

夏季的热浪向我逼近，鸟们在树上喘息

涌起的水波，在湖上撕碎后东飘西散

水边，蓑羽鹤，用尖细的爪子按住了反抗的鱼

一只蓑羽鹤从湖边飞了起来，划过天空

湖面似乎突然越过了它丰富的生活

那深处的湖底，有了凉意

在水边，当蓑羽鹤触摸另一只蓑羽鹤的身体时

湖泊，就是一个嵌入大地的巨大窗户

蓑羽鹤瘦小的身子蜷缩在草甸里

慌乱，一些比蓑羽鹤更为细小的动物

匍匐在杂草中，苍凉之水，静默的土地

一块巨大的，没有人照看的地方
一个被大自然反复耕耘，灵魂集中的地方
是蓑羽鹤扇动的翅膀拯救了这块荒芜的草甸
是它的鸣叫还原了这里所有的梦想

擦过蓝天的镜子，我将回到命运摆布的中心
谁在我的面孔上投射暗伤，或者给我一击？
当阴影绕过草甸的所有事物，最后它将围绕
蓑羽鹤单薄的肉体默念一次长途的迁徙
今夜，当蓑羽鹤瘦小的身子蜷缩在草甸里
我不关心匕首和人类，也不关心形象的不朽
我只关心如何活着，或者又如何死去

气象图

有人识别了云彩，却没有识别我的来处
秋季的山冷冷地隐现着它的脊背
事物都到了无法再继续退缩的地步
叶子落光，水回到它更冷的深渊
曾经高昂的声音开始有了节制
我看到了蓑羽鹤一次次起飞又一次次
回落的影子，它们在做迁徙的最后准备

果实的智慧胜过树木，它让自己坠落
找到另一个归处，外面，秋风随身携带算盘
计算滚动的果子和熄灭的火苗，灵魂一直高贵
所以没有谁去触碰它，在寒冬未到之前

我已开始颓废，蓑羽鹤和红色的大钢琴正交响
一个人，像连根拔起的树
我们通过断裂的声音和袭击的闪电
来判断自己属于哪一种情绪

冬夜器皿

蓑羽鹤，纤细的血管中流出了血
但没有任何器皿盛下它
人们在昏睡，被子覆盖了思想和毛发
是蜘蛛编织了冬夜的孤独
让血的流动充满了恐慌和神秘
冷峻，铁制的器皿无法与血保持和谐
蓑羽鹤的血将白白流走

沉默中，我听到一个回答
金贵的容器，如果被我所用就会透明
南方，蛾子歇息在窗玻璃上，只要它们转身
这里便会成为黑暗
而我现在就只需要一只陶制的器皿
柔韧，并有蓑羽鹤的血流过的痕迹
那时挣扎和平静就能合为一体

在黎明醒来时

没有彩虹，我快速地区分了声音和回响
一个人的不幸会牵扯更多人的担心
刚出生的婴儿无知地吮吸了母乳

在黎明醒来时，我预感会与楼下的人相见

并道一声早安，但如果我与一只蓑羽鹤相见

它将成为我这一天的太阳，使我身上的光芒

一寸寸延长

花蝴蝶，消解着器皿的怒火

如果你能大胆演奏，你就会大胆活着

丛林中，乖巧的鹿找到了它心爱的母亲

强壮的身躯不能没有伤口的折难

在黎明醒来之前，苍蝇阅读了它嘴中微小的血滴

而我，将用看到的道路代替我的一生

夏季的火焰

拎着一颗心，庞大的心包罗幻觉，透析

身体里长出来的小骨头

夏季的火焰不是母亲点燃的，也不是我

在蓑羽鹤的飞翔中，温度上升到云的极限

这空寂的天空，谁在半空中热舞引来物体的猜忌

并让一只鹤瞄准了天空

在一棵树的顶部，蓑羽鹤的头伸了出来

灰色的羽毛如森林中暗藏的记号

如果没有哀鸣，它会沉默得如一本圣经

微微闪耀，微微地为一颗心安神

夏季，火焰，那唯一静止的东西转动了头颅

我分不清自己的拳头握有多大的力量

有蓑羽鹤栖息的夏季，我所触碰的
全都站在了我的对面

这里，有我足够迷失的方圆

在谷底，在高原，我深知这里
有我足够迷失的方圆，蓝天白云的恍惚
风来回交错，有层次的梦境像一个有思虑的人
蓑羽鹤的羽毛在寒意中相互靠拢
深秋，适合一次颤抖，也适合一次内心的救赎

我迷失在这方圆中，一堆化在高原水域的骨头
变得纯粹，是的，没有血肉的骨头更适合
在这样荒芜之地抒情，高远的嘹亮
将认出更多纯洁的参照物，人，如果漫无目的
就会清澈透底，无私无欲
我有足够迷失的方圆，在蓑羽鹤经过的地方

出逃

我，从那一天出逃后就丢失了
那么蓑羽鹤现在是否也在迷途忘返中
它天生犀利的爪子在高空抓住的是什么？
当时间晃着痉挛的灯盏，一个出逃者
夜宿树木开花的地方，一只蓑羽鹤的眼力
击穿了秋夜之障

命运总在最适合苦嚎的地方甩出眼泪

北方的沟壑中隐藏无数细小的生长和死亡

在可以栖息之地，没有谁愿意轻易放弃

只有当疼痛和悲伤嵌入到心肌

蓑羽鹤才会带着它们干瘪的肚子和力量的翅膀

飞抵夜中迷惘的天空

毁灭和荒芜

每个春天都在重生中毁灭

每个女人都在抛弃中荒芜，只有蓑羽鹤还留存气息

只有在了无人烟，更深邃的山顶

才能触碰到虚无的力量，我迷念的颓荡

有骨感的面颊，在毁灭时带有忧伤

爱恨之间有多远的距离

毁灭和荒芜就有多近的相似

蓑羽鹤，在最美的沧桑中，你沮丧，你善良

你无私地用你的空域，包庇着，放纵着

允许我孤独，不争，允许我张狂

而又深藏不露

今夜，我沉默

今夜，一颗不惧的心呼应苍山

在蓑羽鹤的藏身处

我察觉到一条蛇慢腾腾地行动

它依稀可见的踪迹，并没有坏意

听，石头裂开的声音，仿佛两个要吵着离开的人

升起的星星，栩栩如生，锋利如死亡

今夜，当蓑羽鹤带着铁锈色的叫声潜入草甸
我选择了沉默，沉默可以给出答案
然后，周边的寂静被蓑羽鹤的长嘴撕成两半
我带着黑夜的巨浪在星星的注视下
向最高的山峰点头，曾经，有一群蓑羽鹤
飞过了它

在这个世界，我是一个伤了眼睛的物体

我是盲人，在是非面前，得到太多的暗示
人类灵魂的书桌，修饰得太完美
这样便于在上面写出大笑的语言
石头在我的骨头里不停翻滚，像我转动的眼睛
许多蓬开的，暗色的羽毛被紧密在时间中
它们没有松口

蓑羽鹤，我跟你一样，每天哭泣
世俗带给我虚弱，人情误导我判断的水准
在人类玫瑰的裹尸布中，很多人都伤了眼睛
是的，在这个世界上
我是一个伤了眼睛的物体，心随着眼睛
穿过了尘世的玻璃

蓑羽鹤，完成一半的天堂

水，很深，深到拒绝了寒冷

北方的面具在匠人的手中涂上了颜色

而外面，女人是狂野的，她们把嘴唇

放在我的灵魂上，深秋的后院和高原

风暴吹空了一切

在蓑羽鹤凄凉的啼叫声里，平静的夜晚

一只幼虎开始学会杀人，而我，脆弱的脚掌

行走在龟裂的泥土上，解释更长久的旅程

植物的花朵，吐纳香气的花朵

当我的渴望适应了一块生锈的铁

蓑羽鹤，你在我头顶的高空翱翔

就已经完成了一半的天堂

改变了，就变得陌生

我不仅敏感，还猜透了隐晦而无辜的心灵

蓑羽鹤，你所在的任何地方都没有空洞

一阵无辜的风从南面跑来，籍籍无名

但作为人类，我们必须摆脱束缚，每一个问题

都需要用人的方式来解决

垂直线，一个重心，孤独的线

假设我改变一个物体的重心，譬如将高飞的蓑羽鹤

伪装成经济时代的尸体

再关上一道重重的门，一切将变得陌生

我可以昏暗得

犹如一个雪夜疾行的英雄

蓑羽鹤，你受命来到天空

蓑羽鹤，你受命来到天空

我受命来到尘世

我要隐匿得更深，才能成为你骄傲的一对翅羽

世界总是喜欢重新整理自己的帐篷

让雾霭撤退到更远的深谷

蓑羽鹤，你冻僵的下颚，如上帝的精神

冰冷的天空，有你的声音重重踩踏云朵

黄昏之星烧透云顶，高原上，老弱的马匹

舔舐它们内心的绝望，那些云在遮蔽光芒时

就已经生病了，只有蓑羽鹤，高高飞翔在天空

像一个勇士，忽上忽下，连接大地和云彩

雷电的咆哮也只不过是你安放的雷鸣

蓑羽鹤，你受命来到天空

你受命在崩溃的天空里骑行，照看人类

我们终于可以自由了

在虚实之间经历了几个年代，唯有在母亲的怀抱

我可以哭得像一个人，八月，黑暗中的蟋蟀

赶在了我的前面争鸣，它们的洞穴像蓑羽鹤的脚窝

远处，暗淡的流水潺潺作响，在拥抱中

生者和死者都被我包装起来

这是多么沉重的工作，与生者越亲近

越要承受别离

蓑羽鹤，风在最后的抒情后哭泣了很久

这个将延伸到窒息的时刻，当我走过众人疾苦的病房

我们终于可以自由和虚幻了

蓑羽鹤，唯一的前提

就是我捧着你，在某个深夜

美妙地哭泣

一只蓑羽鹤的死

每一个人都是半开之门，白天打开，晚上关闭

在我所知的世界里，每一个人的死都会制造噪声

譬如让活着的人哭泣、唱哀歌，烧纸钱

然后挖一个很大的坑，占据一个地方

而一只蓑羽鹤的死，并没有让族群害怕

它们在风暴中阅读生和死的文本，在不断的迁徙中

用死亡来告慰自己的挑战

而我，在蓑羽鹤的迁徙途中

为一只气若游丝的蓑羽鹤准备了铭文

铭文是这样的：

"一个伪装的勇敢者和一群娇小的

蓑羽鹤的游戏就要结束

人类必须孤独，风暴会吹空我们"

蒋志武

20世纪80年代出生于湖南冷水江市。青年诗人，中国作协会员。2009年开始诗歌创作，有诗歌发表于《诗刊》《民族文学》《钟山》《天涯》《山花》《芙蓉》《清明》《北京文学》《解放军文艺》《作品》《湖南文学》等多种纯文学刊物。诗歌入选《2015年中国诗歌精选》《2016中国最佳诗歌》等50个诗歌选本，曾获2015《鹿鸣》年度诗歌奖，出版诗集《万物皆有秘密的背影》等三部。

三十一种闪亮的忧伤或人生的智慧

——读蒋志武组诗《忧伤的蓑羽鹤》

◎凌之鹤

诗人，忧郁的智者，你闪亮的忧伤照亮了人类生存的大智慧。

——题记

作为存在的蓑羽鹤

"晴空一鹤排云上，便引诗情到碧霄。"

鹤作为现实世界中的鲜活存在，天生就是一首惊艳的诗，其夭矫之身影早已翱翔于《诗经》中；而作为一种神灵一样的存在，鹤在中国文化中是最接近于"道"的尤物，是诗人、隐士和仙家的最爱，是以美其名曰"仙鹤"。

蓑羽鹤又名闺秀鸟，是当今世界上现存的十五种鹤类中极为珍稀、体形最小的一种。这种鹤天性羞怯、胆小而异常机警，喜独处而不善与其他鹤类共生，它总是满怀警惕地远离人群，其举止娴雅、端庄而稳重，虽有闺秀之名却无千金小姐之命：它们短暂的一生在迁徙过程中要经历漫长无尽的艰难险阻，必须穿越大漠、戈壁横亘的"死亡之海"，逃过金雕等天敌的"死亡狙击"，越过地球之巅珠穆朗玛峰；据科学考察报告，在这段无法回避、充满残酷挑战和死亡气息的悲壮征程上，每年迁徙途中，大约有四分之一的蓑羽鹤难免"生死竞速"之劫，会在狂风暴雪里不幸丧生。

我曾多次观看过蓑羽鹤冒险迁徙的纪录片，看它们呈人字形或曲线形艰难地穿越风雪中的珠峰，灵魂每每为之震撼，为这种飞禽百折不挠、顽强拼搏的精神深深打动，每当看到金雕围攻孤鹤的惨烈景象，总有一种人鹤同悲的复杂情绪如寒风久久地萦绕在心头。

作为意象或想象中的蓑羽鹤

《忧伤的蓑羽鹤》这组诗，其意既是深情赞美/歌颂蓑羽鹤勇于挑战死亡的大无畏精神，亦是深切同情/哀怜它们艰苦卓绝而动人心魄的生命历程。这组抒情诗是恢宏而深沉的人与鹤的命运交响，是关于人与鹤苦难而辉煌的生命华章之二重奏，其能指/意旨无疑是丰赡而博大的；它表象上分明关切鹤的高贵命运，歌唱它们显然已被人们忽略的高洁美德，其实不过是诗人借鹤抒情，引鹤为师，托鹤明志，以鹤论道，期盼像鹤那样有尊严地不畏艰险自由飞翔，至少在思想天空中和精神维度上与鹤同飞。这庶几是《忧伤的蓑羽鹤》之主旨意味所在焉。

阅读蒋志武《忧伤的蓑羽鹤》这组诗时，我想起余华论述阅读和文本的关系时曾形象地说过，阅读好比和声，文本是一只蛮蛮，阅读则是另一只蛮蛮："语言叙述作品的开放品质决定了阅读方式是和声，与演奏出来音符的活泼好动不同，阅读中的文字一行行安静排列，安静到了似乎是睡眠中的文字，如同睡眠里梦的千奇百怪，看似安静的阅读实质动荡澎湃，这就是阅读的和声"；而文本则是《山海经》里讲述的浪漫飞鸟"蛮蛮"——也就是白居易在《长恨歌》里所羡慕的比翼鸟——

传说中这种鸟只有一只眼睛和一个翅膀，不能独自飞翔，只有与另一只蛮蛮连成一体后才有双眼双翅，然后"相得乃飞"。余华强调，"我想说文本是一只蛮蛮，阅读是另一只蛮蛮，它们没有相得之时，文本是死的，阅读是空的，所以文本的蛮蛮在寻找阅读的蛮蛮，阅读的蛮蛮也在寻找文本的蛮蛮，两只蛮蛮合体之后才能比翼而飞"。这无疑是阅读的最佳体验（经验）。我们阅读《忧伤的蓑羽鹤》这组诗时尤其需要这种经验，唯其如此，我们才能感受到确有一群蓑羽鹤正飞越过心空，我们才能与诗人同飞，与作为意象或想象中的蓑羽鹤共翻跹。

蓑羽鹤怎么会忧伤呢？诗人到底是表达人的忧伤还是鹤的忧伤？带着这样的疑问，我们在阅读诗歌时不自觉地居然也受到了莫名的"忧伤"感染。忧伤作为一种令人走心的情绪（表情），它在这组诗中弥漫如烟云，如优雅和谐的背景音乐一样回旋反复并持续存在，让读者很容易形成一种强烈的心理印象，在总体上成功地营造并强化了一种浪漫的悲情气氛；最为神奇的是，这种忧伤之情最终在读者心灵上获得了共鸣，它同时有效地激起了读者无边无际的忧伤——那种源于"兔死狐悲""同病相怜"却又有别于此的属于读者内心真切的大忧伤：它们同样令人横生恻隐之心却无法言传。这就是《忧伤的蓑羽鹤》这组诗撼人心魄的力量所在。它是人类独具的忧郁气质，也是我们所呼唤的忧患意识。

但我们注意到，在这组表情忧伤而主题忧郁的诗歌里，诗人始终遵循和维护着诗歌最基本的诗学伦理，他总是欲说还休，仿佛一名出色的演奏家，他是如此节制，如此含蓄，他只是庄重优雅而谨慎精准地拨动我们沉寂已久的心弦，让我们去体味和感受丰美繁茂的弦外之音、诗外之意。

"生于忧患，死于安乐"。面对一个变幻莫测的大时代，置身在一个日新月异的新世界，我们欣喜、兴奋，有时也难免困惑、惘然，我们希望为这个时代这个世界做点什么，却每每感觉心有余而力不足。"有时候，关键不是去改变世界，而是去解释世界"。诗人不可能自外于现实世界之外，他们固然可以在精神的天空独自高飞，但他们确实无法永远翱翔于虚无世界。诗歌固然拒绝解释，但诗人绝不能放弃用诗歌解释世界的责任，相反，他必须胸怀解释世界的远大抱负，以强烈的使命感和"神启"的诗学追求，真诚而负责地解释我们栖身的这一坚实世界：探索世间（心灵）秘密，揭示（人类）世界真相。毕竟，诗人就像"蓑羽鹤，你受命来到天空/你受命在崩溃的天空里骑行，照看人类"，"蓑羽鹤，作为人类的衔接者/高处和低处，藏有不被发现的灵魂"。

基于上述判断，我相信《忧伤的蓑羽鹤》正是试图为我们解释这个世界何以如此。"在南方，工业的废气飘向远处"——这废气会飘到哪里呢？北方频发大面积的雾霾极端天气，作为一种铁证，它让我们相信那废气的威力与威胁仍然飘不出我们生活的空间。诗人在开篇《蓑羽鹤，那下垂的羽饰》中，一来就将自我与蓑羽鹤紧密地联系起来：一起忧伤而镇定地亮相，一起感受世界的冷暖，一起坦然地回应时空的空寂与荒凉。在南方喧嚣而充斥着废气的工业城市里，诗人坦承："我的生活/一直在我的怀抱中优柔寡断/忧伤的蓑羽鹤，这世间的事太多/都由不得你我来评说，如果勇敢/就摘下面具，保持自己的模样。"诗人满怀悲愤、无奈与不满，却又无法/不敢正视这苍茫世间的不平。这绝非刻意示弱，而是主动交代了"悲从中来"——何以横生忧伤的总根源。

飞鸣或安静地栖息于全诗中拟人化的蓑羽鹤，作为一种高逸、潇洒、自由和卓绝独立的象征，既是诗人热烈倾诉的对象，也是我们追仰的偶像和同情的影像：作为唯美的意象或想象中的精灵，它实质是诗人的精神化身，是诗人的另一个拟物化的存在（也可以说是"第二自我"）。在这组情感浓烈而飘忽的诗歌里，诗人如影随形或疾或缓地追逐着蓑羽鹤，他深情地咏叹，坦率而委婉地向它诉说着内心的秘密，尽

管这倾诉有时听起来更像诗人温情的独白，但那一只或那一群蓑羽鹤，无论白天、夜晚，天上、地下，也不论风中雨里，抑或晴空中皓月下，甚至只是在梦中和意念里，它们从未偏离他的诗意视线：我们甚至怀疑，诗人与蓑羽鹤原本就是恰如灵与肉合二为一的真实存在，——那无处不在的蓑羽鹤，是诗人飞翔的精神和不羁的灵魂。

亚当·扎加耶夫斯基在其名著《另一种美》中谈到夸西莫多早期的抒情诗时，曾赞叹他的诗歌独具一种让人茫然若失却不像某些梦想那般令人惊骇的品质。比如《和缓的山峦》第一节：

远处的鸟儿朝向夜晚
在河面上扇动翅膀。越来越大的雨
把光投射到风中呻吟的
杨树上。被忘怀的一切
回来了。你柔软、绿色的
外衣，和诞生于雷霆的
绿色植物交融在一起。阿登森林
和缓的山峦升起，而我们听到
风筝在高空中呼号，地面上荞麦拂动

这几句诗着实让"我们感觉好像迷路，好像走失了。但我们并不害怕，甚至不像某些梦想那般使我们受到惊吓"。扎加耶夫斯基不无失望地批评"介入社会"后的夸西莫多，"他的诗歌几乎失去了幽灵般的轻盈；失去了悄然吸引我们来到旷野，使我们漂游在诗意的植物和鸟声里的那种品质"。写下《忧伤的蓑羽鹤》的蒋志武，看起来也是一个奔波于繁华都市、深陷于社会事务中的诗人，但他却像幽灵一样懂得如何诱惑我们跟随他梦呓般轻盈的诗歌，让我们清晰地听到铁锈色的鹤唳、狂风呼啸的声音、雨水的响动和"美妙的哭泣"，看到潮湿的高地和高耸入云的雪峰，走向辽阔高远的旷野，走近风暴和令人望而生畏的雪山，与他的鹤群一起经历生死考验：他安静而坚定地引领我们追逐那些高飞的蓑羽鹤，只为在相当的高度上替生命呐喊，为生命重建迷宫。

三十一种闪亮的忧伤或人生的智慧

多年来，我们似乎忘却了诗歌固有的天然美德，也即诗歌最重要的内在禀赋特征，——诗歌是激情与智慧的结晶。圣伯夫很早以前就提醒过诗人们，"我们在诗歌上已经过于忘却了智慧的一面"。《忧伤的蓑羽鹤》恰好弥补了这种缺陷：它不仅有自然庄重真诚可感的激情（其忧郁的抒情基调诚然令人沉醉），还有睿智丰盈迷人的思想；它表面上郑重其事地借鹤言说人类的忧伤，内里实则随心所欲地解说人生的智慧。

毋庸置疑，蓑羽鹤的忧伤显然只是一种低调而优雅的表征，其指向恰恰是诗人思虑庞大繁杂的本色忧伤，而这浓烈华美的忧伤并非为他一人独有：他的忧伤也是我们（人类）的忧伤。试问天下多情人，世间忧伤有几许？小说家鲁敏著有《九种忧伤》的短篇小说集，她用八个短篇小说解说了颇多人生的忧伤，但忧伤岂是几篇小说就能详尽说透的？所以她机智地留下"第九种忧伤"——也许是你唯一的忧伤，只有你自己才能感受和言说的另类忧伤。多情自苦，慧极必伤，滚滚红尘间多情且聪慧的人那么多，忧伤又岂能轻易以数计乎？

通过对"忧伤的蓑羽鹤"的考察和感悟，我们惊讶地发现，诗人/吾侪的忧伤却是昭然而令人印象深刻的，除非睿智豁达的思想，即便杜康也难以释怀。《忧伤的蓑羽鹤》由三十首抒情短诗组成，诗人通过对蓑羽鹤与自我生活/生存环境的观察、反思、感悟及叩问，至少解说了三十种忧伤，同时也巧妙地提供了三十种化解忧伤的秘诀。谓予不信，我们不妨试作如下梳理和简洁赏析。

　　第一种忧伤或智慧，深谙生存之道的诗人担心人类曾经的沧桑历史、我们漂泊异乡的苦难人生经历，最后会被健忘者彻底遗忘，他清醒地意识到：

　　　如果我不强烈地靠近，在南方，异乡
　　　替生命呐喊，或者复述悲伤的人就将消失殆尽

　　第二种忧伤或智慧，比如权力任性，比如偶像无端膨胀，比如黑恶势力横行，比如花样翻新的贸易战，比如电子技术与信息泛滥碎片化生活的失控，比如一些令人心慌意乱头昏眼花的过快过度的经济发展（盲目的、野蛮的、寅吃卯粮的、以牺牲环境和后人福利为代价的，甚至以统计数字弄虚作假的所谓跨越式发展）无法阻遏，麻木、冷漠的人们已习惯并接受诗意的生活与从容优雅的风度正悄然消逝这一让人惶恐不安的社会现实：

　　　水草泛滥到了无人收拾的地步，一直以来
　　　那些争先恐后，善于约束他人的事物
　　　先后得到了发展和宽恕

　　我们怎能眼睁睁地看着那些约束、阻碍我们幸福生活的恶性事物发展并宽恕它们呢？我们确实需要彻底地收拾那些泛滥成灾的"水草"了。
　　第三种忧伤或智慧，信仰缺失，法治意识淡漠，人情浇漓，世态炎凉，生活于绝望而苍凉的世界，孤独失意的人们只能永远奔波在"朝圣"的路上，没有神的引领和抚慰，人就难免"粉身碎骨"的厄运：

没有受到保护的世界，人人都是危险的

第四种忧伤或智慧，怀疑人生意义，价值观腐朽，社会诚信荡然无存，没有崇高的理想信念和坚定不渝的追求，我们就会心生怯懦，瞻前顾后缩手缩脚，浑浑噩噩不思进取，根本无法企及梦想的高度：

蒹羽鹤，不是为了替生命重复建造迷宫
你们所到达的高度，就会让我畏惧

第五种忧伤或智慧，面对无解的死亡命运和人生诸多深不可测的秘密，纵使哀号也毫无意义，与其看着生命如灯火在风中寂然熄灭，不如决绝前行，以信念和大爱勇敢地迎接人生的挑战：

……在遇到一场风暴的时候
我没有躲藏，也没有恐惧，我活着
就是一场血和热的较量，一场爱和恨的比较

第六种忧伤或智慧，艺术有时比人生更长久。活着就必须自我约束，必须有担当精神，必须学会或创造生活的艺术。活着的人不可能任性而为，就算是爱也必须节制，更不要随意去触犯你的敌人/情敌，唯其如是，百年之后你才可能获得一个渴望和心仪已久的永恒的名分：

只有节制地去爱，世界才能趋于和平
当所有的记忆慢慢转化成自己的生活
名字将代替我行走，而时间会成为
我此生最伟大，最忧伤的诗人

第七种忧伤或智慧，莫名的焦虑始终影响着我们平静的生活。飞翔或前进的征程上总难免迷途，挫折与失败如影随形，"尸骨无法解释高度"，面临令人望而却步的地狱入口，我们只能祈求：

> 皓月当空，遥远的喜马拉雅，今夜
> 请你降低高度
> 让一群受伤的蓑羽鹤飞过

第八种忧伤或智慧，命运无常，在时空无垠的舞台上，至情如何才能冰清玉洁，大爱怎样才够地久天长？身陷空虚寂寞的深渊，尽管可以掩盖绯闻一如"闪亮的屈从"，纵然能像抛掷水渍一样抛掷仇恨，如果没有纯洁的信任和无羁的自由，爱就会误入歧途：

> 爱，如果经过名义的束缚，经过地域的捆绑
> 蓑羽鹤，你的飞翔将是一个美丽的错误

第九种忧伤或智慧，天空永恒高远，但没有永恒的飞翔者，活着可以纵情飞翔，死后必须回归大地：

> 只有蓑羽鹤，在活着的时候翱翔天空
> 死后却埋在了潮湿的高地

第十种忧伤或智慧，当黑夜降临，"当梦幻长出了翅膀，伟大的音乐就在腐朽"，谁将为我们唱温柔的催眠曲？遗憾的是，当温馨的催眠曲唱起时，我们却不合时宜地仍忙于未竟的事业：

我就要在南方标新立异
鼓动的宣言已在酝酿之中

第十一种忧伤或智慧，韶华易逝，光阴似箭。我们明知寸金难买寸光阴，逝者如斯夫，青春不再，盛年难挽回；虽然"我不辞劳苦地打点命运"，可叹者，在"我迷恋这些窗外虚度的时光"之际，却只能静静地看着，只能默默地忍听：

它们与黑暗交织在一起
它们在少女的指甲上尽情地舞蹈
又可以轻易就被蓑羽鹤带往更高的地方
时光，色彩，一匹南方劣马惨死的嘶鸣

第十二种忧伤，我们自信诗可以消融忧伤之冰，"你的忧伤正在我所写的一首诗中消融/你给我的力量让我漫步人群"，但我们还是满腹狐疑：

在一首诗中，我们要表达什么才能完整地诠释爱恨？

第十三种忧伤或智慧，广袤无边的生活有太多的矛盾和未知的变数，一无所有的我们既无法阻挡巨大的冰柱在北方生长，也无法解释南下火车的行程，只能满怀乡愁，顺应命运的安排：

从童年出发，到现在烟雾弥漫的成年
孤寂、愤慨、冷清，每天都将手掌并拢

接受世俗，和人类精确的测算方法

第十四种忧伤或智慧，当我们从喧嚣的脚步洞悉人类奔走的秘密，惊异于每一个活着的人，无论潦草地活着，还是孜孜以求，都无法脱离坚硬的现实，——最终"正是我们在不停地化解的东西"，我们也只能在梦醒时分告慰自己：

哭泣吧，如果活着不是你最舒展的时刻

第十五种忧伤或智慧，水是生命之源，水畔之神那美丽无双的容颜终究只是瞬间即凋谢的花朵，顾影自怜的人最终将被无情的流水吞噬：

在水边，当蓑羽鹤触摸另一只蓑羽鹤的身体时
漂泊，就是一个嵌入大地的巨大窗户

第十六种忧伤或智慧，弱肉强食，生命不可能听任命运无情的摆布，活着，就必须设法走出阴影，努力躲避来自各方的明枪暗箭，苟且于平庸却安稳的现实：

今夜，当蓑羽鹤瘦小的身子蜷缩在草甸里
我不关心匕首和人类，也不关心形象的不朽
我只关心如何活着，或者又如何死去

第十七种忧伤或智慧，聪慧的果实胜过它的父母（树木），通过坠落找到另一个归处，就连秋风都知道"计算滚动的果子和熄灭的火苗"，我们也可以通过树木断裂的声音和袭击的闪电来判断自己的情

绪，但看得懂气象变幻的人却不知道"我从哪里来"：

有人识别了云彩，却没有识别我的来处

第十八种忧伤或智慧，铸剑为犁，化敌为友，有如将黑暗转化为光明一样艰难。冷峻的铁制器皿如何才能与热血和谐相容？我们的要求不算过分，只要关键时刻能寻找到一只如肉身一样适合涵养血液的"金贵的容器"：

而我现在就只需要一只陶制的器皿
柔韧，并有蓑羽鹤的血流过的痕迹
那时挣扎和平静就能合为一体

第十九种忧伤或智慧，当我们在黎明醒来时，能否像婴儿那样幸运地获得我们所渴望的食物，像鹿找到自己心爱的母亲，在太阳下长出惊艳的光芒？这显然是痴人说梦。美好的理想毕竟需要脚踏实地地辛勤奋斗。只要人心不死，我们还有异样的预感，孤单的人绝不是孤岛：

一个人的不幸会牵扯更多人的担心

常识告诫我们，人生的道路坎坷曲折，成功者必须经历重重磨难：

强壮的身躯不能没有伤口的折磨

第二十种忧伤或智慧，木秀于林，风必摧之，堆出于岸，流必湍之。炽焰般的声名和影响力不仅能带来尊重和追捧，也会引起不必要的

猜忌和怨恨。你可以心比天高，也可以肝胆相照，但还要有足够的实力才能捍卫正义与尊严；那些我们无意冒犯却突然站在我们对面的，不一定都是朋友：

> 我分不清自己握有的拳头有多大的力量
> 有蓑羽鹤栖息的夏季，我所触碰的
> 全都站在了我的对面

第二十一种忧伤或智慧，我们诚然渴望纯粹且纯洁的高尚人生，但我们如何能走出"迷失的方圆"，走出欲望的深渊？高贵是高贵者的墓志铭，卑鄙是卑鄙者的通行证。赤身而来，赤身而往，听起来很潇洒，若要"赤身而活"，恐怕就难矣；在深秋如颤抖般来一次内心救赎并不难，难的是像一根骨头彻底放弃血肉：

> 变得纯粹，是的，没有血肉的骨头更适合
> 在这样荒芜之地抒情，高远的嘹亮
> 将认出更多纯洁的参照物，人，如果漫无目的
> 就会清澈透底，无私无欲

第二十二种忧伤或智慧，我们这一生总难免逃亡般的奔波之苦。为了生存而飘零异乡的人，何时能够衣锦还乡？最舒服的生活原本就只是眼前的苟且，若非被迫无奈，谁会稀罕空洞的诗和未知的远方，我们又怎会抛妻别子背井离乡：

> 在可以栖息之地，没有谁愿意轻易放弃
> 只有当疼痛和悲伤嵌入到心肌

蓑羽鹤才会带着它们干瘪的肚子和力量的翅膀
飞抵夜中迷惘的天空

第二十三种忧伤或智慧，"每个春天都在重生中毁灭/每个女人都在抛弃中荒芜"——美好的事物都值得珍重。沧桑之美，颓废之美，只是艺术家的谎言；令人忧伤的真相是：

爱恨之间有多远的距离
毁灭和荒芜就有多近的相似

第二十四种忧伤或智慧，知音难得。仓促的人生之旅中，有时孤独像深夜一样漫长，寂寞心动时，只会默默地想念知己，哪怕只是让"一颗不惧的心响应苍山"：

我带着黑夜的巨浪在星星的注视下
向最高的山峰点头，曾经，有一群蓑羽鹤
飞过了它

第二十五种忧伤或智慧，是非可以让人明理却难以挑明，正如死亡和太阳一样不能正视。在任何一个时代，心明眼亮，大声说出皇帝没有穿衣的诚实者最容易受伤，做一个傲骨铮铮——骨头里滚动着石头的人总是要付出代价的：

蓑羽鹤，我跟你一样，每天哭泣
世俗带给我虚弱，人情误导我判断的标准
在人类玫瑰的裹尸布中，很多人都伤了眼睛

第二十六种忧伤或智慧，人人都向往所谓天堂，但抵达天堂的旅程是艰难而漫长的，而且，即使经历了权力与美色的诱惑与诸多危险的考验，那虚幻的"天堂"仍然可望而不可即：

当我的渴望适应了一块生锈的铁
蓑羽鹤，你在我头顶的天空翱翔
就已经完成了一半的天堂

第二十七种忧伤或智慧，改变作为一种潮流是不可阻挡的。士别三日，当刮目相看。人心不古，万事万物皆然。在一个科技日新月异，经济快速发展，崇尚标新立异的时代，陌生化趋势不可逆转。我们既无法以不变应万变，也不得不为改变付出或面对"陌生化"的代价，尽管"我可以昏暗得/犹如一个雪夜疾行的英雄"：

但作为人类，我们必须摆脱束缚，每一个问题
都需要用人的方式来解决

第二十八种忧伤或智慧，岁月如流，人生易老。大浪淘沙，适者生存。无论受命于天空，还是受命于尘世，我们的命运是如此相同，但谁都想扼住命运的咽喉，哪怕只是肃然模仿"上帝的精神"。只有这样，我们才能顺应时势，适应"世界"（时代）的选择，不至于被世界无情抛弃：

世界总是喜欢重新整理自己的帐篷
让雾霭撤退到更远的深谷

第二十九种忧伤或智慧，黯然销魂者，唯别而已矣。生离已如此令人肝肠寸断，何况永恒的死别！"与生者越亲近/越要承受别离"，你听啊，"风在最后的抒情后哭泣了很久"。摆脱生离老病的噩梦，死亡即自由，因为死亡也可以如此亲密而浪漫：

> 我们终于可以自由和虚幻了
> 蓑羽鹤，唯一的前提
> 就是我捧着你，在某个深夜
> 美妙地哭泣

第三十种忧伤或智慧，塞内加说过："何必为部分生活哭泣，君不见全部人生均催人泪下？"当挽歌响起，我们能否像蓑羽鹤一样，不让族群害怕，在风暴中阅读生和死的文本，"用死亡来告慰自己的挑战"？诗人已为蓑羽鹤——为人类写下了铭文：

> 一个伪装的勇敢者和一群娇小的
> 蓑羽鹤的游戏就要结束
> 人类必须孤独，风暴会吹空我们

游戏结束了，气如游丝的蓑羽鹤从天空中消失了，可那看不见的忧伤正弥漫开来。所以，一如鲁敏留给我们的"九种忧伤"，那事先说好的第三十一种忧伤或智慧——只能由亲爱的读者自己来书写了。

作为主题性组诗，《忧伤的蓑羽鹤》很好地继承了汉诗"感叹诗学"的传统，以启示性的写作抱负，在感叹的基础上进行了一次相对成

功的诗歌探险：诗人以鹤为主线，以"忧伤"为基调，眼观六路，耳听八方，以镇静平和的语气，在这个喧嚣的时代找到了一种与自身相互呼应、荣辱与共的张力平衡，从而将人与鹤、昼与夜、高与低、爱与恨、天空与大地、南方与北方、身体与灵魂、生存与死亡、现实与梦想、天堂与人间、存在与虚无等无关或相悖的二元存在，和谐地统一起来并达到了彼此间的自然平衡。这组短诗总体上结构相近，形式整饬，但其中有些诗长达18行，有的却仅有11行——我们并非简单地追求诗句整齐划一，而是基于完美与严谨的诗学态度来考量：如果不是出于特别的抒情策略和表达需要，挑剔地说，也许是囿于经验或阅历问题，诗人驾驭复杂情绪或感情的能力/诗艺还不够娴熟，有时显得力不从心，致使其中一些短诗看似草率，读来气势阙如。

凌之鹤

诗人、自由评论家。本名张凌，回族。公务员。1971年10月生于滇中嵩明。16岁发表处女作。常用笔名有荆棘鸟、安兰、凌之鹤、小李伊人、西门吹酒。作品散见于《大家》《诗歌月刊》《散文诗》《星河》《滇池》《边疆文学》《云南日报》等报刊。迄今已发表诗文700余篇（首）。著有《醉千年：与古人对饮》（文化散文集）、《独鹤与飞》（诗歌、散文诗集）、《读心记：发现文字里的陡峭之美》（文学评论集）。有诗作、文学评论和经济论文入选多种年度选本或选集。现供职于嵩明县某机关。云南省作家协会会员，嵩明县作家协会主席。《滇中文学》主编。